이스모스

이스모스

CUP&CAP

차례

악아, 005

갈쿠섬 앞에서 043

:걸 077

앉은배이 사랑 155

이스모스 197

뒷말 288

악아,

악아,

 졸다깨다를 반복하며 5교시를 가로샜다. 오전 네 시간이 실습인 오후는 거의 그랬다. 식후인 데다 여름까지 겹쳐져서 더 그랬다. 그 수업들로 대학을 준비하는 것도 아니어서 더더욱 그래졌다. 쉰 명이 넘는 애들이 화생방 가스실에라도 든 것처럼 책상에 머리를 박은 채 어빡자빡 널브러져 있는 쉬는시간이다. 아니 자는 시간이다.

"정해진! 면회!"

 잠 속에 엎드려 있는지라 내 이름인 것도 같고 아닌 것도 같다.

"야! 너 면회 왔다고."

 누군가가 등거리를 툭, 친다.

"미쳤냐, 너!"

오후 나절이 다 지나고 있는데 면회란다. 시답잖게 받으며 고개를 모로 돌린다.

"진짜야 임마!"

녀석이 머리를 밀어 올려 기어이 나를 잠 밖으로 끌어낸다.

"어머니가 오신 모양인데, 교무실로 가봐!"

올려다본 녀석의 얼굴은, 너는 좋겠다는 듯 싱글생글이다.

"너, 맛이 갔구나. 우리 어머니가 여기는 왜 와?"

남쪽 외딴 섬의 땡볕 아래에서 콩밭을 매거나, 거머리가 장딴지를 빠는 것도 모른 채 피사리를 하거나, 물때썰때 맞춰 갯것을 하고 있을 어머니다. 전쟁이 터졌대도 못 데리러 온다. 그러니 '어머니의 면회'라는 말은 전쟁이 났다는 소리만큼이나 생뚱스럽다.

"너, 거짓말하면 죽는다!"

"거짓말인지 아닌지 가보기나 하라니까!"

그럴 리 없다고 생각은 하면서도 몸을 일으킨다. 녀석이 '반장'이기도 해서였다.

"근데 왜 교무실이냐?"

전교생이 기숙사 생활을 하는지라 외부인을 만나는 통로는 면회밖에 없고, 면회는 교문 옆 매점에서 이루어진다.

"나도 몰라 임마! 야튼 담임이 빨리 오래."

차임벨 소리가 수업시간을 알린다. 공업고등학교의 들으나마나한 그렇고그런 수업이다. 참말인지 거짓말인지는 몰라도 우선은 수업을 빠질 수 있어 좋기는 하다. 꾸무럭거리며 일어나 교실을 나선다.

한여름의 교무실은 파장 뒤의 장터 같다. 수업이 있는 책상들은 이런저런 것들로 헤들어 있고, 수업이 빈 대여섯 책상들은 선생님들로 엎드려졌다.

그럼 그렇지, 면회는 무슨? 반장이고 나발이고 녀석은 이제 죽었다.

속으로 뿌다구니를 내며 돌아서려는데 저 안쪽의 소파에 오종종하니 앉아 있는 아낙이 눈에 띈다. 눈을 비벼본다. 그 아낙이 맞는 것도 같다. 이상하다 싶어 두어 걸음 걸어가 본다. 섬에 있어야 할 그 아낙이다. 때아닌 왜구라도 쳐들어왔나? 무장공비가 떼거리로 상륙이라도 한 건가? 어리뚱한 채 그 자리에 서 있다. 웬일인지 선뜻 다가가지지가 않는다.

이쪽을 알아보았는지 아낙이 자리에서 일어나더니 지칫지칫 걸어온다. 들에 나갈 때처럼 머리에는 수건을 썼다. 때에 전 윗도리에 몸뻬를 받쳐 입었고 발에는 아무렇게나 끌고 다니는 보라색 막슬리퍼가 꿰였다. 밭일을 하다 저녁

밥이 늦을세라 서둘러 집으로 달려왔거나, 산에서 물거리 한 동을 해 이고 내려와 검불을 털고 난 품이다. 면소재지에 갈 때일지라도 그런 차림새는 않을 듯싶다. 그런 꼴로 아낙은 백여 명의 선생님들이 근무하는 교무실에 앉아 있었던 모양이다. 머리에 얼음동이가 쏟아지는 느낌이다.

"나가세."

데설궂게 아낙을 맞고는 바로 되돌아선다. 서둘러 교무실을 나와 계단을 타닥거려 건물 밖으로 나선다. 팔월의 뙤약볕이 이마를 쫀다. 마지막 계단을 내려서서 흘낏 뒤를 돌아본다. 아낙은 계단의 중간쯤을 걸어 내리고 있다. 계단 끝에 길게 박힌 잘 닦인 신주[1]가 햇빛에 반짝인다. 그것을 밟을까 싶어 아낙은 조심조심 징검징검 발을 딛는다.

걸음을 빨리한다. 수업 중인 친구들이 볼까 저어된다. 면회 왔다는 소식은 교실에 벌써 퍼졌을 터이고, 몇몇 녀석은 창문을 넘어다보고 있을 것이다. 여학생과 함께라면 휘파람을 불어대겠지만, 추레한 아낙의 모습에는 모두들 혀를 찰 것이다. 그러면서 홍야항야 삽지지겠지.

"해진이네 어머니 완전 촌사람이네."

---

[1] 계단 끝에 길게 박힌 미끄럼 방지 놋쇠붙이.

"아무리 섬사람이라도 저건 좀 지나치다 아이가!"

"일하다 밭에서 그대로 온거?"

녀석들이 눈치 못 채게 아낙에게서 떨어져야겠다. 걸음을 잰다. 교실을 한참 지난 곳에서 아낙을 기다린다.

"옷 갈아입고 나올랑께 저기 수위실 옆에서 기다리게."

수위실을 가리키고는 기숙사로 향한다. 학교 안에서는 간편한 실습복 차림이지만 밖으로 나갈 때는 교복을 착용해야 한다.

관물대에서 교복을 꺼내 갈아입고는 가방 밑에서 수첩을 꺼낸다. 아낙이 보내준 오천 원에서, 당길 때마다 살짝씩 깎여 나가는 대팻밥처럼 이리 쓰고 저리 남은 천 원짜리 두 장이 책갈피에 꽂혔다. 그것을 챙겨넣고 기숙사를 나선다.

학생들 대부분이 시골 출신인지라 면회 오는 부모들 역시 메떨어진 차림새였다. 나름대로 단장을 하고 왔겠지만 한눈에도 농사를 짓거나 배를 타거나 장사를 하는 사람들이란 걸 알 수 있었다. 우리 부모도 그네들과 진배없으렷다. 그래서 제주도보다 오기 힘든 낙도落島라는 걸 다행으로 여기고 있었다. 졸업 때까지 부모의 초라한 행색을 친구들에게 보일 일은 없는 것이다. 그런데 뜬금없이 추레한 아낙이 나타나 있는 것이다. 이왕 생겨나 있는 일, 빨리 돌려보내는 도리밖에 없다. 걸음을 서두른다.

아낙은 수위실 옆에 앉아 있다. 아까까지는 없던 보퉁이가 앞에 놓였다. 들어오면서 수위실에 맡겼던 모양이다.

"해진아, 이거 한 지대[2] 선생님 드리끄나?"

수위실 앞에 이르자 아낙이 보따리를 끄르며 길쭘한 멸치 포대를 꺼낸다. 짙은 갯내가 화드득 코에 끼친다. 후미진 섬에서 가져 온 후줄근한 냄새다.

"뭔 멸치를 다 선생님 드린다요!"

고개를 돌리며 한마디 한다.

"멀리서 온 거데 드리무 좋제야."

아낙이 밀긋이 올려다본다.

"도로 싸시요, 얼른!"

불퉁스런 반응에 보자기 끝을 훌치면서도 아낙은 못내 아쉬운 낯빛이다.

"사람이 어디든지 빈얄로[3] 가믄 안되는 건데" 하며 보퉁이를 이더니,

"선생님이 욕 안하끄나?" 하고 뒷동을 단다.

못 들은 척 교문을 나선다. 따라오던 아낙의 말은 교문의

---

2) 회푸대종이로 된 멸치를 담은 길쭘한 포대.
3) 빈손으로.

턱에 걸려 비치적댄다.

찜부럭은 나지만, 그렇다고 아낙을 교문에서 훌쩍 보내버릴 수도 없다. 그래도 버스는 태워 보내야지 싶다. 대구에 이모님이 있으니 공단 터미널까지만 가자. 창피야 하지만 거기까지는 바래다주는 수밖에.

힐끗 뒤를 돌아본다. 아낙은 너덧 발짝 저만큼이다. 걸음을 빨리해 욱걷는다. 누가 부르는 듯해 뒤를 돌아본다. 아낙이 여남은 발짝 저만치다. 싸게싸게 따라오제나 해찰이다. 맞갖잖지만 걸음을 멈추고 기다린다.

"아야 해진아, 이리꾸[4] 한 지대, 선생님 드리고 가믄 어차것니?"

가쁘게 걸어온 아낙이 다시 멸치 타령이다.

"비싼것 같으면 몰라도 쪽팔리게 무슨 멸치를 다 선생님 드린다요? 누가 촌사람 아니랄까마니."

씨우적거리며 시선을 돌린다.

"비싼것은 아니래도, 멀리서 온 귀한것이께 드리믄 어찬다냐?"

아낙의 목소리가 간절하다.

---

4) 작은 멸치.

"그것이 엄니한테나 귀하제 그 사람들한테 뭐가 귀하다요? 냄새만 풀풀 나구마는."

섰을 내며 발을 뗀다.

"암만 그래도, 선생님 만내는데 빈얄로 왔다 가믄 쓰끄나? 영 사람 도리가 아닌 성 부르다마는."

아낙은 더 이상 못 뻗대고 말끝을 사린다.

"그나저나 뭔 일로 여기까지 왔소?"

흘낏 돌아보며 묻는다.

말린 퇴비를 메꼬리[5]에 꾹꾹 눌러 이고 허덕허덕 치받이 김을 올라야 할 사람이, 소꼴을 묶어 이고 조심조심 논둑길을 걸어야 할 아낙이, 그런데 지금 멸치 두 지대를 머리에 인 채 이 도시의 아스팔트를 걷고 있는 것이다. 저곳과 이곳이 도무지 연결이 안된다.

"오따, 말도 마라."

서너 발짝 걸어온 아낙이 걸음을 멈추며 허리를 편다. 임으로 얹힌 보퉁이가 눈높이만큼 올라온다.

"그랑께 머시냐…, 가용 잔 벌어본다고 웃집 성님이랑 멜치 몇 지대를 갖고 나왔어야."

---

5) 멱둥구미.

아낙이 살풋이 고개를 들며 말을 잇는다. 길쭘한 잎이 아낙의 얼굴에 손바닥만한 그늘을 만들고 있다.

"금방 멸치 장사 나왔다 했는가?"

잘못 들었나 싶어 다시 묻는다.

"이이. 멜치 폴로 나왔다야."

대수롭지 않은 투로 말을 받고는 아낙은 걸음을 뗀다.

뙤약볕 아래에서 콩밭을 매든가, 푸르러가는 논에 들어 이틈을 매야 할 사람이 멸치를 팔러 왔단다. 소 진줄[6] 뜯어 먹는 소리가 아닐 수 없다. 설혹 배가 고파 헤까닥한 눈에 푸른 바다가 고구마 밭으로 보였을지라도 소가 어떻게 짜디짠 진줄을 고구마 순처럼 아작아작 뜯어 먹겠는가.

"농사짓는 사람이 무슨 장사를 다 해라우?"

섬에서도 장사는 좀 낮게 취급되었다. 몇몇 아낙들이 다라에 생선을 이고 이 동네 저 동네 발품을 팔며 다녔지만 그것은 농사지을 전답이 없는 사람들의 밥벌이였다. 이녁 땅에 농사를 짓고 사는 사람들 눈에는 고샅마다 집집마다 훑고 다니는 그 꼴이 영 천해 보였으리라. 거기에 장사치를 낮춰보는 옛날의 인식도 덧들었을 테고. 그런데 땅만 파먹

---

6) 잘피. 뻘밭에 크는 긴 바다식물.

던 사람이 그런일을 하려고 이 경상도 땅에까지 왔다는 것이다. 미치고 팔짝 뛸 일이 아닐 수 없다.

"그러믄 어쩔 것이냐? 한여름이라 일도 벨로 없어 펜펜 자빠져 노는디." 하며 잠깐 걸음을 멈추더니, "집에 가만히 있어봐야 돈이 나온다냐 떡이 나온다냐. 한 닢이라도 벌어 가용 쓰는 거이 낫제." 한다.

그깟 가용 몇 푼 벌기 위해 저리 후줄근한 행색으로 이리 멀리 왔단 말인가.

"엄니가 참말로 멸치를 이고 장사를 나왔다 이말이요?"

아낙은 뒷짐인 채로다. 멸치 두 지대를 싼 보퉁이는 거기가 가장 편한 자리인 듯 머리 위에 덩그러니 잘도 앉았다. 물동이든 소매동이든, 보릿뭇이든 나락뭇이든, 소꼴이든 메꼬리든, 그것이 무엇이든 일단 머리 위에 얹히고 나면 일부러 부리지 않는 이상 그것들은 딸싹 않고 거기 딱 얹혔었다. 임을 인 아낙들은 또 꼭 그래야 하는 것처럼 두 손은 뒷짐을 졌고 그래서 그것은 그니들의 기본자세가 되었다. 그 정도이기 위해서는 그만큼의 세월을 임으로 이어야 하겠지만, 적어도 그만큼은 돼야 보로시[7] '아낙' 축에 낄

---

[7] 간신히.

수 있었다.

"도둑질만 아니믄 세상에 못할 일이 뭐 있다냐? 이녁이 애써서 번단데 누가 뭐란다냐?"

멸치 보퉁이를 인 저리도 추레한 꼴로 도시의 복판을 걷는 것이 아낙에게는 아무런 문제가 안되는 듯하다. 임을 얹고도 자유로운 두 팔처럼 아낙은 그런것에서부터는 진즉에 벗어나 버린지도 모르겠다.

"사람 미치것네라."

아낙이 멸치장사를 나온 건 확실해졌다.

"글믄 둘이 나왔다면서 그 숙모[8]는 어찌고 혼자 왔는가?"

"참 얼척없이 되얐다야."

아낙이 잠깐 걸음을 멈추며 혼잣말처럼 울절거리더니, 걸음을 떼며 그 위에 말을 얹는다.

"긍께 말이다이, 그거이 어찌된 영문인가 하믄." 하며 숨을 한 번 내쉬고는,

"그냥 광주서 폴아도 될 것인디야, 그 성님이 한 닢이라도 더 받어보잠서 기언질 대전으로 가자냐 안. 딸네 집 있으께 갠짐하담서야. 그래서 그 요량에 따러나섰제. 휴우!"

---

8) 한 세대 위의 여자 어른.

말끝에 해녀들의 휫개소리[9] 같은 한숨이 달린다. 그럴만한 사정이라도 있는 모양이다.

"무선지도 모르고 역 마당캐다가 멜치를 폈는디야, 금메 금세 폴려부러야. 시골서 직접 잡어 왔다께로 사람들이 아주 사죽을 못시든마."

아낙의 말에 갑자기 생기가 돈다.

"차비 들어 왔어도 거그까지 오기 잘했다 싶드라께. 광주서 그놈 폴라믄 사날은 걸릴 건디, 한나절도 안돼 금방 폴아분께 겁나 좋냐 안. 다 폴리고 보로시 두 지대 남었어야. 인자 그놈만 폼무 펏 내레가것다고 마음이 바뻐졌네라."

장사가 잘돼 신이 났던 모양이다.

"그란데 금메, 어디서 호리락소리가 나냐 안. 뭔일이다냐 함시로 우긋이 있는데야, 옆엣사람들이 짐을 챙게들고 후다닥 도망을 치는 거여. 그라께 우리도 언능 멜치를 싸들고는 불판나게 도망을 쳤제. 그라다가 그 성님하고 질이 갈렸네라."

늘어난 녹음테이프처럼 아낙의 말에서 맥이 빠져나간다.

뙤약볕 아래의 역 광장에 보따리를 풀어 놓고 쭈그려 앉

---

[9] 숨비소리.

은 두 아낙, 우중우중 모여 서서 멸치 좌판을 구경하는 사람들, 호루라기를 불며 뛰어오는 경찰관, 서둘러 보따리를 싸 진둥한둥 달아나는 아낙들. 몇 개의 장면이 머릿속을 스친다.

"참 깝깝한 아줌씨들이요이."

아낙을 흘겨보며 한마디를 뱉는다. 그런 창피한 일이 어떻게 저 아낙에게 일어날 수 있는가. 딴 사람에게는 몰라도 저 아낙에게는 아니다. 얼굴이 벌게지는 느낌이다. 걸음을 서두른다.

안그래도 무거운데 뙤약볕까지 먹어서인지 모자가 한짐이다. 안쪽에 둥글게 테가 넣어져 각이 바짝 든 검정색 모자는 남색 동복과 짝이지 쑥색의 하복과는 전혀 안 어울린다. 할수없이 쓰고는 다니지만 여름에는 투구를 쓴 것처럼 거추장스럽다. 그렇다고 안 쓰거나 벗어 들 수도 없다. 그랬다가 선배들한테 걸리는 날에는 단체로 죽는 수가 있다. 공고인 데다 전교생이 기숙사 생활을 하고, 거기에 하사관 후보생으로 군사교육까지 받는지라 군기가 해병대 저리 가라다. 그런 현실이니 아무도 볼 사람 없는 평일의 공단[1] 뒷길인데도 모자 벗을 엄을 못낸다. 내리쪼이는 팔월의 뙤약볕 아래 아낙도 아들도 저저금의 임을 이고 있는 꼴이다.

"그러면 거기서 기다려야지 혼자 와버리면 어쩐다요?"

걸음을 늦추며 따지듯 묻는다. 왔던 대로 되짚어 내려갔더라면 아낙의 길도 편했을 것이고, 뙤약볕 아래의 이 생고생도 없었을 터이다.

"그께 성가실 일 아니냐."

아낙이 서너 걸음 걸어오더니,

"이 성님도 잔 나와봤으믄 쓰것드라마는, 원체 겁이 많은 사람이라 어디로 도망쳐뺀 모양이여."

하며 발을 멈추고는,

"오떠으! 멜치 멫 지대 폴로 왔다가 질 잃고 사람 잃고 거지 되것드랑께."

하며 길게 숨을 내쉰다.

"그러면 거기서 바로 차를 타고 내려가야지 여기는 뭘라고 왔소?"

"나도 그랄라 했제. 그래서 그 성님 지달린다고 보때리를 폈든 자리에 서너 식경을 앉았었냐 안. 그래도 항꾼에 왔으께 항꾼에 내레가야 안 쓰것다고?"

보퉁이에 쪼이는 땡볕에 눈이 따갑다.

"암만 지달레도 와야 말이제. 날은 오사게나 떤 데다 배

할차 고파 오고야. 어채야 쓰까 하고 보께로, 오또곰세…, 인자 날까지 어둬져 와야!"

하며 골마리를 더듬어 천 원짜리 한 장을 꺼내더니,

"악아, 어디 가서 아이스께끼나 한나 사묵고 온나" 한다.

목이 마른 참 잘됐다 싶어 주위를 둘러본다. 하지만 보이는 건 높다란 공장들뿐이다. 공장들 위로는 팔월의 볕살만 깡깡하다.

"여기는 공단이어서 사 먹고 싶어도 상점이 없네."

"그러기는 한다마는."

아낙은 쯧쯧, 혀를 차고는,

"뭔노무 사람 산 데가 점빵도 한나 없으끄나" 하며 천 원짜리를 다시 집어넣는다.

"안 뻐친가?"

이마에 등짝에 사타구니에 땀이 줄줄거린다. 임까지 이고 있는 아낙은 몇 곱이리라.

"뻐치기는 뭣이 뻐체야? 땡볕에 밭 매는 것에 대믄 안꿋도 아니제."

암만 그래도 그건 아니다. 땡볕 아래에서의 피사리나 고추밭 매는 일이 아무리 사람을 갉는다 해도, 보릿뭇이나 나락뭇이나 거름 메꼬리가 시나브로 사람을 골병 들게 한다

해도, 그래도 그곳에는 잠시 기댈 수 있는 그늘과 땀을 식혀주는 바람, 그리고 무엇보다 수확에의 기대가 있다. 하지만 도시에는 숨 막히는 더위와 탁한 공기, 그리고 아스팔트의 열기만 있을 뿐이다.

"저기서 좀 쉬었다 가세."

높다란 공장이 길가에 덕석만한 그늘을 만들고 있다. 아쉬운 대로 그 안에 앉는다.

우리동네 사장나무에 견주면 그늘이라고 있는 것이 참으로 옹색하고 짜잔하다. 널따란 마당 가운데 삼백 년인가 사백 년인가 서 있었다는, 어른 다섯은 팔을 벌려 잡아야 두를 수 있는 그 팽나무에 대면 말이다. 여름날이면 아이들은 원숭이처럼 팽나무를 오르거나, 그 아래 있는 판판한 돌에 풀물로 판을 그려 곤을 두었고, 어른들은 정자에서 장기판을 벌이거나 둥그렇게 둘러 앉아 벽돌림[10]으로 시조창을 했다. 팽나무는 낙하산처럼 가지를 펴 그늘을 드리워 주었고 가끔씩은 흘러가는 바람을 움키어 와 머리 위에 흩어 주기도 했다. 그 사장나무의 그늘 한 쪼가리나 바람 한 줄기만 있어도 도시의 아스팔트가 이리도 징상스럽지는 않을

---

10) 사회자 없이 돌아가며 부르는 것.

듯싶다. 주전자에 송글송글 물방울이 맺히는 이빨 시린 건 넛샘물 한 대접만 있어도 도시의 이 뙤약볕쯤이야 선선한 건들마일 것만 같다.

"악아, 땀 닦어라."

아낙이 쥐고 있던 손수건을 내민다.

"괜찮하요. 땀도 안 나구마는."

이마로 목으로 땀이 줄줄대는데도 아낙의 손길을 피한다. 닦는다고 없어질 땡볕이 아니다. 아낙을 보내고 나면 어디선가 저절로 그늘이나 바람이나 샘물이 생겨나리라.

습관적으로 주위를 둘러본다. 아무도 보는 사람이 없다. 슬그머니 모자를 벗고 공중을 올려다본다. 희뿌연 허공에는 땡볕들의 알갱이들만 아글바글 아우성이다. 바람은 금오산 중턱 어디쯤에 허리띠를 풀고 앉아 내려올 생각을 않나 보다. 하기야 바람 저도 선선하고 한적한 곳에 있으려겠지 이 후텁지근하고 숨 막히는 곳에 오려지는 않을 것이다. 구름 한 점 바람 한 올 없는 고약스러운 여름날이다. 분지의 공업단지에 뙤약볕까지 더해진 도시가 마치 펄펄 쇳물이 끓고 있는 주물 실습장만 같다.

손으로 땀을 훔치며 앞에 놓인 멸치 보퉁이를 내려다본다. 생긴것은 전혀 다른데 이상하게 그것이 그 겨울의것을 떠올리게 한다.

 중학교 2학년 때였다. 아직 겨울방학이 시작 안된 초겨울, 산에는 잎을 지운 나무들이 앙상하니 떨고 가실 끝난 들판에는 검불들만 쓸려 다녔다. 바다를 건너온 갯바람이 유리창을 때리면 오래된 나무 창틀이 늙은 개인 듯 덜컹덜컹 짖어댔다. 그 소리를 달랜다고 애들은 여러 번 접은 종이 쐐기를 창문 틈에 끼웠고, 그러자 바람은 벌어진 틈새로 스며들어 빡빡머리들의 목덜미를 문지르고 지나갔다. 그때마다 아이들이 아르르 진저리를 쳤다.

 선생님이 판서하는 사이 창밖으로 눈이 간다. 저 위쪽에 사람의 모습이 아른대서였다. 아낙 셋이 소매동이를 이고 밭둑길을 걷고 있다. 변소를 푸는 모양이었다. 그런갑다, 하고 눈을 돌리려다 다시 쳐다보게 됐다. 무언가가 눈길을 당겨서였다. 소매동이를 인 채 줄줄이 걸어가는 세 사람 중에 끝에 있는 조그마한 아낙이 눈에 걸린다. 아무래도 그 아낙만 같다. 그럴 리가 없는데. 눈을 비비고 다시 본다. 틀림없다. 아침에 도시락을 싸 학교에 보낸 그 아낙이 맞다. 설마, 하며 다시 눈을 비빈다. 영락없다. 그 아낙이다.

 가슴이 쿵덕쿵덕 뛰기 시작한다. 저 아낙이 왜 저기 있는가. 저 아낙이 왜 저기에서 소매동이를 이고 변소를 푸고 있는가. 저렇게 해서 대체 몇 닢을 번다고 저런 일을 다 하고 있는가. 동네에서도 젤로 가난한 집 엄니들이나 하는 저런 천한 일을 말이다. 흘낏 올려다봤다가는 얼른 고개를 돌린다.

동네 애들 누가 봐버린 건 아닐까. 그래서 쫑긋에처럼 입이 싼 녀석이 쉬는시간에 왜장이라도 치는 건 아닐까.

"와따매! 해진이네 엄니 변소 푼다네이!"

"해진이네 엄니가 소매동이를 이고 저기서 똥을 푸고 있다네이!"

눈은 칠판에 가 있지만 신경은 온통 창 너머로만 쏠린다. 아낙들이 안 보이면 마음이 놓였다가 보이면 다시 쿵덕대기를 반복한다. 아낙들이 빨리 일을 끝내고 가버렸으면 좋겠다. 변소를 안 퍼 변소 칸이 온통 똥으로 차버려도 좋으니, 그 위로 누런 구더기가 느지럭거려 똥을 못 싸도 좋으니, 낑낑대고 참으며 학교에서는 아예 똥을 안 눠도 괜찮으니 당장에 저 아낙들이 가버렸으면 쓰겠다. 그래서 제발 아무도 이 사실을 몰랐으면 좋겠다.

쉬는시간에도 밖에를 안 나갔다. 애들이 놀자고 끌어도 신경질을 내며 종일토록 교실에만 박혀 있었다. 이상한 일이었지만 평소에는 서너 번은 가던 변소를 한 번도 안 갔다. 집에 와서도 학교에 다녀왔다는 말도 안했다. 저녁도 건너뛰었고, 왜 그러느냐는 물음에는 뻣성을 내며 둑만 부렸다[11]. 배고픈 줄도 모른 채 저수지 둑이며 학교 운동장이며 선창이며를 이슥한 시각까지 하릴없이 돌아다녔다. 마치 통시 구덕에 빠진 것 같은 하루였다.

"그나저나 그 성님은 어쨌으끄나? 해나 겡찰한테 잽혀갔으까아?"

아낙이 이쪽으로 몸을 수그리며 묻는다.

"참 깐깐한 소리 하요. 그럼일로 다 잡혀가젔소?"

눈길은 허공에 둔 채 말만 툭 던진다.

"그 숙모도 숙모요. 다시 그 자리로 와야 같이 갈 것 아니요?"

슬쩍 돌아본 아낙의 눈길도 허공에 가 있다.

"금메 내 말이 그 말 아니냐. 암만해도 단대이 겁을 묵고는 딸네 집으로 핑 가벤 거 탁어야[12]."

아낙이 손수건으로 이마를 훔친다.

"그러믄 어지께는 어디서 잤소?"

---

11) 성질부리다.
12) ~탁다 = ~같다.

저 남쪽 끄트머리의 외딴 섬에서 올라온 아낙은 아는 사람 하나 없는 망망대해 같은 도시의 밤을 어디서 보냈을까. 파도에 떠밀려 아무 구석에나 처박힌 뱅꼬[13]처럼 도시의 어느 후미진 골목에 쪼그린 채 뜬눈으로 밤을 새운 건 아닐까.

"너 공부 못해서 어차끄나? 언능 가자."

아낙이 자리를 털며 보퉁이를 인다.

"정류장까지만 데려다 주고 가믄 되네."

아낙을 보내고 나면 청소시간쯤 될 것이다. 면회를 핑계 삼아 느지감치 들어가면 된다.

"그래도 안그러께 싸게 가자."

아낙이 걸음을 서두른다.

"해는 지제, 배는 고파 오제, 아는 사람은 없제, 오따, 몸살지칠 일이든마이."

쉬는 숨결마다 말의 끝이 길게 늘어진다.

"역전에서 국밥은 한 그릇 사 묵었는데, 인자 잠잘 일이 걱정이어야. 이 일을 어채야 쓰끄나?"

정말 이 일을 어째야 쓸까. 아무리 둘러보고 또 둘러봐도, 아는 이도 아는 데도 하나 없는 그믐 같은 도시에서 아

---

13) 양식장에 쓰는 물공. 부자(浮子).

낙은 어찌 해야 했을까.

"멜치 폰 돈은 있제만, 대고 어디 들어가기도 그러고…, 어만 데 들어갔다가 또 먼 꼴을 당할지 몰르것고…, 그란다고 야밤에 차를 탈 수도 없고…, 해나 그 성님이 다시 올지도 몰르고…, 그래서 역에 들어가 한쪽 구석에 쪼글시고 있었니라."

막슬리퍼에 땀이 차는지 걸을 때마다 찔복대는 소리가 요란하다.

"그렇게 쭈글세서, 자다 깨다 깨다 자다 보게 날이 희끗새잘컷냐 여름이라 밤이 짧으게 그나마 다행이드라만."

찔꺽찔꺽.

"인자 차 타고 핑 집이 가야것다 맘 묵고 표를 끊으로 갔제. 어차피 성님도 안 오께 혼자서 갈 수밲이 없것든마."

찔꺽대는 소리가 영 귀에 거슬려 아래를 내려다본다. 양말도 안 신은 아낙의 발뒤쭉지가 시꺼먼 홍합껍질이다.

고무신에 땀이 차 찔쩍거리면 우리들은 바닥에 지푸라기 몇 올이나 마른 풀 한 줌을 깔았다. 그러면 미끌대던 고무신 바닥이 운동화처럼 되었다. 혹시나 싶어 주위를 둘러본다. 지푸라기는새레간에 삶을 듯한 뙤약볕만 오살하다. 도시에서는 그런 하찮은 것도 찾기 힘들다.

"광주표를 끊을라다가야, 표 끊는 아가씨한테 여차꼴로[14]…, 구미는 어추쿠 가냐고 물었제. 기차 타믄, 한…, 두 시간이믄 간다 안하냐."

찔꺽대는 소리가, 엿 궤짝을 등에 진 채 동네 고샅길을 돌던 깜빡수 엿장수의 짤깍짤깍 가윗소리만 같다.

"그 말 들으께 또 고민이 되든마이. 그냥 집이로 가끄나, 여기 온 김에 너나 한번 보고 가끄나 하고 말다."

아낙이 살짝 걸음을 전주른다.

"그란데…, 꼴새가 말이 아니냐 안. 이 꼴로 어추쿠 학교를 찾어가까. 가므는 선생님도 찾아뵈야 할 건데 이런 촌년 꼴로 괜침하까아? 그 생각에 또 한참을 문졌제[15]."

그런 입성으로 학교를 찾는 것이 에런[16] 일이라고 생각은 했던 모양이다. 그랬으면 여기로 오지 말고 바로 집으로 내려갔어야 했다. 서로 간에 이렇게 안 에럽도록 말이다.

"그러면 여기 일찍 왔겠는데 어째 이제야 왔는가?"

대전에서 구미는 넉넉잡아도 세 시간이니 아침나절에 이 도시에 도착했을 것이다. 역에서 학교 앞 버스정류장까지

---

14) 어쩌나 보려고.
15) 문지다. 망설이다.
16) 창피한.

삼십 분, 거기에서 학교까지는 기어서도 이십 분, 도저히 계산이 안 맞는다.

"역에 내리기는 했는데, 또 자신이 안 서는 거여. 진짜로 가끄나 마끄나 하고. 암만 그래도 학교로 아들을 찾아가는데 이 꼴로 가도 갠짢하까? 무담씨 찾아갔다가 아들 우사시키는 건 아니까? 거그다가 전에 느그아부지가 했던 말도 생각나고야. 그래서 자꾸 발뒤꿉지가 무거지드라께."

아무리 섬에서 농사만 짓고 사는 무지렁이 아낙이어도 그 정도 중정은 있었겠지. 그건 알겠는데 뒷동으로 달린 건 뭐지? 아버지가 했던 말이라니? 그것이 미늘이 되어 턱을 꿴다.

"아버지라우?"

아낙은 답이 없다. 그런 채로 서너 걸음이다.

"아버지가 뭐라 했는데라우?"

아낙을 돌아보며 재우친다.

"너 학교 데레다 주고 오든마는 밤낮으로 술만 묵어야."

그러고는 또 서너 걸음이다. 얼른 말했으면 좋겠구만 자꾸 문치적대고 있다. 다시 아낙을 돌아본다. 아낙이 말을 잇는다.

"어채 그라요 물어도, 대답도 안하고 여러 날을 술로 살

드라께. 그라께 나는, 생키[17] 띤 에미맨치로 니를 거이다 띠
놓고 와 맘이 안좋아 그런지만 알었제."

그리고 또 두어 숨을 쉬고는, "그란데 그거이 아니었든갑
서야" 한다.

생전처음 섬을 떠나는 것이기도 했고 그곳이 '경상도'이
기도 해서 아버지가 학교에 데려왔었다. 아버지는 이 도시
에 아들을 떼어놓고는 외양간이 있는 그곳으로 돌아갔고,
나는 젖을 뗀 송아지가 되어 여기 남았다. 낯선 곳이라, 더
군다나 '경상도'라는 이름의 곳이라 많이 두렵기는 했다. 그
러면서도 한편으로는, 언젠가는 부모의 곁을 떠나야 하는
게 모든 새끼들의 운명이라고 생각했었다. 그래서 내 현실
을 경경히 받아들였다. 그런데 소 어미는 그게 아니었던 모
양이다.

"대통령이 맨들었다께 이녁은 겁나게 존 학곤지 알었당
마. 그런디 가서 보께로 이상하게 군인을 키우는 데 탁드라
여. 너를 학교다 데레다 준 거이 아니라 군대다 넣고 오는
기분이드라냐 안. 안직 밍털도 안 빠진 어리디어린 너를 그
먼 겡상도에, 거이다가 군대 같은 학교에 놔두고 온 것에

---

17) 송아지.

그라고 맘이 애리드란다."

아낙의 말이 담담 잦아지는 듯하다. 슬며시 돌아보니 아낙이 손수건으로 눈시울을 찍고 있다.

"느가부지가 옷이 없어 봄 잠바를 입고 갔었는데야, 추운지도 몰르고 역까장 걸었다든마."

아낙의 말에 물기가 묻어난다.

"미안하다 아들아, 이 아부지가 미안하다. 못난 아부지가 너를 여기다 띠놓고 가서 참말로 미안하다. 그라제만 헹펜이 이란데 어차것니. 이 수뱊이 없는데 어찌 하것니. 그라께 너가 이해해라. 이라고뱊이 할 수 없는 이 부모를 너가 이해해라. 그래도 아들아, 아무리 현실이 이래도 너는 잘 클 거이다. 잘 커야 쓴다. 그래야 쓴다, 아들아."

그래놓고는 아낙은 말이 없다. 너덧 걸음이다.

"그라고 집이 와서는 멫 날이고 술만 묵었는갑드라. 한…, 보름을 술로 살든만, 바로 원양 간다고 훌쩍 떠났니라."

그랬구나. 그래서 귀국한 지 얼마 되지도 않았는데 그리 급하게 다시 원양을 나갔구나. 분지의 겨울이 날카롭게 날을 세우고 있는 이월의 끝자락에 얇디얇은 봄 잠바를 입은 그 사내는, 밍털도 안 빠진 새끼를 멀고도 낯선 곳에 떼어

놓고는, 쇠지[18]를 떼고는 나흘이고 닷새고 외양간을 돌며 울어대는 어미소처럼, 목은 쉬었는데도 새끼를 그리며 울고 또 우는 그 어미처럼, 돌아보고 또 돌아보며 황량한 도시의 벌판을 걸었었구나. 그리고 애린 마음을 달랠 길 없어 몇날 며칠 술만 들이켜다가, 아프리카 저 어디, '라스팔마스'라 했던가, 그 먼 곳으로 감옥 같은 삼년의 원양을 떠났구나.

"그라께 느가부지처럼, 만내보고 괜시리 맘만 애릴까 무섭드라께. 차라리 안 만낸 것만 못하믄 어차끄나 싶어서 여러 번 문지고[19] 앉았었네라."

말이 더 이어질 듯 싶은데도 기척이 없다. 찔복대는 발소리만 귀에 든다. 어쩌면 아낙은 찔긋대는 슬리퍼 한 발짝마다 이국의 바다에 떠 있는 사내를 생각하는지 모르겠다. 그러면서 아낙은, 직접 와서 보니 이녁 마음을 알겠다고, 그냥 갈 걸 괜히 와서 마음만 애리다고, 촌년이 무담씨 찾아와 아들 우세시킨 것 같다고 후회하고 있는지도 모르겠다. 그래서 저렇게 말은 닫은 채 산골짝에서 울어대는 소쩍새처럼 발소리만 찔복대고 있는갑다.

"그라다가야…, 여그까지 왔으께 보고 가야것다고 맘을

---

18) 송아지.
19) 머뭇거리고.

악아. 33

묵었제. 에럴 때 에럽고 애릴 때 애리드래도 보고 가는 것이 안 낫것냐고. 에미가 새끼 보는데 잔 추레하믄 어찬다냐고. 그라믄 에미가 새색시같이 채리고 새끼를 보리냐고. 아무리 해봐야 촌년이제 촌년이제 어차것냐고. 그리 궁리함시로 찬채이 걸었니라."

이왕 그렇게 마음먹은 것은 그렇다고 치자. 그런데 문제는 '걸었다'는 것이었다. 아낙이 그 길을 '걸어서' 왔다는 사실이었다. 친구들과 노량으로 해찰부리며 걸으면 시간반, 차가 끊긴 늦은 시각에 바삐 걸으면 한 시간이 걸리는 거리이다. 그런데 판월이 볕살이 불김으로 쪼어대는 이 한여름에, 머리에는 6킬로 되는 멸치 보따리를 인 채, 발을 뗄 때마다 찔복대는 막슬리퍼를 끌며 그 먼 거리를 허찐하찐 걸어서 왔다는 것이었다. 버스를 타면 늘려 잡아도 한 시간이면 넉넉한 거리를 거의 네 시간 넘게 땡볕 아래를 되똑거렸다는 것이다. 애당초 걷는 것밖에 모르는 섬사람이라지만 이건 무식함을 넘어 무모하다고밖에 할 수 없다.

"걷다가 물어보고, 걷다가 물어보고, 목은 매란데 물 한 모금 못 얻어 묵고, 걸으고 또 걸었어야. 지나가는 사람한테 물어보믄 얼마 안 남었단데 멀기는 징하게도 멀든마. 땡볕할차 난리께로 더 먼 것 탁해야. 그란지 알었으믄 뻐쓰를

탈 것인디야. 그랑께 촌것들은 어찰 수가 없는갑서."

두 곱은 나시 되는 거리여도 외갓집 가는 길은 그리 멀게 느껴지지 않았다. 풀솜할머니가 호랑에 넣어주는 과자 몇 개와, 슬며시 쥐어주는 동전 몇 닢이 그 까닭의 전부는 아니었다. 발길에 구르는 신작로의 돌멩이들과, 저저금의 소리로 노래하는 새들, 나무와 잎들이 뿜어내 주는 풀꽃향기, 멀리 흘러가는 구름과 그것을 좇는 바람, 파도처럼 쏠리는 나락의 결, 그것들을 벗 삼아 걷다 보면 함네집[20]이 금세이다. 시오리 길이 마치 이웃마을 같다. 그런데 아낙은, 새소리나 구름은새레간에 그늘 한 조각 바람 한 점 없어 금방이라도 머리가 벗어질 것 같은 땡볕 아래의 아스팔트를 오직 아들을 만나겠다는 일념으로 지뻑거린 것이다.

"아이가! 아이가! 그라께 멍청하믄 몸이 고생한다든가안."

하도 한심해 우박을 준다.

"내 말이 그 말이다. 그라께 펭생 이라고 살제 어차것냐."

지금까지 그래왔듯 앞으로도 아낙은 그리 살 수밖에 없을 터이다.

---

20) 할머니네 집. 외갓집.

"그나저나 멸치는 다 팔아버리제 뭐한다고 남겼는가?"

머리에 이고 있는 두 지대의 멸치가 갈퀴나무 한 동처럼 무거워 보인다. 아까는 안그랬는데 홀쩨 그래 보인다.

"금메 말이다. 그 꼴 안 당했으믄 카카리 털고 일어났을 것인디야, 일이 그랄라 그랬는가 어쨌는가 이상하게 두 지대가 남었어야. 외려 잘됐다 싶든마."

아낙의 말에 슬핏 맥이 돈다.

"선생님하고 느그 이모하고 한 지대씩 주믄 딱이것드라께."

집에까지 돌아갈 일을 걱정해야 하는 판에 남 멸치 챙길 생각이 들었을까.

뒷길을 빠져나와 큰길로 나선다. 사람들이 하나둘 보이기 시작한다. 정류장이 점점 가까워지고 있다. 이제 대구행 버스를 태우고 이모님께 전화만 하면 뙤약볕 아래의 이 지겨운 여름날은 끝이 난다.

"나는 얼른 가서 표 끊을라께 천천히 오게이."

걸음을 잰다.

표를 끊고 바라보니 아낙이 사람들 사이를 허짓허짓 걸어오고 있다. 임이 표지가 되어 금방 눈에 띈다. 아낙은 지금까지 저렇게 머리에 임을 이고 살아왔지 싶다. 그때그때

이고 있는 것들은 달랐겠지만 내내 무언가를 머리에 얹고 있었고, 앞으로도 쌈북[21] 저렇게 무언가를 인 채 살아갈 것이었다.

"이모한테 나오라고 전화할 테니 걱정 말게."

아낙에게 표를 건넨다.

"그나저나 너 공부 빼묵어서 어차끄나?"

표를 쥔 채 아낙이 올려다본다.

"괜찮하요. 하루 안 깎는다고 쇠가 썩을 것이요 어쩔 것이요."

눈길을 피하며 허공을 올려다본다.

"악아, 이거 을마 안된다마는 존조리 써래이."

아낙이 곤말[22]에서 접힌 지폐 한 줌을 꺼내더니 천원짜리 서너 장을 떼어 낸다. 그것을 쥐어주고도 아낙은 손을 안 놓는다.

"내 우래이…, 내 새끼…, 불쌍한 내 새끼."

두 손을 잡은 채 아낙이 올려다본다.

"놈들은 부모 잘 만나 펜하게 공부한데, 내 새끼는 애비에미 못만내 이 먼 데 와서 이 고생을 하네라. 애드러서 어

---

21) 계속해서.
22) 허리춤.

차끄나, 애드러서 어차끄나."

아낙의 눈귀로 무언가가 흘러내린다. 그것을 안 보려고 눈을 올려버린다.

"몸 성해래이. 밥 잘 묵고…, 공부도 열심히 하고…."

아낙이 손을 놓으며 손수건으로 코를 훔친다.

"언능 타게."

멈칫대던 아낙이 멸치 보퉁이를 들고 차에 오른다.

휴, 끝났다. 드디어 뙤약볕의 시간이 지나갔다. 이제 나만의 그늘로 돌아가자.

막 발길을 떼려는데 아낙이 보퉁이를 들고 버스에서 내린다.

"악아, 암만 생각해 봐도 안되것다. 이놈 한 지대 선생님 갓다 디레라. 하찮제만 그래도 정성이라고."

아낙은 보따리를 들려주고는 서둘러 버스에 오른다. 지체한 시간을 벌충하려는 듯 버스는 시커먼 연기를 내뿜으며 길을 재촉한다.

밀거니 버스를 쳐다보다 걸음을 옮긴다. 어느 결에 내려왔는지 산들바람이 뺨을 스쳐간다. 건넛샘물 한 대접을 들이켠 듯 속이 시원하다. 그늘 속을 걷는 듯 가뿐한 걸음이다. 그렇게 몇 걸음 걷는데 멸치 보따리가 들린 오른손이 영 어색하다. 여학생들이라도 지나가면 무슨 창피인가. 교복 차림으로 지겟짐을 졌다고 히히덕거리겠다. 선배라도 보면, 학교 위신 깎았다고 바로 몽둥이질을 할지 모른다. 그것도 그렇지만 이깟것을 선생님께 드리기도 영 그렇다. 비싼것도 아니고 시장에 가면 실컷 널려 있는 이따위 멸치를 무슨 선생님을 갖다 드려야. 안되겠다, 버려야겠다.

 길을 틀어 골목으로 들어선다. 아무도 없다. 보따리를 슬그머니 담벼락 아래 내려놓는다. 그리고 돌아서서 나온다. 서너 발짝 떼는데, 느닷없이 아낙의 말이 빛살처럼 머리를 때린다.

 '내 우래이…, 내 새끼…, 불쌍한 내 새끼. 애드러서 어차끄나, 애드러서 어차끄나.'

 아낙은 천원짜리 석 장을 쥐어주며 그렇게 말했었다. 그리고 훌쩍였었다.

 불쌍할 것도 애드러울 것도 없는데 아낙은 그렇다 했다. 꽁보리밥만 먹던 섬 소년이 쌀이 반이나 섞인 밥을 먹고, 제사나 명절이 아닌데도 소고깃국을 먹는데. 교복과 낡아빠진 옷 한 벌이 전부이던 소년이, 교복에 군복에 실습복에 구두까지 가지게 됐는데. 그것도 전부 공짜로 지급받았는데. 실습시간에는 쇠토막이고 용접봉이고 납이고 간에 실습자재를 마음대로 쓸 수 있는데. 돈 한 푼 안 내고 그러는데. 그런데 뭐가 불쌍하고 애드럽다는 걸까. 친구들이 영어 단어를 외우고 수학문제를 풀 때, 나는 기능사가 되기 위해 쇠를 깎고 납땜을 해야 하는 게 좀 그렇지만. 걔네들이 부모 밑에서 편안히 잠자리에 들 때, 우리들은 야간점호 후에 옥상이나 복도에 집합해 선배들에게 몽둥이질 당하는 게 좀 그렇지만. 친구들이 대학 가는 공부를 할 때, 우리들은 M1소총을 메고 군사학을 해야 하고, 그 친구들이 여름방학 때 바다로 산으로 놀러 갈 때, 우리들은 군부대에 입수해 병영훈련을 받는 것이 좀 그렇기는 하지만. 친구들이 대학에 진학해 미래의 꿈을 키울 때, 우리들은 오년을 하사관으로 복무하는 게 좀 무겁기는 하지만. 그래도 고등학교 과정을 전액 국비로 다니고 있으니, 밥에다 잠에다 옷까지 모두 무료로 제공받고 있으니 그 정도는 감수해야 하는 것 아닌가. 그만큼의 혜택을 받았으니 졸업 후에는 당연히 그만큼을 갚아줘야 하는 것 아닌가. 받았으면 응당 돌려줘야 하는 것이 세상 이치 아닌가. 그런데 아낙은 대체 뭐가 미안하고 애드럽다는 걸까.

걸음이 멈춰지더니 두 손이 담벼락을 짚는다. 그러고는 두 팔 사이로 고개가 푹, 꺾어진다. 그냥 그래진다. 그러니 머릿속에 떠오르는 그 겨울의 풍경도 뜬금없기는 한가지다.

  오줌이 아랫배를 가득 채운 새벽, 소년은 요강이 있는 토방으로 나갔다. 아직 지붕을 해이기 전인 동짓달의 마당은 둥글게 말아 묶은 마람[23]들로 빼곡하다. 보름에서 며칠을 걸어 내린 하현달이 차갑게 빛을 뿌리고, 앞산의 소나무를 스쳐온 바람이 마람을 쓸고 간다. 사르락거리는 소리는 아까부터 거기에 섞였었다. 달빛과 마람과 바람, 그리고 사르락사르락. 마당은 하나의 풍경화로 겨울의 새벽을 흐르고 있다. 오줌 누는 것도 잊은 채 소년은 풍경 앞에 서 있다. 사르락사르락. 다시 쥐가 짚을 쓰는 듯한 소리가 달빛에 실린다. 소리의 사북자리를 찾으려 소년은 꽃발을 든다. 담과 행랑이 만나는 저 귀퉁이에 한 아낙이 쪼그려앉아 사르락을 만들고 있다. 남편은 배를 타고 이국의 바다를 떠돌 시각, 아낙은 새벽에 일어나 달빛을 불빛 삼아 마람을 엮고 있는 것이다. 사르락사르락, 사르락사르락. 소매동이를 이고 학교의 변소를 펐던 그 아낙이다. 소년은 그 자리에 털썩 주저앉았다. 무엇인지 모르겠는 것이 무릎을 탁 꺾

---

[23] 이엉.

었다. 사르락대는 소리였을까, 이울어가는 달빛이었을까. 아니면 그것들 다였을까. 달빛 머금은 바람 한 줄기가 소년을 쓸며 지나갔다. 한참을 그러고 있던 소년은 무릎걸음으로 방으로 기어들었다. 그리고 이불 속에 옹크린 채 흐득거렸다.

울음이 터져 나온다. 임으로 얹힌 멸치 보퉁이와, 그것을 이고 땡볕의 아스팔트를 걷는 아낙과, 이월의 찬바람을 얇디얇은 봄 잠바로 걸었다가, 지금은 이국의 바다에 뱃사람으로 떠있는 사내와, 겨울의 달과, 그 새벽의 풍경이 머리 가득이다.
한참을 울다 소년은 고개를 든다. 그리고 버렸던 보따리를 돌아본다.

보자기를 빠져나온 멸치들이 뙤약볕의 아스팔트를 가쁘가쁘 헤엄쳐 오고 있다.

갈쿠섬 앞에서

갈쿠섬 앞에서

 새벽은 장닭들의 홰치는 소리로 시작된다. 동네 이쪽에서 "꼭꼬대으!" 하면, 동네 저쪽 편에서 "꼭꼬대애!"로 받는다. 질세라 저 아래쪽 골목에서도 "꼭꼬오!", 저 위쪽 골짜기에서도 "꼭꼬으!" 소리가 터져 나온다. 장닭들은 소리에 소리를 이어 밤을 밀어내고 새벽을 만든다.

 홰치는 소리를 뒤로하고 배에 올랐다. 포구를 빠져나온 배는 바다를 향해 머리를 튼다. 배는 속도를 높이며 어둠을 가른다. 아침은 멀어 사방은 아직 어둠에 묻혀 있다. 얼마의 어둠을 헤쳐야 햇살에 가 닿을지는 가늠하기 어렵다. 아침은 분명 수평선 저 너머에서 오고 있겠지만 그것은 배를 더 몰아가고 난 뒤의 일일 것이었다.

 전날 약속을 했는지라 얼떨결에 따라나섰지만 한참을 나

온 뒤에야 해원은 괜한 짓을 했다는 생각이 들었다. 간밤에 마신 술이 아직 덜 깨 멍멍한 상태였다. 멀쩡한 정신으로도 어쩔까 싶은데 술기운이 남아 있는 상태라 멀미에 자신이 없는 것이다. 그렇다고 배를 타고 나와 버렸는데 다시 들어가자고 할 수도 없는 노릇이었다. 술김에 한 약속을 곧이곧대로 믿어버린 재삼에게 야속한 생각마저 들었다. 술에 쎄[1]를 안 대는 몸이니 술 마시는 사람의 처지를 모른다 하지만, 그래도 아주 오랜만에 배를 타는 사람의 입장 정도는 고려해 줬어야 했다. 바다로 먹고사는 사람에게야 배를 타는 일이 걷는 것만큼이나 자연스럽겠지만, 육지에서 살아온 사람에게 그것은 두어 번 자빠진 뒤 다시 오른 자전거 타기 같은 것일 수 있었다.

전복 가두리를 벗어난 배는 오른쪽으로 몸을 튼다. 배는 섬의 동쪽 들머리인 '목섬'을 지나고 있다. '새목아지'를 벗어나자 바람이 제법 거세다. 이 바람은 백 년 만인가의 폭염으로 연일 용광로처럼 달궈지고 있다는 저 위쪽의 도시까지 올라가 줄까. 그래서 날마다 비닐하우스가 된다는 4층의 옥탑방을 조금이라도 식혀줄 수 있을까. 그곳에 있는

---

[1] 혀.

아내와 새끼들에게 새벽바다의 이 시원함을 전해줄 수 있을까. 해원의 눈길이 멀리 북쪽으로 향한다.

김양식장을 벗어나 한참을 달린 배가 바다 가운데 멈춰 선다. 네둘레는 아직 어둠으로 침침하다. 배의 시동을 끄더니 재삼이 앞쪽으로 걸어 나간다. 그러고는 주위를 한번 둘러보고는 타락[2]에 앉는다.

"해원아, 너 중학교 3학년 추석 때 생각나냐?"

해원은 생뚱맞다는 듯 멀뚱히 재삼을 쳐다본다.

"……?"

"아따, 둘이서 섬 일주한 것 말다아."

재삼은 답답하다는 표정이다.

"추석에 친구들하고 섬 한 바퀴 돈 거는 생각난다마는."

그런일이 있기는 했다. 추석날 동무들과 함께 신작로를 따라 섬을 한 바퀴 돌았었다. 그전부터 내려온 전통인지, 아니면 누가 제안해서 그랬는지는 몰라도 그것이 추석의 연례행사처럼 돼 있었다.

아침을 먹고는 동무들끼리 길을 나선다. 재잘대며 신작로를 걷다 보면 반대쪽에서 오고 있는 왼동네[3] 친구들을

---

2) 배의 가장자리를 두른 널.
3) 다른 동네.

만나기도 하고, 옆 동네를 지날 때면 애들이 떡이나 과자를 건네주기도 했다. 담장 위로 여자애들 단발머리라도 보일 양이면 괜시리 어깨에 힘이 들어가졌다. 그렇게 하루를 걷고 동네에 닿으면 꼼빨재에는 휘영청 보름달이 오르고 있었다.

"아따, 그것 말고야. 너랑 나랑 둘이서 돌았던 것 말다."

재삼의 목소리가 조금 커진다.

해원은 고개를 갸우뚱한다. 이 친구와 둘이서만 섬을 돈 적이 있었던가. 추석이면 애들과 같이 걸었을 건데 어떻게 이 친구하만 돌았을까. 아리까리하다. 삼십년도 더 지난 세월이니 그때의 자취가 여직까지 머릿속에 남아 있을 리 없다. 그 추석날 혹 마음에 두었던 여학생과 첫 입맞춤이라도 했다면 모를까, 수많은 추석 중의 하나였을 테고, 또 많고많은 날들 중의 하나였을 것이니 그날이 특별하게 기억에 새겨졌을 리 만무이다.

"머리 좋은지 알었든만 아닌갑네이."

타락에 앉아 말을 걸고 있는 품이 그물 뽑을 생각이 없는 듯하다. 해가 나기 전에 일을 끝내야 한다며 재삼은 일찍 나가자고 몇 번이나 다짐을 받았다. 평소에는 집사람과 다니는데 내일은 꼭 둘이 나가자고 성화였다. 그러고는 집에 가면 안 올지 모르니 자기네 펜션에서 자라고 했다. 그런데 기껏 데리고 나와서는 한갓지게 옛날이야기나 하고 있다.

"그때 니가 나한테 섬 한 바퀴 돌자 했냐 안. 둘이서만 앲두로[4] 말다."

그전에는 애들과 떼거리로 돌았는데 그 날은 해원이 둘이서만 가자고 했다. 애들이 알면 자기네끼리 논다고 욕먹을 거라는 걸 알면서도 재삼은 해원이 하자는 대로 했다. 그 적에 재삼에게 해원은 대장 같은 존재였다.

해원과 어울리면서도 재삼의 마음이 하냥 편한 것은 아니었다. 한동네이기는 하지만 집안 내력이나 사는 형편이 물강물과 꾸정물처럼 판이한 까닭이었다. 해원네 할아버지는 대학을 나온 데다 면장까지 지냈다. 당시에 대학을 나온 사람으로도 섬에서 하나뿐이었고 거기에 면의 가장 높은 자리에까지 앉았으니 섬에서는 최고로 유명한 인물이었다. 그에 걸맞게 해원네 집은 섬에 있는 유일한 기와집이었다. 면사무소와 나란히 자리했었는데, 일본인 선주가 살던 집을 해원네 할아버지가 인수했다 했다. 커다란 본채에 별채와 행랑채가 딸려 있었다.

---

4) 따로

해원네 아버지는 의사 겸 약사였다. 군대에서 의무병으로 복무한 경험을 바탕으로 그 일을 한다고 했다. 정식 과정을 밟지 않아 자격증은 없지만 읍에 있는 의사들보다 용하다고 소문나 있었다. '야매'인지라 드러내놓고 간판을 건 것은 아니었고, 집으로 찾아오는 사람을 진찰하거나, 요청이 있으면 조용히 왕진하는 형식이었다. 국가자격을 엄격히 단속하는 시절도 아니었고, 섬인지라 제대로 된 의료시설이 있을 환경도 아니었으며, 무엇보다 해원네 할아버지가 나름 힘을 쓰는 분이라서 행정기관에서도 가만히 눈감아 주고 있다 했다. 그렇든 저렇든 해원네 아버지는 섬사람들의 건강을 책임지고 있는 섬의 유일한 의사였다. 그래서 '환진이한테 가봐라'거나, '환진이한테 뵈보라'라는 말은, 의사인 해원네 아버지한테 가보라는 섬사람들의 관용어였다.

재삼네 오막살이는 동네에서도 스무 발짝쯤 떨어진 북쪽 끝머리에 옹크리고 있었다. 여느 집들에 다 있는 마당이나 작은방도 없고, 방 하나에 조그만 정지가 딸린 옴팡집이었다. 오막살이 옆으로 마람[5]을 잇대어 지붕을 길게 뺐는데, 재삼네 아버지의 작업장인 성냥간[6]이었다. 재삼네 아버지

---

5) 이엉.
6) 대장간.

는 그곳에서 쇠를 달궈 호미나 낫, 괭이나 쇠스랑, 닻이나 갈고리 같은 것들을 만들었다. 바다에서 쓰든 뭍에서 쓰든 대부분의 기구들이 쇠를 달고 있으니 재삼네 아버지는 섬사람들의 연장을 책임지고 있는 사람인 셈이었다. 그래서 '옥돌네 집에 가봐라'거나 '옥돌네한테 부탁해라'는 말은, 좋은 연장을 구하려거나 특수한 도구가 필요할 때 섬사람들이 하는 말이었다. '옥돌네'는 칠십이 넘은 아버지와 육십에 본 손주 같은 아들이 성냥으로 밥을 벌어먹고 사는 재삼네 집의 별호였다.

어느 날 해원이 자기네 집에 놀러가자 했다. 재삼은 미적거리며 뒤를 따랐다. 나무대문을 들어서자 저절로 어깨가 움츠러들었다. 널따란 정원은 잘 손질된 나무들로 단정하고, 마당에는 바리깡으로 깎은 듯한 잔디가 장판처럼 깔렸다. 고무신을 벗고 조심스레 마루에 올랐는데, 윤이 나는 바닥은 얼굴이 비칠 듯 반들반들하다. 잔뜩 오므라들어 있는데 안방에서 해원이네 어머니가 나왔다. 쪽을 찐 머리에 곱게 한복을 받쳐 입은 품이 하늘에서 내려온 선녀 같다. 섬에서 최고로 예쁘다는 소문이 허투루 난 게 아니었다. 섬에서뿐 아니라 육지 어디를 가도 뭇 사람들의 시선을 끌 것 같았다. 어머니의 기억이 없는 재삼은 거북처럼 쏙 들어간

고개를 살짝 숙이고만 말았다.

해원이 방으로 들어가자 했다. 책상과 의자가 놓여 있고, 그 옆에는 책이 가득 채워진 책장이 서 있다. 형제들 서넛이 좁디좁은 방에서 고구마처럼 뒹구는 섬에서, 좀 심한 집은 한 방에서 형제들 대여섯이 피난민처럼 지내는 가난한 현실에서, 혼자만의 방을 가지고 있다는 것도 놀랄 일인데, 책상에 의자에 책장까지 갖춰진 방은 재삼의 얼을 빼놓기에 충분했다. 조마거리는 마음으로 앉아 있는데 해원네 어머니가 먹을것을 가져왔다. 소반에 놓인 과자들은 동네 상점에 있는 '라면땅'이나 '자야' 같은 시시한 것들이 아니었다. 섬에서는 좀체로 볼 수 없는 귀한 종류의 것들이었다. 많이 먹어 넉넉하다며[7] 해원은 그것들을 재삼에게 밀어주었다. 집에 가져가라고 따로 봉지에 싸 주기까지 했다.

해원이 텔레비전을 보자며 마루로 나가자 했다. 네 개의 다리가 본체를 받치고 있고, 미닫이로 화면을 여닫는 고급스런 것이다. 동네 전체에 고작 서너 대 있고, 보려면 십원의 입장료를 내야 하고, 그러고도 좁은 방에서 다리를 오그린 채 봐야 하는데, 그 집에서는 그 큰 텔레비전을 둘이서

---

7) 너무 먹어 질리다.

만 보는 것이다. 한동네인데도 전혀 딴 곳인 세상이었다. 맛난것도 먹고 텔레비전까지 본 하루였지만, 그런데도 마음속에는 왠지 모를 불편함이 앉은가루[8]처럼 남은 날이기도 했다.

"그때 니가 도시락 두 개 싸서 늦게 출발했어야. 애들이 모이[9] 출발하고 한참 뒤에서야."

그날의 기억을 일깨우려는 듯 재삼이 구체적인 상황을 들먹인다. 해원은 멀리 동쪽 하늘만 응시하고 있다.

"아따 참말로, 깝깝하구마이."

재삼이 담배를 꺼내 물더니 몸을 모은다. 불후리를 만들지만 라이터가 바람을 못이긴다. 몇 번을 칙칙대더니 재삼이 몸을 펴며 연기를 뱉는다.

"니가 그날 새 운동화 나 줬냐 안. 느그집에는 신고 오지 말라고 함서."

동네를 막 벗어나 열녀문 앞이었다. 해원이 발길을 틀어 열녀문 안으로 들어갔다. 얼마 걷지도 않았는데 벌써 쉬려는가 싶었다. 그런데 아니었다. 앞에 앉으라더니, 해원이 배낭을 열어 운동화 한 켤레를 꺼냈다. 상표가 달려 있는

---

8) 액체 속에 가라앉은 가루.
9) 전부.

품이 추석빔으로 받은 듯했다.

"재삼아, 이거 한번 신어 봐라."

해원이 신발을 내밀었다. 재삼은 영문을 몰라 머뭇대고 있었다.

"니하고 나하고 발이 비슷하게 아마 맞을 거다. 언능 신어봐야."

해원이 오른쪽 고무신을 당겨 벗기더니 거기에 운동화를 신겼다.

"야, 딱 맞네라!"

해원이 신발코를 누리보며 말했다.

"왼쪽도 신어봐라."

해원이 운동화의 입을 벌렸다. 재삼은 마지못해 왼발을 거기에 넣었다.

"됐다야. 이놈 신고 섬 돌믄 끝내주것다야."

흡족한 듯 해원이 함박웃음을 지으며,

"근디 재삼아, 우리집 올 적에는 그 운동화 신지 말어라이. 알었지야!" 하고는 열녀문을 나섰다.

얼떨결에 새 운동화를 신고 길을 걸으면서도 재삼은 내내 불편한 마음이었다. 집에 오면 바로 벗어 토방에 올려놓았다가 다음날 학교 갈 때나 신는 게 운동화였다. 다른 때는 항상 꺼묵두리[10]였다. 그런데 운동화를 신고, 그것도 완전히 쌘뻔나는[11] 새 운동화를 신고 자갈이 깔린 흙길을 걷는 것이다. 자갈길을 맨발로 걷는 것만큼이나 편치 못한 발걸음이었다. 그렇다고 고무신으로 바꿔 신겠다고 할 수도 없는 노릇이었다. 새 운동화를 신었지만, 땅을 골라 디디느라 고개가 아픈 하루였다.

 재삼이와 둘이서만 돈 것이 해원은 잘 기억나지 않는다. 그런일이 있었던 것 같기도 하고 아닌 것 같기도 하다. 다른 애들이야 추석이나 설이 돼야 운동화 한 켤레라도 얻어 신지만 자신은 넘쳐나는 게 운동화였다. 고속버스 안내양을 하는 누나가 보내준 것도 있고, 어머니가 읍에 나가 사 온 것도 있었다. 학교가 파한 후 운동장에서 축구할 때 보면, 어떤 애는 새 운동화를 아끼느라 다 떨어진 헌 운동화를 신고 나오기도 하고, 어떤 애는 떨어져 한 짝을 버린 나머지 한 짝을 새것과 맞춰 신고 나오기도 했다. 고무신을 새끼로 묶은 채 나오는 애도 있고, 그냥 맨발로 나오는 애도 있었다. 그런 발들이 돌멩이가 울퉁불퉁한 운동장을 뛰어다니며 공을 찼다. 하지만 자신은 누나가 보내준 축구화

---

10) 검정고무신.
11) 새것의 티가 나 멋진.

를 신고 운동장을 누볐다. 징이 박힌 축구화를 쳐다보느라 애들이 공을 못 쫓아다닐 정도였다. 그런데 그때 남아돌던 운동화 한 켤레를 친구에게 주었던 듯하다. 전혀 기억이 안 나는데 그랬는갑다.

"그래도 기억 안 나야?"

재삼은 답답하다는 표정으로 해원을 쳐다본다.

"그런 것 같기도 하다마는."

해원의 눈길은 여전히 저 멀리에 가 있다.

"글믄 그건 기억 나냐?"

재삼의 눈길도 멀리로 옮겨진다. 해는 아직 안 돋았지만 아까보다는 네둘레가 많이 환해졌다.

"니가 저기 갈쿠섬 보면서 그랬지야. 저것이 형제섬이라고."

재삼이 손가락을 들어 저만치를 가리킨다. 완도, 신지도, 생일도, 그 옆으로 덕우도, 갈쿠섬, 그리고 또 몇 개의 자잘한 섬들이 물마루에 올망졸망하다.

"글면서 니가 신기한 걸 보여준다고 했냐 안? 두 개의 섬이 틀림없는데, 어쩔 때는 서로 붙은 모양이 되고, 어쩔 때는 둘이 완전히 겹쳐지는 모습을 보여주겠다고. 저기 큰재를 걸어 내리면서 그랬냐 안."

그것은 해원도 아는 사실이다. 본 이름은 '갈쿠섬'인데, 가까이에 있는 두 개의 섬이 쌍둥이처럼 닮았다 해서 '형제섬'으로도 불린다. 그런데 두 섬은 보는 위치에 따라 그 모양새가 달라진다. 이만큼에서는 서로 떨어진 채 두 개였던 것이, 한참을 걷다가 바라보면 가운데에다 움푹한 골을 만들며 하나로 이어졌다가, 또 얼마큼을 걷다가 보면 두 섬은 완전히 하나로 겹쳐져 있다. 그 지점을 지나 또 아까만치를 걷고서 보면, 두 섬은 다시 등성이를 이루며 이어졌다가, 얼마쯤을 걷다 바라보면, 두 섬은 아까처럼 적당한 거리를 둔 채 쌍둥이처럼 서 있다. 그 신기한 현상 때문에 곧잘 아이들의 내기거리가 됐다. 내막을 아는 녀석은 내기를 제안하고, 그걸 모르는 녀석은 맥없이 당하는 것이다. 그런데 그때 신작로를 걸으며 녀석에게 그 얘기를 했던 듯하다.

"니가 저기 섬이 몇 개로 보이냐고 묻데. 나는 당연히 두 개라 했제. 그러자 니가 이따가 봐보자 글드라. 재를 걸어 내려 들간데[12]를 지나며, 지금은 몇 개냐고 묻드라. 어라! 아까 재에서 볼 때는 두 개였는데 인자는 하나로 이어져 있는 거여. 희한한 일이데! 내가 하나라고 하자, 좀 있다 봐

---

12) 마을과 마을 사이의 들판 가운데.

보자며 니가 앞서 걷드라. 그러다가 보리마당에 앉았어야. 니가 다시 섬이 몇 개냐고 묻든마. 어라! 이참에는 두 섬이 완전히 하나로 겹쳐져 있는 거여. 대낮에 도깨비 만난 것도 아니고 사람 환장하겠든마이. 분명히 둘이었던 것이 서로 이어져 하나처럼 보이다가, 이번에는 완전히 겹쳐지다니. 내가 고개를 살레거리자 니가 그러드마.

저것이 갈쿠섬인데 형제섬이라고도 한다고. 본새는 쌍둥이처럼 닮은 두 개의 섬인데, 어디서는 따로 떨어진 두 개였다가, 어디서는 등성이로 이어졌다가, 또 어디서는 완전히 하나로 겹쳐진다고.

글면서 배낭에서 뭔가를 꺼내드라. 뭔가 했더니, 소주 두 홉짜리와 종이에 싼 유리잔과 바늘이든마. 유리잔에다 술을 반남아 따르든마는, 바늘로 새끼손가락을 찔러 술에다 피 한 방울을 떨어뜨리드라. 글고는 바늘을 나한테 줌시로 똑같이 하라 글데. 이게 뭐하는 짓이다냐 함시로도 니가 시키는 대로 했제. 내가 술에다가 피 한 방울을 떨어뜨리니까, 니가 옆에 있는 삐비대 하나를 꺾더니 술잔을 빙빙 젓드라. 글고는 나한테 반만 마시라는 거여. 뭔 피 섞인 술을 다 마신다냐 함시로도 니가 그라께는 그냥 마셨제. 두 모금 마시니까 니가 술잔을 달라드라. 글더니 나머지를 다 마시데. 글고는 글데.

 이제 우리는 혈맹을 했다고. 피를 나눠 마심으로써 형제가 됐다고. 한 부모 밑에서는 안 났지만 피를 나눈 형제가 되었다고. 부모로부터는 아까침의 갈쿠섬처럼 저저금 났지만, 이제부터는 저 갈쿠섬처럼 형제로 살아가는 거라고.

 나는 좀 황당했어야. 추석 기념으로 섬을 돌자 해 놓고는 느닷없이 피를 빼라 하질 않나, 피를 탄 소주를 먹으라질 않나, 갈쿠섬이 어쩌고저쩌고를 않나, 거기에 형제처럼 살자고를 않나. 니 말에 따르기는 하면서도 벙벙했던 게 사실이었어야."

 재삼의 눈길은 멀리 갈쿠섬 쪽에 가 있다. 포구에서 오른쪽으로 밀고 와서인지 쌍둥이처럼 생긴 두 섬이 서로 떨어진 채 바다 위에 떠 있다. 배가 북쪽으로 이동해 가면 두 섬은 가운데에 움푹한 골짜기를 만들며 등성이로 이어졌다가, 배가 좀더 앞쪽으로 나아가면 완전히 하나로 겹쳐질 것이다. 그러다가 신지도 쪽으로 더 가면 다시 등성이로 이어질 것이고, 신지도에 가까워지면 완전히 분리된 두 개의 개체가 될 것이다.

 "내가 너한테 그런말을 했다고?"

 해원이 고개를 갸웃거리며 재삼을 쳐다본다.

"아따 글믄 내가, 없는것을 지어내리?"

재삼이 따지듯 해원을 쳐다본다.

하기야 그렇기는 하다. 그런것을 지어낼 이유도 없고, 또 그런것을 지어낼 만큼 재삼의 머리가 발랄하지도 못하다. 그것은 재삼이 경험한 일임에 틀림없다. 그때 둘이서 신작로를 걸었고, 재를 넘으며 그런말을 했고, 들판 가운데쯤에서 그 말을 했고, 비탈을 올라 보리마당에 앉았고, 그리고 피를 섞은 술을 나누어 마셨고, 그러면서 하나가 돼 있는 갈쿠섬에 '혈맹'을 입혔을 것이다. 그것은 해원도 형석이 가르쳐준 것이었다.

아무리 해도 형석을 따라잡을 수 없었다. 녀석이 아침 일찍 꼴망태를 메고 들로 향할 적에도, 방과 후에 소를 뜯기러 물매 싼 길을 오를 적에도, 시험기간인데도 거름지게를 지고 치받이 길을 낑낑거릴 적에도, 나무영[13]이 나 바지게[14]를 꿰어 지고 산으로 향할 적에도, 이겨보겠다는 마음으로 책상에 앉아보는 것이지만, 그러나 끝내 녀석을 해볼 수가 없었다. 공부를 전혀 안하는 듯 하는데도, 공부를 하려야 할 수 있는 형편이 아닌데도, 그런데도 녀석은 항상 맨 앞

---

13) 나무를 할 수 있는 허가.
14) 발채가 꿰어진 지게.

자리를 차지하고 있었다. 녀석은 도저히 넘을 수 없는 벽이었다.

중학교 이학년 가을소풍 다음날이었을 것이다. 녀석이 뜬금없이 섬을 한 바퀴 돌자고 했다. 녀석의 제안이고 마침 쉬는 날인지라 두말없이 따라나섰다. 세 개의 마을을 지나 큰재를 넘더니 저 멀리를 가리키며 그 말을 했고, 다시 세 개의 마을을 지나 들판을 걸으면서 그 말을 했으며, 거기에서 한참을 걸어올라 보리마당에 앉더니 소주를 꺼냈고, 피 한 방울을 유리컵의 소주에 떨어뜨렸으며, 똑같이 떨어뜨리게 했으며, 그리고 갈쿠섬 이야기를 꺼냈다. 그러더니 뒷동을 달았다.

"너는 내가 못 갖고 있는 걸 많이 가졌어야. 여러 면에서 그래야. 공부는 내가 앞서지만 딴것은 다 니가 앞이어야. 그래서 너와 진정한 친구가 되고 싶어야."

그러고는 피를 섞은 술을 나누어 마시자 했다. 그래서 그렇게 했다. 그러면서 영원한 우정을 약속했다.

아마 그것을 흉내 내 보고 싶었던 모양이다. 왠지 어른들의 행동만 같고, 뭔가 사나이다운 듯한 그것을 다른 애에게도 해보고 싶었던 듯하다. 그래서 그 대상으로 재삼을 택했지 싶다. 그런데 까마득하다. 형석과의 기억은 선명한데,

재삼과 했던 것은 전혀 기억에 없다.

"니가 나한테 변치 않는 우정을 약속하자 했을 때, 나 얼마나 울컥한지 몰라야. 따라 걸음시로 솔직히 속으로 많이 울었어야."

재삼이 담배를 덩거[15] 해원에게 건넨다. 그러고는 자신도 한 대 피워 문다. 해원이 담배를 길게 빨더니 길게 숨을 뱉는다. 담배연기는 새벽하늘로 가뭇없다.

"니가 나를 이물없이 대해주는 게 얼마나 아짐찬했는지 몰라야. 하찮은 나를 말이다."

약국집 아이와 섯냐가 집 아이가 어울렸으니 그럴 만도 했다. 집안 사정으로는 최고로 잘사는 집 아이와 제일로 가난한 집 아이가, 학교 성적으로는 머리에서 노는 아이와 꼬리에서 헤매는 아이가 친한 사이가 된 것이었다.

"근디 몇 년 전에 형석이가 꼭같은 얘기를 하든마. 중학교 때 너랑 갈쿠섬을 보며 의형제 맺었다고."

'형석'이라는 이름이 해원의 머리를 거세게 때리고 간다. 갈아먹어도 분이 알 풀릴 이름이다.

어느 날 형석이 연락도 없이 찾아왔다. 고등학교를 졸업

---

15) 불을 붙여.

하고 처음 본 것이니 이십 년도 더 동안이 떴다. 그렇게 오랜만에 나타나서는 다짜고짜 자리를 부탁했다. 자신이 회계처리 전문가이며 학원에도 여러 해 근무했다 했다. 세금 줄이는 방법에도 빠삭하단다. 서울의 이름 있는 대학의 회계학과를 나온 것은 알고 있어서 그 말을 믿었다. 학원이 확대일로에 있는지라 그쪽 분야의 사람이 필요하기도 했다. 중학교 때의 이미지도 있고, 무엇보다 피를 나눠 마신 친구이기도 해서 믿고 맡겼다.

육 개월 정도 근무했을까. 성실하게 일했는데 어느 날 연락도 없이 결근을 했다. 첫날은 그러려니 했다. 다음날도 결근이어서 연락을 해보니 전화를 안 받았다. 여러 번 해봐도 마찬가지였다. 이상한 느낌이 들어 직원에게 통장을 확인하게 했다. 아뿔싸! 통장은 깨끗이 떨려 있었다. 사업 확장을 위해 모아둔 것까지 싸그리 털어가고 없었다. 부랴부랴 친구들에게 수소문해 봤지만 이미 떠나고 난 뒤였다. 벌써 이혼을 한 상태이고, 혼자 이리저리 떠도는 신세라 했다. 벌써 당한 친구들도 여럿이랬다. 거지에게 동냥한 셈 치라며, 일찌감치 포기하는 게 신간 편할 거라며 친구들은 끌끌끌 혀를 찼다. 적선으로 여기기에도, 없는 셈 치기에도 너무 큰 액수였지만 그러나 달리 방법이 없었다.

그것으로만 끝났다면 눈물을 머금고라도 그냥 지나갈 수 있었다. 그런데 문제는, 그 일이 쇠락하는 시발점이 된 것이었다. 학원가가 쇠퇴하는 시기가 그것과 우연히 맞아떨어진 것인지, 아니면 그것 때문에 맥이 풀려서 학원에 신경을 안 썼던 것인지, 이상하게 그때부터 학원이 기울기 시작했다. 사리 때 갯물 빠져나가듯 하루 상간에 이삼십 명의 학생이 학원을 그만두는 것이다. 이런저런 방법을 동원해 보고 이리저리 직원들을 다잡아보지만 썰고 있는 갯물을 막아낼 방도는 없었다. 애면글면 일년반을 버티다 기어이 손을 털었다. 늘어 가는 빚을 감당할 재간이 없었다.

그 기간이 사람 죽이는 시간이었다. 하루하루 돈이 까여 나가는 걸 보면서도 정리하는 게 쉽지 않았다. 규모가 있어서 하루아침에 직원들을 모조리 내보낼 수도 없는 상황이었다. 분원 한 곳을 접고, 서너 달 만에 또 하나를 접고, 어찌어찌 처음 시작했던 것만 버텨보다가, 그것도 여의치 않자 세 개 층이었던 것을 한 개 층으로 줄이고, 그마저 힘들어지자 그제서야 미련을 버리게 됐다. 하루에도 몇 번씩 옥상에서 뛰어내릴 생각을 하고, 일주일에도 몇 번씩 북한산 절벽 위에 서고, 며칠 밤을 잠 한숨 못 잔 채 하얗게 새우고, 그리고 끝내 정신과 상담까지 받아보고, 그러고 난 뒤에야 내린 결정이었다. 자빠져가고 있다는 걸 빤히 알면서도, 그래서 매일매일 자살의 유혹과 마주하면서도, 그러면서도 쉽게 접지 못한 것이 꼭 재기해보겠다는 생각 때문만은 아니었다. 더 이상 방법이 없다는 건 이미 알고 있었다. 다시 일으켜 세우는 것이 날물을 들물로 바꾸는 것만큼이나 불가능하다는 것도 진즉에 인지하고 있었다. 그런데도 그렇게 질질 끌었던 것은, 그것마저 정리해버리면 할 일이 없다는 것 때문이었다. 대학을 졸업하고 시작한 일이 그 일이고, 그때까지 해 온 일이 그것이라서 할 수 있는 다른 일이 없었다. '세상은 넓고 할 일은 많다'지만, 그러나 아무리 눈을 씻고 둘러보아도 '내가 할 수 있는' 일은 세상에 없었다. 그것이 카카리 돈을 까먹으면서도 질질 끌 수밖에 없었던 진짜 이유였다.

빚 정리를 하고 나니 꼴랑 남은 게 전세 아파트 하나였다. 그사이에 아내가 간호조무사 자격증을 따 직장에 나가고 있었지만 당장에 생활비가 없었다. 아파트를 팔고 낡아빠진 빌라의 옥탑방으로 집을 옮겼다. 외벽에는 흘러내린 녹물 자국이 어지럽고, 내벽에는 쥐 오줌이 얼룩덜룩 그림을 그렸다. 자려고 누웠으면 수채구멍으로 올라온 하수구 냄새에 머리가 띵해졌다. 비참하기 이를 데 없었다. 인생이 완전히 밑바닥으로 떨어져 있었다. 베란다와 북한산 절벽에 서는 횟수는 점점 늘어 갔다. 죽는 것 외에는 다른 방법이 없어보였다. 아무런 희망 없이 살아가느니 차라리 죽는 게 낫지 싶었다. 더 살아 봤자 옛날의 상태로는 회복이 불가능하고 그저 지금같이 궁핍한 현실만 있을 뿐인데, 그런 미래를 살아서 무엇하느냐 하는 생각이었다. 마음속으로 수십 번 절벽에서 뛰어내리고 그만큼이나 많이 소나무에 목을 매었다.

그렇게 수개월을 고민하다 고향에 내려왔다. 일단은 막힌 현실에서 좀 벗어나고 싶었다. 날마다 내려다보는 저 아래의 아스팔트보다, 일주일이면 두어 번씩 서 보는 산꼭대기의 절벽보다, 차라리 고향의 바다나 낭떠러지가 나을 듯 싶었다. 끝을 내도 거기서 끝내자는 생각이었다. 그러는 한편에는 일자리를 찾아보려는 의도도 있었다. 도시에서 막노동을 해보려 했지만 어떻게 일자리를 찾아야 하는지도 모르겠었다. 그렇다고 무작정 찾아가 일을 시켜 달라고 할 만큼의 용기도 없었다. 그런데 마침 고향에는 전복양식이 한창이었다. 자기만 부지런하면 품일은 얼마든지 할 수 있다 했다. 낯선 곳보다 불편한 면이 있을지는 몰라도 일단 가보자고 마음먹었다. 그렇다고 사람들의 눈을 생각

안한 것은 아니었다. 그래도 옛날에 약국집 아들이었고 학교 다닐 때도 제법 알아주는 인물이었는데, 빈털터리로 고향에 내려가는 게 쉬운 일일 수는 없었다. 남 말은 즐거울 수밖에 없고, 남의 망한 얘기는 더 흥미로울 수밖에 없는데, 얼마나 좋은 말밥거리가 되겠는가. 그러나 그것들보다 더 중요한 건 내가 사는 일이었다. 목에 씌워진 기다란 칼의 무게를 못이기고 있는데, 그래서 당장에 내가 죽을 판인데, 사람들의 눈이나 옛날의 자존심이 뭐 그리 대단하랴 싶은 것이다. 내가 없다면 세상의 눈들이나 내 안의 자존심도 없어질 터인데, 그런것들이 내가 사는 일보다 더 중요할 것 같지는 않았다. 우선은 내가 살고 볼 일이었다.

"자네에 대한 소문은 나도 들었네."

재삼이 다시 담배를 붙여 건넨다.

"원래 말 많은 동네라, 칼 갈고 있으면 소 잡았다고 하는 판이네. 그러니 그러려니 하시게."

재삼이 한 개피를 더 물더니 불을 붙인다. 희끗한 하늘로 연기가 섞여 간다.

"배를 쬠만 앞으로 빼야것네야."

재삼이 브리지로 가더니 기계를 일운다. 칼치[16]에 부서

---

16) 배가 나아갈 때 물을 가르는 맨 앞부분.

진 물결이 두 갈래로 갈리며 길을 내준다. 십여 분을 달렸을까. 재삼이 배를 멈추더니 시동을 끈다. 잔물결들이 고기 떼처럼 뱃전으로 달려든다.

재삼이 아까의 자리에 와 앉으며,

"이혼 당했다는 소문도 도네. 돈 다 까묵고 빈털터리로 내려왔다고도 하고." 하더니 슬쩍 해원을 살피고는,

"살다 보면 이런 일도 있고 저런 일도 있을 거네만, 워낙 좁은 동네라 온갖 말들이 꼴리는 대로 돌아다니네. 그러니 그냥 흘려 넘기소." 한다.

그런 말들이야 신경 쓸 건덕지도 없다. 그렇게 막을 해도 아닌 건 아닐 것이고, 또 그렇게 말을 안해도 긴 건 긴 게 될 것이다. 사람들의 흥이야항이야는 얼마든지 귀 너머로 흘릴 수 있다. 그런것은 저기 물결을 스치고 가는 바람 같은 것밖에 안 된다. 중요한 것은 사는 일이었다.

일자리는 있었다. 전복양식장에도 집을 짓는 곳에도 마음만 먹으면 일을 할 수는 있었다. 단순한 일이어서 일당으로 십만 원은 준다고 했다. 그런데 문제는, 마음을 먹는 그것이었다. 눈만 내놓는 복건을 쓰고, 물옷과 장화 차림으로 동남아 일꾼들과 함께 일을 한다는 게 말처럼 쉽지 않았다. 하면 되지 생각을 했다가도 막상 그들의 모습을 보면 살그

머니 발길이 돌려지는 것이다. 집 짓는 데 잡부로라도 따라다니자 했다가도, 옷에 얼굴에 시멘트 자국을 묻힌 채 등짐을 지고 가는 인부들을 보면 얼른 고개를 돌리는 것이다. 간밤에 잠 못 이루며 내일은 반드시 가서 일을 하리라 해놓고는, 날이 새면 발길이 안 떨어지는 것이다. 일자리를 부탁하러 갔다가도 기어이 말을 못 꺼내고 그냥 돌아오는 것이다.

"형석이도 두 달 넘게 있다 갔네."

배는 파도 따라 올락배락한다.

"돈을 빌려달라더니 얼마 안있다 사라졌네."

재삼의 눈이 다시 멀리로 들려진다.

녀석의 손이 여러 군데로 뻗었구나. 고향에 와서 이 친구의 돈까지 빌려갔구나. 나쁜 놈이다. 죽일 새끼다. 그런데 그런놈과 영원한 우정을 약속하다니. 두 몸이지만 하나가 되어 살자고 피를 나누며 맹세를 하다니. 내 돈 다 가져가라고 고양이에게 어물전을 맡기다니. 이런 미친놈을 봤나. 너 같은 놈은 당해도 싸다, 당해도 싸.

해원의 한숨이 새벽하늘로 길다.

"서울에 있는 부동산을 정리하면 금방 돌려준다 그러데. 은행이자는 쳐주겠다면서 되는 대로 좀 빌려달라든마. 오래는 안 쓰고 두어 달이믄 된다고. 친구의 정으로 있는것 싹싹 긁어서 해줬네. 마누라 통장에 있는 것까지 온막[17] 빼서 말이네."

 허공으로 길게 숨을 뱉고는 재삼이 말을 잇는다.

 "전복양식 해 본다며 이것저것 알아보고 다니데. 양식장을 사겠다면서 두어 군데 흥정도 하고. 앞으로는 양식보다는 가공 쪽이 낫다며 읍에도 뻔질나게 나다니든마. 전복이야 내리막길인지라 말릴까 하다가 똑똑한 친구니까 중정이 있것지 했네. 한참을 그러고 다니든마는 부동산 정리하고 온다며 온라가데. 그러고는 감감무소식이네라."

 재삼이 다시 허공으로 길게 연기를 뱉는다.

 "나중에 알았지만 흥정은 다 눈속임이었든마. 읍에 나다닌 것도 사실은 전부 거짓 발놀림이었고."

 멀리에 가 있던 재삼의 눈길이 해원에게로 옮겨진다.

 "처음에는 성질나데만 마음을 바꾸었네. 오죽했으면 나 같은 놈 돈까지 빌려갔을까 싶데. 어디 손 벌릴 데가 없어 서럽게 산 나한테까지 그랬을까 싶드마. 그래서 잊어버리기로 했네. 내 피땀 묻은 돈으로 그 친구가 뭔가를 시작할

---

17) 전부. 모두.

수 있다면, 행여 죽을 수도 있을 친구를 그 돈이 살릴 수 있다면, 그런다면 그깟노무 돈이 뭐 그리 아깝것는가. 고작해야 종이쪽에 불과한 그 돈이란 게 말이여."

재삼이 이리저리 고개를 돌려 주위를 둘러본다. 네둘레는 많이 환해져 있다. 아직 해는 안 떴지만 섬들도 이제 기지개를 켰다. 바다도 물비늘을 세워 아침을 맞고 있다.

"자네, 고향에서 살아볼 생각인가?"

재삼이 으늑한 눈으로 해원을 본다.

"그럴까 어쩔까 생각 중이네."

해원이 머리를 들어 멀리를 쳐다본다. 동녘 하늘은 희석이[18]가 되어 있다.

"뭐 해볼 계획은 있고?"

재삼이 해원 쪽으로 몸을 수그린다.

"글쎄. 돈이 있는 것도 아니고, 그렇다고 기술이 있는 것도 아니고…."

말끝을 흐리며 해원이 머리를 숙인다. 그러고는 두어 숨을 있는다.

"몸으로 때우는 것 외에 달리 방법이 있겠는가."

---

18) 해가 막 뜨거나 막 지려는 때.

해원이 고개를 들며 길게 한숨을 내쉰다.

몸을 움직이는 것 외에는 달리 방법이 없다. 미래의 일은 그때 알아서 할 것이고 당장 이번 달 카드 값을 벌어야 한다. 그래야 식구들이 먹고살 수 있을 것이다. 생각은 그리하는데도 선뜻 몸을 움직여 나서는 것이 이리도 어렵다. 오랫동안 너무 갓지게만 살아온 탓이다. 몸은 안 움직이고 머리로만 살아온 세월 때문이다.

재삼은 말없이 해원을 바라보고 있다. 서너 숨을 그런다. 그러더니 말을 꺼낸다.

"금메 말이네이. 글문 무슨 일이든 해볼 생각은 있는기?"

해원은 먼 하늘만 쳐다본다. 그러더니 서너 숨 뒤에,

"못할 일이야 있겠는가마는, 몸으로 하는 일은 안해봐서 말이네." 한다.

"아따, 자네도 참 깝깝하시. 도둑질 아니고 사람 죽이는 거 아니믄 세상에 못할 일이 뭐가 있단가? 다 묵고살자고 하는 것인디."

재삼의 목소리가 조금 높아진다.

"자네 심정 이해는 가네. 나같이 몸으로 벌어묵고 산 인생이 아닌데 궂은일 하기가 쉽기야 하것는가마는. 또 나름대로 자존심도 있을 테고."

재삼이 고개를 돌려 갈쿠섬 쪽을 쳐다본다. 그러고는 말을 잇는다.

"그래도 사람인께 일은 해야 안쓰것는가. 돈도 돈이제마는 사람이 움직여야가 사람 같다는 생각이 들기도 할 것이고. 날마다 노는것도 보기에 안좋네. 사람들 눈도 있고."

쉬러 온 건 아니다. 그럴 입장도 아니다. 용기가 없어 매일을 어영부영 보내고 있을 뿐이다. 일을 해야 한다고 생각은 하면서도 풀쩍 뛰어들지 못하고 머리를 싸맨 채 고민만 하고 있는 것이다.

"일은 하고 싶네만 자신이 없어서 말이네. 또 마땅히 할 수 있는 것도 없고."

해원이 길게 한숨을 뱉더니,

"솔직한 얘기네만 자신감이 없네. 궂은일을 할 수 있을까 의구심도 들고." 하며 고개를 떨군다.

"아따 참말로! 자네, 옛날에 똑똑하던 그 해원이 아니구마. 가난에 좌절하지 말고 꿋꿋이 살라고 나를 격려하던 어른 같던 그 친구 말이네. 나는 자네한테 격려 받아 무릎 안 꿇고 세상을 살았는데. 자네한테 안 부끄럴라고 애쓰며 말이여."

재삼이 해원을 바라본다.

"뭔 일이든 일단 시작해 보시게. 하다 보면 익숙해지고 그러면 자신감도 생길 거여. 시작도 안해 보고 지레 겁부터 묵으믄 쓰것는가." 하고는, 브리지로 가 기계를 일운다. 그러고는 한참을 가더니 배를 멈춘다.

"자네 혹시 배 타볼 생각은 없는가?"

재삼이 갑판으로 걸어나와 해원에게 묻는다.

"나한테 젓꾼[19]이 필요해서 말이여. 집사람이랑 어장 다니는데 무섭다며 안 따러 댕길라 그라네라. 그래서 당장에 사람 하나가 있어야 하는디 해 볼랑가?"

해원은 대답을 망설인다.

"바다는 겁나게 풍성한 들이네. 거름을 주는 것도 약을 치는 것도 아닌데 매일매일 먹을것을 주제. 뭍의 전답이야 일년에 두어 번 거두제마는, 바다에서는 가기만 하믄 적든 많든 날마다 수확을 얻을 수 있네. 그니까 나랑 바다에 댕김시로 일 좀 하세. 품삯은 잡는 대로 섭섭지 않게 줌세. 어찬가?"

말을 마친 재삼이 핫갓대[20]를 들더니 깃망[21]을 잡는다.

---

19) 품삯을 받고 배를 타는 사람.
20) 끝에 갈고리가 달린 장대.
21) 투망의 표시로 빠쳐 놓은 깃발 달린 망.

그물을 뽑으려는 모양이다. 롤러에 줄을 걸어야 하는데 재삼이 손으로 줄을 당긴다.

"오늘은 로라 쓰지 말고 그냥 손으로 뽑아보세. 힘은 들 것제만 그라고 한번 해보세."

재삼이 끌줄을 사려 바닥에 놓고는 그물 끝을 잡는다.

"아바[22]는 내가 잡을 테께 자네는 유하[23]를 잡게. 그쪽이 덜 힘들 거네."

머뭇거리던 해원이 그물을 잡는다.

"살살 당기게. 젓꾼 마수걸이로 상쾌이라도 한 마리 들었을지 안가?"

재삼이 변속기에 연결된 대막대기를 당긴다. 배는 천천히 앞으로 나아가고, 그러자 그물이 수월하게 당겨진다. 너덧 발 당기자 어른 팔만한 장태가 펄떡거리며 올라온다.

"아따, 마수가 갠짐하구마이."

재삼이 웃으며 그물에서 장태[24]를 따 낸다. 바닥에 던져진 장태가 사정없이 8자로 몸을 틀어댄다. 살려고 발버둥치는 작은 악어만 같다.

---

22) '둡'. 물에 뜨는 재료로 만들어져 위쪽으로 떠올라 그물을 위아래로 펼쳐준다.
23) 납. 무거워서 아래로 가라앉아 아바와 함께 그물을 위아래로 펼쳐준다.
24) 장대.

"어이 친구, 저기 잔 보소."

그물을 당기다 말고 재삼이 손가락으로 멀리를 가리킨다. 해원이 그쪽으로 몸을 돌린다.

갈쿠섬이다. 두 개의 쌍둥이 섬이 잿고개를 만들며 하나로 이어졌고, 그 위로 해가 솟고 있다. 붉디붉은 해가 지글지글 타는 장작불 같다.

"인자 힘 잔 써보게이. 암만해도 오늘은 마이구리[25] 할 성싶네야."

햇살이 멀리까지 뻗어와 두 친구에게 닿아 있다. 재삼의 얼굴에도 해원의 얼굴에도 해 끝은 웃음이다.

파도의 결들이 배를 부딪고 지나간다. 햇살에 빛나는 아침 물결이 오월의 꽃만큼이나 붉다.

멀리에서 장닭들의 홰치는 소리가 들려온다.

꼭꼬댁 꼭꼬으!

그새 아침이 밝았다.

---

25) 만선.

:걸

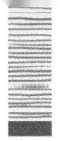

:걸

1

"그 자식, 오살하게도 쩨쩨하게 구네."

강욱이 다시 석철을 다그쳤다. 그 순간 빛살 같은 무엇이 석철의 머리를 파고들었다. 석철은 한전이라도 난 듯 부르르 몸을 떨었다. 머릿속의 그것이 너무도 무서운 생각이었기 때문이다.

달구리에 나가 갓밝이 물에 삼치 서너 마리를 낚았다. 한낮에는 닻을 놓은 채 바다에 떠서 두어 숨을 쉬었다가, 다시 저물녘 물을 보고 돌아와 늦저녁을 먹는 참이었다.

"어이 각시, 밥 좀 줘!"

헛기침도 없이 강욱이 들어섰다. 일주일에 서너 차례 반복되는 일이다. 그때마다 각시는 석철을 쳐다보며 허락을 구한다. 다른 남자한테는 그래야 한다고 일러준 적도 없는데 각시는 처음부터 그렇게 행동했다. 아마 그곳에서 그렇게 배운 모양이었다.

"밥 안 자셨는가?"

빤히 알면서도 석철은 매번 똑같이 물어준다.

"주는 사람이 있어야 말이지."

강욱은 면소재지에서 혼자 살고 있다. 애들 교육 때문이라며 아내와 자식들은 광주에 있다 했다. 자세한 내막이야 알 수 없지만 어쨌든 섬에서는 홀아비가 맞다. 애당초 결혼을 안했든지, 했다가 갈라섰든지 간에, 나이 들어 남자 혼자 살면 홀아비인 건 마찬가지다.

"홍아, 밥 한 그릇 갖고 온나."

각시가 밥과 국을 가져다 강욱 앞에 놓는다.

"반주 한잔 있어야지."

국이 없이 먹지 반주 없이는 안 먹는 게 강욱의 밥 버릇이다.

석철은 냉장고에서 소주를 꺼내 맥주잔에 따라준다. 안 먹고 말지 조그만 소주잔에는 또 안 먹는 게 강욱의 술 습관이다.

"술은 여자가 따라야 맛있는데."

강욱이 잔을 들며 각시에게 곁눈질을 한다.

상에서 서너 뼘 물러앉은 채로 각시는 토방 아래 꼬리를 사린 강아지처럼 안절부절못하고 있다.

얼른 먹고 일어났으면 좋겠다. 술이 가릉해지면 꼬장을 부릴지, 각시를 데리고 노래방에를 가잘지 종작할 수가 없다.

"자네도 한잔 받아!"

강욱이 소주병을 들더니,

"각시, 소주잔 하나 줘!" 한다.

"새복에 어장 나갈라께 안 묵었으믄 쓰것네마는."

한 이틀 삼치가 물어 내일도 배를 몰고 나가 볼 참이다. 끽해야 두어 잔 먹는 술이지만 한 잔이라도 입에 대면 다음 날 속이 보대끼기 일쑤다. 그래서 어장 가기 전날에는 가능하면 술에 쎄를 안 대려고 한다.

"누구는 삼치낚이 안해본지 알구마. 일 잔만 받어!"

강욱은 내민 술잔을 그냥 거두는 법이 없다. 안 받으면 가슴이나 등거리에 부어 버리든가, 정 거절하면 머리 위에 들이붓고 만다. 그 때문에 술자리에서 친구들과 티격태격한 것도 여러 번이다. 그런 습성을 알기에 석철은 뻗대지 않고 잔을 들어 내민다.

"오늘 어장 잘 했으까?"

이십여 척의 쪽찌바리[1]가 사수도와 여서도 사이를 오갔는데 삼치가 비깜도 안해 모두들 일찌감치 철수한 모양이었다. 석철은 이쪽 바다에 술[2]을 던졌다. 거기서 안 물면 자신도 저쪽으로 넘어가 볼 요량이었다. 그런데 운이 좋았는지 '철홍 여' 근처에서 열 마리 남짓 물었고, 먼 바다로 나가면서 대여섯 마리 더 낚았다. 생각보다 이상 많이 낚은 폭이었다. 바람 부는 모양새로는 내일은 여서도 쪽에서 삼치가 놀 듯한데 어떨지 모르겠다. 새벽에 나가 이쪽에 한번 술을 빠쳐보고, 안 물면 저쪽으로 넘어갈 계획이었다.

"그작저작 지름값은 했네라."

기름값에다 품값까지 넉넉히 한 편이다.

"대풍서 했는가?"

강욱이 술잔을 든 채 석철을 쳐다본다.

"그랬제. 딴 사람들은 모이 앞바다서 했는갑든데, 오늘 그짝에서는 삼치가 안 났다든디."

석철은 들고 있던 술을 한 모금 홀짝인다.

---

[1] 삼치낚이 배.
[2] 낚싯줄.

"구화리 쪽이여, 지산니 쪽이여?"

대풍은 두 동네에 길게 걸쳐 있는 뒷개다.

"지산니 쪽에서 했는디." 하고는 석철은 강욱을 쳐다보며,

"뭘라 그신가? 삼치냊이 가보실랑가?" 한다.

강욱도 배를 가지고 있어 심심풀이로 낚시를 다닌다. 육지에서 온 손님들을 데리고 상사리[3]를 낚으러도 가고, 감생이를 낚는다며 혼자서 배를 타고 나가기도 한다. 배 부리는 솜씨야 초보 수준이지만, 키를 바짝 당겨 쥔 채 서털구털 몰고 다닌다. 낚시에 재미가 붙는지 요즘은 바다에 나가는 일이 잦아졌다.

"내일은 일요일인 데다 날도 좋다 그리고, 요새 삼치도 좀 문다니까 한번 가볼까 하고."

강욱은 잔을 들어 비우고는,

"혹시 알어? 상쾡이라도 한 마리 낚을지. 내일 나 좀 데리고 가!" 한다.

석철은 괜히 말을 꺼냈다 싶었다. 내일도 대풍에서 삼치가 물지는 모르겠지만 오늘 갔던 곳을 강욱에게 양보하면 자신은 더 멀리로 나가야 한다. 가까이에 삼치 술을 던졌다

---

[3] 참돔새끼.

가 서로 엉키기라도 하면 죽도 밥도 안 되기 십상이다. 자신은 삼치를 낚아 팔아 반찬값이라도 벌어야 하는 입장이고 강욱은 그냥 재미 삼아 가보는 것인데 강욱에게 자리를 내줘야 할 판이다.

"자리 뺏길까봐? 자식, 오살하게도 쩨쩨하게 구네."

잠시 지밋거리고 있자, 강욱이 나머지 술을 비우더니 석철을 다그쳤다. 그 순간이었다. 섬뜩하고 잔인한 무엇이 석철의 머리에 꽂혀들더니 도꼬마리 열매처럼 찰싹 달라붙었다.

"그, 그거이 아니고."

석철은 머릿속에 들러붙은 그것을 떨쳐내려고 도머리를 친다. 하지만 그것은 좀체 떨어질 기미가 없다.

"데려 갈 거여, 말 거여?"

강욱이 다시 석철을 족대긴다.

"가…, 가만."

석철은 숨을 길게 내쉰다.

"아따 새끼…."

금방이라도 강욱의 뒷말이 이어질 것 같다. 석철은 마음이 급해진다. 도꼬마리는 내버려 두고 강욱의 말을 막는 것이 우선이다.

"이, 이짝으로 갈까 저짝으로 갈까 못 정해서 말이네."

석철이 허둥거리며 말을 잇는다.

"대풍서 많이 낚았다면서? 오늘 간 데로 가면 되겠구마."

강욱이 남은 술을 술잔에 따른다.

"바람 부는 꼴새가 낼은 여서도 쪽에서 삼치가 날 성 불러서 말이네."

"그러면 아침에 대풍서 해 보고 안 물면 저쪽으로 넘어가자고."

강욱이 술잔을 들며 석철을 쳐다본다.

"금메, 그래보까? 그란데 그쪽은 나도 자신을 못해서 말이네."

바다라고 다 같은 바다가 아니다. 그 동네의 고샅길은 그 동네 꼬마들의 것이듯 바다도 다 저저금의 바다가 있다. '대풍'은 석철의 안마당이나 마찬가지다. 어디에 여가 있고, 어디는 평평한 모래밭이고 어디는 찌럭찌럭한 뻘밭인지 손바닥 들여다보듯 훤하다. 깨벗고[4] 헤엄을 배운 꼬맹이 때부터 시작해서, 아버지를 따라 어장을 다니며 노를 젓던 때부터 혼자 다니는 지금까지, 삼각망에서 시작해 저인

---

4) 벌거벗고

망을 거쳐 낭장과 삼치낚이까지, 마흔 해가 넘는 동안 온갖 종류의 어장을 거치면서 얻은 석철의 재산이다. 어떤 것은 할아버지에게서 물려진 것에 아버지가 보탠 것이고, 어떤 것은 아버지가 가르쳐준 것에 석철이 더한 것이다. 그래서 물때에 따른 물의 흐름과, 파랑이 만드는 물의 빛깔과, 그 위를 불어가는 바람의 방향에 따라, 어느 때에 어떤 방향으로 그물을 놓아야 하는지 자신만의 묘리가 있는 것이다. 하지만 저쪽 바다는 자주 가는 곳이 아니어서 남의 동네 고샅처럼 잘 알지 못한다.

"괜찮아. 뭐 재미로 가는 것이니까, 물면 낚고 안 물면 그냥 들어오자고."

강욱이 잔을 비우고는 내려놓는다.

"그래도 갠짢하다믄 좋고."

석철은 다시 한 모금을 홀짝이고는,

"그라믄 언능 가서 주무시고 다섯 시까지 오시게. 너머 늦어지믄 안되께로." 한다.

술을 더 달라렬 줄 알았는데 강욱이 선선히 일어선다. 석철은 뫼얍다[5]는 생각을 한다. 강욱에게 낚시는 심심파적일

---

5) 묘하다. 이상하다.

뿐인데 그것 때문에 한 병으로 입매마중만 하고 끝내는 것이다. 아무리 봐도 고자가 알 낳을 일이 아닐 수 없었다.

2

 동창회는 '악개'에서 열렸다. 맨 처음 광주에서 시작해서는, 친구들이 많이 사는 부산으로 넘어 갔다가, 그래도 서울구경은 해야겠어서인지 그쪽으로 올라가더니, 이참에는 안태를 묻은 고향으로 내려온 듯했다. 늙은 부모님을 모시고 사는 데다 물때 맞춰 어장까지 해야 해서 여유가 없기도 했지만, 동창회란 것이 먹고살 만한 친구들끼리 모인다는 생각에 석철은 관심을 안 가졌었다. 고향에 터무니를 잡고 사는 친구들 중에 소위 잘나간다는 조합장이나, 섬의 이런저런 공사를 독점하다시피 해 돈을 꽤 번다는 친구 정도가 매번 안 빠지는 멤버였다. 그런데 이참에는 고향에서 한다는데 거기까지 안 가는 건 좀 그렇지 싶었다. 그래서 큰맘 먹고 가 본 것이었다.
 명절이나 휴가 때 길에서 지나친 적 있는 동창들을 빼면 중학교를 졸업한 지 거의 스무 해 소수라 동창들을 금방 알아보기는 수월치 않았다. 그 세월 동안 이 친구는 머리가 홀떡 벗어졌고, 저 친구는 이마에 야장야장 주름이 생겨났으며, 저기 친구는 도루박구[6]처럼 배가 뿔룩 튀어나왔다. 이 가시내는 나이에 맞게 아줌씨가 됐고, 사는 게 뼈친지 저 가시내는 벌써 할머니가 다 됐고, 머시매들깨나 달고 다녔던 저 가시내는 아직도 처녀 같은 풋풋함을 지니고 있었다. 상급학교 진학이든 공장 취직이든 달랑 가방 하나 메고 섬을 떠났던 동무들은 의지할 아무도 없는 육지에서 얼마나 애면글면했을까. 발 딛고 살아갈 한 치의 터를 위해 죽사사사 곰부팀친 세월이였으리라. 석철은 육지에서 내려온 친구들이 새삼 존경스러워졌다.

고향에 살고 있는 친구들도 지금은 다들 터무니를 잡고 있었다. 있는것을 몽창 털어 일찌감치 전복양식에 뛰어든 친구는 일 년 수입이 오 억이니 십 억이니 하고, 나중에 손을 댄 친구도 일 년에 큰것 두 장은 거뜬하다 했다. 그 방면이 아니더라도, 섬이 드라마 촬영지로 떠서 관광객이 몰려드는 통에 택시나 순환버스를 하는 친구도 벌이가 겁나 쏠쏠해졌다. 옛날 삼치가 파시를 이루었던 적에 동네 개들도

---

[6] 올챙이.

천 원짜리를 물었다 했는데, 요즘에는 몇 안되는 초등학생들이 마트에서 오만 원짜리로 아이스크림을 사 먹는 판이었다.

지금이야 '삐비껍떡[7]' 같은 신세이지만 석철에게도 좋은 시절이 없었던 건 아니다. 아버지를 따라 낭장[8]을 하던 십이삼 년 전만 해도 멸치만 잘 들면 한 철 어장에 물 좋은 무살논 댓 마지기 사는 건 보통이었다. 그때는 낭장망이 돈을 긁는 갈퀴로 통했었다. 작은 동네이지만 면소재지보다 돈이 더 돌았다. 선창에도 고샅에도 만 원짜리가 굴러다닌다 했다. 몇 년만 더 그래 주면 돈 좀 모으겠다 싶었다. 하지만 세상일이라는 게 이녁 뜻대로 되는 게 아니었다. 어느 해부터인가 해파리가 출몰하더니 이듬해에는 곱으로 불어났고, 그예 여름 바다가 해파리 양식장으로 변해 버렸다. 해파리의 무게를 못이겨 그물이 터져버리거나, 멸치가 좀 들어도 해파리에 파묻혀 선별을 못 해내니 힘들여 잡은 것을 버리는 수밖에 없었다. 그물이 터지기라도 하면 꿰매어 다시 넣으면 그만이지만, 잡것들의 무게 때문에 닻이 빠져버리면 그물의 꼬투리도 못 찾을 판이니, 빈대만한 멸치 잡으

---

7) 삘기 껍질. '보잘것없는 것'의 관용어.
8) 멸치잡이 어장.

려다 초가집만한 그물 잃으니 차라리 그물을 빼놓고 노량으로 노는 것이 돈 버는 빨이 돼버렸다.

어장을 해 한 닢이라도 벌어야 하는 여름을 해파리에 밀려 팔짱 끼고 있다가, 건들마가 불어와 이제 그물 좀 넣어볼까 싶으면 이번에는 멸치 선단이 바다를 점령해 버렸다. 고성능 어탐기를 장착한 선단의 어선들은 바닷속을 훤히 들여다보며 쟁이질로 멸치를 싹쓸이했다. 가로 들어와 낭장에 들 멸치를 중간에서 쓸어버리니 섬에서는 멸치 턱찌끼도 맛보기 어려웠다. 물때 따라 그물을 보느라 한밤중인시 새벽잠인지 모르고 어장을 다닐 때인데도 사람들은 멸치 배에서 뿜어져 나오는 멸 삶는 연기만 바라보며 속만 썩을 뿐이었다. 그것이 이즈음 석철의 형편이었다.

동창회 한다고 친구들이 모였는데 안줏거리 하나 못 장만한 게 영 미안키는 했다. 자신이 할 수 있는 일이라고는 그것밖에 없는데 어장을 안하고 있으니 달리 방법이 없었다. 빈손으로 가는 게 영 객쩍어 몇 번을 주저거리다, 친구들도 상황을 이해하려니 생각하고 용기를 냈다. 머쓱하게 들어서는 석철을 친구들은 이물없이[9] 맞아주었다. 오랜만

---

9) 아무 거리낌 없이.

이라며 손을 맞잡고 흔들어대는 친구에, 그동안 잘 살았더냐고 어깨를 감싸 안는 친구에, 중학교 때의 별명을 부르며 등짝을 치는 친구에, 석철은 영 정신을 차릴 수가 없었다. 여자동창들이 덥석 안아줄 때는 몸 둘 바를 모른 채 황홀하기까지 했다. 그 기분에 취해 석철은 못 마시는 술을 너덧 잔 홀짝였다.

동창회가 시작되자 강욱이 일어서더니 고향에 있는 친구들을 소개했다. 두엇이 빠지고 강욱까지 아홉이었다. 석철은 맨 나중이었다. 석철이 구석자리에 앉은 탓도 있었지만, 석철네 마을이 면소재지에서 가장 먼 것과, 학교 때부터 석철이 등외 취급을 받은 것도 한 이유였다.

"그 유명한 위석철. 중학교 때까지 코 흘리고 다닌 친구 알지야? 공부는 지지리도 못해 졸업할 때까지 알파벳이나 제대로 떴는가 모르것다. 낭장 하다가 요새는 멸치도 안 나 그물 빼놓고 놀고 있다. 아직 장가도 못 간 총각이다야. 주변에 괜찮은 과부 있으면 소개 좀 해줘라. 아참, 저번에 다방 가시내 티켓 끊었으께 숫총각은 아닐 거다."

"와와!"

친구들의 웃음소리가 여름 햇살처럼 갯돌들 사이로 퍼져 갔다.

한 방 터뜨린 강욱은 친구들을 둘러보며 히뭇거렸지만 석철은 빈정이 상해 버렸다. 동창회니까 과거의 추억을 더듬는 것을 뭐라 할까마는, 오랜만에 만난 자리에서 구태여 과거의 창피한 것들까지 들먹실 필요는 없는 것이었다. 그냥 공부를 못했다 그러면 되지, 알파벳을 뗐니 못뗐니까지 까뒤집을 것은 없지 않은가. 강욱에게는 장난이고 재미일지 몰라도 당하는 석철에게는 마음에 푸렁물[10]이 앉는 일이었다.

늦게까지 코 흘린 건 자신이 실제로 그랬으니까 그렇다 쳐도, 공부 못한 것에 대해서는 억실도 할 말이 없는 건 아니었다. 중학교 때 석철이 전교 꼴찌였던 건 사실이지만 그 후의 세월을 더듬어 보면 '공부가 솥에 안 들어갔다'. 그물 놓는 데 수학공식이 필요한 것도 아니었고, 삼치낚수를 알파벳순으로 던지는 것도 아니었다. 그물 놓고 뽑는 데는 물이 오고 가는 때와 바람이 부는 방향만 잘 가늠하면 됐고, 삼치 낚는 데는 삼치가 오는 때와 그것들이 이동해가는 경로만 잘 파악하면 됐다. 바다를 불어가는 바람이나, 갯가에 밀려왔다 쓸어 내리는 갯물이나, 그 바람과 갯물을 따라 헤

---

10) 멍으로 생긴 푸른 자국.

엄쳐 다니는 물고기들은 학교에서 배운 것을 모른다고 사람을 시뻐하지 않았다. 자연의 것들은 그들의 이치대로 흘러갔다가는 또 그들의 발길대로 흘러왔다. 엄연한 자연의 그 질서에 대면 인간의 지식이라는 것이야 장터 구석의 국밥 한 그릇만도 안 되는 것이었다. 그런데 그깟 공부가 뭐 그리 대단하다고 동창들 앞에서 그런것으로 사람을 무안하게 만드느냐 말이다.

장가 못 간 것도 그랬다. 젊은것들은 '기나 고동이나' 내남없이 육지로 떠나버린 현실에서, 낼모레 손주 볼 사람이 동네 청년회장을 맡는 작금의 상황에서, 결혼할 짝을 찾는 것은 가마 타고 시집오는 새색시나 말 타고 장가가는 새신랑을 보는 만큼이나 어려운 일이 돼버렸다. 괜찮은 신랑감으로 치는 면사무소 직원도 짝을 못 구해 숙소에서 혼자 밥을 끓여 먹고 있는 현실이었다. 그러니 보로시 중학교 졸업하고 그 길로 아버지를 따라 어장을 하며 살아온 석철에게 여자 차례가 오리라 기대하는 것은, 멸치 떼가 제 발로 솥으로 쏠려 들어가 스스로 데쳐지는 것을 보는 만큼이나 불가능한 일이었다. 그래도 친구들은 이렇게나 저렇게나 각시 하나씩을 꿰차고 있으니 그러지 못한 것도 석철의 깜냥일 수는 있겠지만, 그렇다고 간신히 덮어놓고 사는 마음속의 푸렁물을 동무들 앞에서 비땅[11]으로 헤적일 것까지는 없는 것이었다.

속이 상한 석철은 제대로 인사도 못한 채 자리에 앉아버렸다. 친구들을 보며 들떴던 마음이 강욱의 한 마디에 샛바람 분 겨울 바다처럼 차갑게 갈앉아서였다. 모두들 권커니 잣커니 술잔을 들며 즐거운 표정들이었지만 석철은 먹고 버린 게딱지처럼 외오 돌며 한쪽 구석에 우두커니 앉아 있었다.

"야, 너 아직까지 장가 안 갔다냐?"

나이 든 농어촌 총사블을 농남아 여자늘과 숭매하는 일을 한다는 신남이었다.

"……."

신물 나게 들은 말이라 석철은 피식 웃고 말았다.

"아따 새끼, 진작 말하제마는. 뽈세 보내줘벴을 것인디."

신남이 전화번호를 따면서 꼭 전화하겠다고 했다. 석철은 딱히 무슨 마음이 일어서가 아니라 오랜만에 만난 친구가 물어서 그저 번호를 가르쳐 준 것뿐이었다.

그냥 있기가 머쓱해 석철은 못 마시는 술만 몇 잔 더 들

---

11) 부지깽이.

이켰다. 모두들 흥이 올라 북과 꽹과리를 치며 마당을 겅중거렸지만 석철은 팔짱을 낀 채 배돌며 구경만 했다. 굿물에 씨익씩해진[12] 동창들은 노래기계를 틀어 놓고는, 개창 안에 뛰는 동어처럼 폴뜨락거리며 마당을 뛰어다니다, 포개진 고등어 한 손처럼 서로 껴안고 블루스를 췄다. 동창회는 이제 놀자판으로 바뀌고 있었다. 한참을 지켜보던 석철은 슬그머니 자리를 빠져나왔다. 밥을 차려 주지 않으면 천장만 쳐다보며 입만 빵긋거릴 늙은 제비 두 마리에게 밥을 넣어 주기 위해서였다.

판이 더 신나지는지 등 뒤에서는 음악소리가 점점 더 커지고 있었다.

3

"아야, 돈만 있으믄 되어야. 전부 이십 댄디, 거기서 니 맘대로 고르믄 되어야. 옛날처럼 도망가고 그런 것 없응께 안심해도 되어야. 그건 내가 확실히 보장하께. 야, 장개도

---

12) 많이 해서 물린.

못 가보고 죽으믄 고자람서 염라대왕이 안 받어준다 안 받어줘. 그라께 똑대이 해라 임마!"

　동창회가 끝나고 얼마 안있어 정말 신남에게서 전화가 왔다. 제 돈벌이를 하려는 것인지, 친구를 위해 서드려주는[13] 것인지, 아니면 그 둘 다여서 누이도 좋고 매부도 좋자는 것인지는 몰라도 아무케나 석철에게는 고마운 일임에는 틀림없었다. 살면서 각시도 한번 못 얻어 보고, 여자라야 겨우 시간당 삼만 원짜리 티켓 끊는 다방 아가씨나, 술값에 다 팁까지 푸지게 얹어야 간신히 손목이라도 잡아볼까 말까 하는 술집 색시 끝새나 보며 농날귀신으로 늙어갈 놈에게, 우리나라 여자는 아니지만 그래도 각시를 얻어준다니 얼마나 아짐찬하냐[14]. 젊은 데다 얼굴도 예쁘고 참하기까지 하다니, 이건 물때도 맞고 날도 좋은 데다 멸치까지 떼로 몰려드는 격이다.

　얼마가 드느냐고 묻자, 친구니까 싸게 해 준다며 천오백만 준비하라 했다. 계면쩍어 더는 안 물었지만 그것이 전부는 아닐 듯했다. 신부네 집에도 얼마간의 돈은 주어야 하지 싶었다. 돈을 주고 여자를 사오는 것은 아닐지라도 못사는

---

13) 부지런히 해주는.
14) 고마우냐.

나라라니까 예의로라도 그래야 할 것 같았다. 그것은 저쪽에 들 비용이었고, 신부를 맞는 준비에도 돈은 필요할 것이었다. 낯선 나라에 온 색시를 몸이 불편한 부모님과 코딱지만한 집에서 함께 살라고 할 수는 없는 일이었다. 집도 얻어야 하고 필요한 살림살이도 들여야 할 것이었다.

설레기도 했지만 한편으로는 창피하기도 했다. 일찍 시집간 여자 동창들 중에는 벌써 사위를 본 애도 있고, 남자 동창들 중에도 낼모레 아들을 군대 보낸다는 친구들이 있는 판에 자신은 이제사 장가갈 궁리를 하고 있는 것이다.

이럴까 저럴까 몇 밤을 뒤치적이다 마음을 굳힌 것은 부모님 때문이었다. 일흔이 서너 해 남았는데도 어머니는 벌써 치매기를 보이고 있다. 가끔씩은 아들도 몰라보고 자꾸 누구냐고 물으신다. 한쪽에 쪼그려 앉아 뭐라고 중얼거리는데, 조금 있다 보면 아까침에 했던 말을 또 반복하고 있다. 내일 또 보면 어제 했던 말의 되풀이다. 벽에 똥칠갑을 할 날이 얼마 안 남았지 싶다. 아버지도 어머니와 별로 다를 게 없다. 바닷일로 든 골병이 어느 날 풍으로 돌았다. 지팡이를 짚어야 마당에라도 간신히 나와 보는 형편이다. 그런 부모를 장가도 못 든 자신이 모시고 있다. 늦기는 했지만 며느리도 보여드리고, 할 수만 있다면 떡하니 손주도 좀 안겨드렸으면 싶다. 그래서 마지막 길이라도 좀 편안히 보내드렸으면 했다.

부모를 언턱거리 삼는다 해도 돈이 없으면 불가능할 일이었다. 아무 조건 없이 여자가 섬에까지 와서 각시가 돼줄 리 없고, 아무리 불알친구라지만 신남이 녀석이 구전도 안 먹고 일을 주선해줄 까닭이 없었다. 언제 어디서나 문제는 항상 처녀 불알도 산다는 그 잘난 놈의 돈이었다.

섬이 전국적으로 유명해져 일 년에도 관광객이 몇만 명 찾아들고, 그 사람들만큼이나 많은 오만 원짜리가 이 동네 저 동네에 굴러다녔다. 너덧 군데의 민박집이 일 년에 육천을 버네 더 버네 하자 너도나도 집을 수리해 민박을 쳤고, 발 빠른 육지 사람들이 들어와 거금을 들여 펜션을 지었다. 꽃 피는 춘삼월의 '유채꽃 축제' 때는 하루 동안 섬 주민의 네 배가 섬에 들어왔네, 자칫하다 섬이 가라앉을 판이네, 누구네는 회를 썰다가 어깨가 빠져 장사를 쉬네, 뉘네 식당은 두 시간 만에 반찬이 떨어져 하루 장사를 끝냈네, 선창에 천막 치고 국수를 팔아 하루에 백만 원을 벌었네 하는 얘기들이 물살처럼 흘러 다녔다. 하지만 석철에게는 그 모든 것들이 바다 건너에서 펼쳐지는 꽃구경에 불과했다. 이녁 동네에서 벌어지고 있는 일도 아니고, 또 거기에 끼어

들 재주가 있는 것도 아니었다. 배운 게 도둑질이라고, 어찌 멸치어장이나 되살아나 부모님께 쇠고깃국이라도 자주 끓여드렸으면 더 바랄 게 없었다. 돈이야 있으면 좋겠지만 없어도 그작저작 지내왔으니 앞으로도 그렇게 살아가자는 생각이었다. 그러고 있는데, 생전 안 가던 동창회에 여차꼴로[15] 나갔다가 느닷없이 큰돈이 필요하게 돼버린 것이다.

며칠을 고민하던 석철은 농협을 찾았다. 전복 양식으로 '대부자' 소리를 듣는 친구가 두엇 있지만, 낭장도 시부죽하니 잘 안돼 시난고난하는 석철에게 이천이나 되는 돈을 꾸어줄 것 같지 않았다. 그래서 이즈음에 관광객 실어 나르는 객선으로 돈을 긁어, 옛날에는 비료를 쟁이던 농협창고에 세지도 않고 그냥 쌓아두기 바쁘다는 그 돈 좀 빌릴까 했다. 작년에 배를 사느라 대출 받을 때 하도 꼬장꼬장하게 굴어, 다시는 그 친구한테 부탁 않겠노라 골백번을 다짐했는데 그것 외에는 달리 방법이 없었다. 다시 머리를 수그리면 그 친구는 깁스한 듯한 목을 한 치 더 뒤로 젖히겠지만 그래도 아쉬운 놈이 샘을 팔 수밖에 없는 일이었다. 항상 없는놈이 있는놈에게서 돈을 빌려 허리가 부러지도록 샘

---

15) 어쩌나 보려고 행여 하는 마음으로.

을 파고, 그러면 빌려준 놈은 뒷짐 지고 구경하다 파 놓은 샘물을 먼저 맛 봐 버리고, 죽어라 샘을 판 놈은 전보다 더 목이 말라 그 '어만 놈'에게 또 돈을 빌려 샘을 파야 하는 게 세상의 꼴새였다.

"조합장님 좀 만내로 왔는디."

석철은 창구로 몸을 내밀며 작은 소리로 말한다.

"조합장님요? 무슨 일인데요."

젊은 직원이 힐끗 쳐다본다. 당신이 조합장에게까지 갈 일이 없다는 투다.

"긍께, 볼 일이 좀 있어서…."

석철이 말꼬리를 말아 넣는다.

들은 듯 만 듯 모니터로 눈을 내렸던 직원이 안쪽으로 들어간다. 그러더니 들어오라고 손짓을 한다. 석철이 조심스럽게 조합장실로 들어간다.

"이녁 동네 바다만 파먹고 산 사람이 뭔 일이여?"

조합장이 자리에서 일어나 이쪽으로 걸어온다.

"앉어."

자리를 권하며 강욱이 먼저 소파에 앉는다. 말쑥한 넥타이 차림에 신수도 훤하다.

"뭔 일로 왔는가?"

강욱이 담배를 빼어 문다.

"저, 머시냐……."

석철은 소파에 엉덩이만 살짝 걸친 채다.

"말해 봐, 뭔지."

담배에 불을 붙이며 강욱이 석철을 쳐다본다.

마주한 두 사람이 초등학교 동창이라면 누구도 안 믿지 싶다. 나이로는 석철이 강욱의 큰형뻘 되고, 차림새로는 강욱은 주인이고 석철은 그 집 일꾼 같다.

"긍께, 저, 머시냐, 대, 대출 잔 받아볼까 해서 말이네."

석철이 어렵사리 말을 꺼낸다.

"대출?"

강욱이 연기를 후, 뿜고는,

"자네가 돈 쓸 데가 어디 있다고? 먹여살릴 마누라가 있는 것도 아니고, 가르칠 새끼가 있는 것도 아니고." 하더니,

"혹 각시 데려 와 살림 차린다면 모르까" 한다.

얼러리? 이 친구가 어떻게 알았지? 여자 데리고 올 때까지는 비밀로 한다 했는데 신남이 녀석이 벌써 나불댔으까? 남자새끼가 쫑긋네같이 입도 싸네라. 하기야 어릴 때부터 싸던 입인데 그거이 어디 가것냐마는.

신남이 벌써 말을 내버린 것 같아 석철은 못내 화가 난다.

"자네가 돈 쓸 데는 거기밖에 없겠는데. 술집 가시내 티켓 끊을라고 대출 받자는 건 아닐 테고."

강욱이 슬핏 웃음을 흘린다.

"저, 머시냐…, 긍께, 거……, 거시기, 그랑께……."

석철이 뒷머리를 긁으며 어찌어찌 말머리를 꺼내더니,

"긍께, 자…, 장개 잔 가…, 가볼까 하고." 하자,

"뭐, 장가?"

하며 강욱이 소파에 묻었던 몸을 당겨 세운다. 그러고는 멀끔히 석철을 쳐다본다.

"셔, 머시냐, 신남이가 베…, 베트남 여자 소개해준다께 말이네."

석철은 어렵사리 말을 끝내고는 천장으로 눈을 올린다. 장가를 간다는 것도, 우리나라 여자가 아니라 저 멀리 베트남에서 신부를 데려와 그러려는 것도, 마치 털 다 빠진 늙은 말이 싱싱한 암말을 쫓아가는 것 같아 객쩍기 그지없다.

"그러기나 하겠지. 허리 꼬부라진 할마이 아니면 어떤 여자가 마흔 넘은 자네한테 시집을 오겠는가?"

강욱이 담배를 길게 빤다.

"거기 사기꾼들 많다든데……. 한국 와서 도망친 여자들도 쎘고."

텔레비전에 보도돼 석철도 알고 있는 사실이다. 그래서 고향친구가 주선해 주는 게 아니었으면 석철도 쉽게 엄두를 못냈을 것이다.
"신남이가 그런 건 걱정말라든디. 저가 책임진다고."
아무리 그런다고 고향 친구 등쳐먹겠냐며, 신남이 그런 걱정은 꿈에서도 하들 말랬다.
"말이 그러지 저까짓게 어떻게 책임진다냐? 도망치면 저가 물어줄 것도 아니겠고."
석철도 거기까지는 깊게 생각 안해봤다.
"하기야 섬에 데려다 놓으면 저가 옴짝달싹이나 하겠는가마는."
강욱이 재떨이에 담배를 톡톡이고는,
"얼마 빌릴라고?" 한다.
"이, 이천만 원만 해보까 하고."
석철이 강욱에게로 눈길을 내린다.
"이천만원?"
강욱이 다시 담배를 빨더니,
"자네 담보 있는가?" 한다.
재산이라고는 써금써금한 배 한 척과 부모를 모시고 사는 쓰러져 가는 집 한 채와 몇 해째 묵혀진 밭 너덧 마지기가 전부다. 배를 살 때 집을 담보로 잡혔으니 있는것이라고는 밭 너덧 마지기뿐인데, 잡초 무성한 묵정밭을 담보로 잡아줄 만큼 농협이 정신머리 없지는 않을 것이다. 배를 살 때도 사정사정했으니 강욱이 그걸 모를 리 없다. 그래서 혹 방법이 없을까 하고 창구로 안 가고 직접 강욱을 찾은 것이다.

"저기…, 배 삼시로 대출받은 것도 아, 안직 못 갚었네마는……."

힘들게 나오는 말이 숨이라도 가쁜 듯 똑, 똑, 잘린다.

"그러면 뭘로 또 빌릴라고?"

상욱이 재를 떨고는,

"떼먹고 도망치면 어쩔라고 담보도 없이 돈을 빌려주겠는가? 이 사람이 속이 없구마." 하며 힐난하듯 석철을 쳐다본다.

나서 자라 섬에서만 살아온 석철이다. 다른 친구들이 읍으로 광주로 부산으로 고등학교 갈 때도 일찌감치 진학할 생각을 접었고, 고등학교 못 가는 애들 몇몇이 육지로 돈 벌러 나갈 적에도 아버지를 따라 어장을 다녔다. 잠깐이지만 석철이 가장 오래 섬을 떠나본 것은 방위교육을 받기 위해 광주에서 지낸 사 주 동안이다. 지금은 고향에 터를 잡은 친구들도 다들 섬을 떠났다 돌아와 정착했지만 석철은 처음부터 고향에서만, 그것도 태어난 동네에서만 쌈북[16] 살아왔다. 설사 돈을 못 갚아 감옥에 가는 경우가 생길지는 몰라도 그 돈 때문에 섬에서 도망치지는 않을 것이다.

"아따, 나가 어추쿠 도망치것는가? 부모도 계시고 어장도 있는데."

석철은 강하게 도리질을 친다. 천부당만부당한 말이다. 다른 건 몰라도 자신이 아니면 밥 한 끼 차려줄 사람 없는 늙으신 부모님을 버려두고 나몰라라 내빼지는 않을 것이다. 차라리 장가가려는 뜻을 접으면 접었지 그런일은 결단코 없을 것이다.

"아무리 그래도 담보 없이는 못 빌려주지. 보증인을 세우면 또 모르까."

강욱이 고개를 가로젓는다.

"조합장이 잔 서 주믄 안되까? 한번만 사정 봐주시게."

석철이 간절한 낯빛으로 강욱을 쳐다본다.

"배 살 때도 내가 사정 봐줬구만 또 봐주라고?"

강욱이 석철을 힐끗거리며 다시 웃음을 흘린다.

"딱 이참 한번만 부탁하세. 죽어도 은혜는 안 잊음세."

---

16) 쭉. 내내.

석철이 탁자에 손을 짚으며 앞쪽으로 몸을 수그린다.

"내가 자네 보증 서 줄라고 조합장 한지 안가?"

강욱이 재떨이에 담배를 비비더니 천장으로 눈을 올린다. 틀렸는갑구나. 괜한 짓 했구나.

석철은 마음을 접어야겠다고 생각한다. 막 일어서려는데 강욱이,

"보증 서주면 자네는 나한테 뭐 해줄랑가?" 한다.

석철은 휘뜰 놀라며 엉덩이를 내려놓는다. 강욱이 보증을 서 줄 모양이다. 무엇을 덧붙인 듯한데 그게 뭔지는 잘 모르겠다.

"……"

"내가 보증 서주면 자네는 나한테 뭐 해주려냐고?"

보증을 서 주면 뭘 해주려느냐다. 석철은 대답을 못 찾는다. 배운것도 많은 데다 사회적 지위도 높고, 거기에 돈도 많은 사람한테 자신이 해 줄 수 있는 게 뭐가 있을까. 고기 잡아다 술안주나 반찬 하라고 갖다 주는 일이면 몰라도 다른 것은 있을 게 없다. 아무리 궁리해 봐도 그렇다.

"안꼿도 없는 내가 조합장한테 해 줄 게 뭐가 있것는가?"

강욱을 바라보는 석철의 눈이 몹시 애처롭다.

"사람이 서로 오가는 게 있어야지. 나는 해 줬는데 자네

는 아무것도 없으면 그건 불공평하지 이 사람아."

아무리 머리를 짜고 또 짜 봐도 자신이 강욱에게 해줄 수 있는 것이 없다.

"그라기는 하네마는 내가 가진 게 있어야 말이제."

석철은 맥이 쭉 빠진다.

"좋아. 그러면 친구 장가보낸다는 의미로 내가 보증은 서줌세. 조합장 갑빠가 있지, 나이든 친구가 장가간다는데 그까짓 이천 못해주겠어? 그 대신 자네는 앞으로 내 말 잘 들어야 해!"

아퀴를 짓는다는 듯 강욱이 손바닥을 마주치며 자리에서 일어선다.

고맙게도 조합장이 보증을 서주겠단다. 조합장 개인의 돈을 빌려주는 건 아니지만 농협의 우두머리이니 강욱의 한마디면 만사가 무사통과일 것이다. 그런데 애매하게 뒷동이 달려 있다.

'그 대신 자네는 앞으로 내 말 잘 들어야 해!'

사정을 봐줘 담보 없이 조합장의 보증만으로 돈을 빌려주겠는데 그 대신 자신의 말을 잘 들으란다. 석철은 그것이 목갈린 준치 뼈처럼 마음에 걸렸지만 일이 해결됐다는 마음에 고마운 생각만 들었다. 바닥에 엎드려 넙죽 절이라도 하고 싶은 심정이었다.

4

신부를 데리러 오라고 신남이 전화를 했다. 전화를 받고 나자 그동안의 마음고생이 스르르 풀려 내렸다. 사리 때가 되어 그물을 넣을 때에도, 물때에 맞춰 물을 볼 때에도, 그물에서 멸치를 털어와 데칠 때에도, 데친 멸치를 널 때에도 머릿속은 이런저런 생각들로 시끄러웠다. 밤을 함께하기는 했지만 과연 신부가 오기는 올까. 오기는 한다 해도 섬에까지 내려오기는 할까. 공항에서 나오자마자 감쪽같이 사라지는 경우도 있다는데 그러지는 않을까. 얼마를 살다가 주민등록증이 나오면 온다간다 없이 사라진다는데 그러지는 않을까. 괜히 나이 들어 장가간다고 돈은 돈대로 버리고 동네 우사[17]는 우사대로 사는 건 아닐까. 사람이 이녁 분수대로 살아야 하는데 제 분수를 모르고 나대다 괜히 망신만 당하는 건 아닌가. 온갖 생각들로 안개 낀 날처럼 머

---
17) 우세.

리가 뿌옜었다. 그런데 일단 오기는 오는 모양이었다. 그 다음은 그 다음이 알아서 할 것이었다.

각시를 데려오자 사람들의 반응은 여러가지였다. 늙은 총각이 장가를 갔으니 잘하고 또 잘했다며, 잘 살라고, 잘 살아야 한다고 진심으로 박수를 쳐주는 사람들이 많았다. 삼이웃으로 사는 한동네 사람들이 그랬다. 그렇다고 다들 그런 것은 아니었다. '멍청하고 늙은' 신랑에 '너무 어리고 이쁜' 신부라고 실쭉대는 이도 있고, 가난한 나라에서 돈에 팔려 온 여자라며 힐끗대는 이도 있고, 오죽 멍청하면 각시 하나 천신 못해 남의 나라에서 돈 주고 사오냐고 핼쭉대는 이도 있었다. 석철은 아무케나 좋았다. 마흔 둘의 후줄근한 사내가 스물다섯의 꽃 같은 색시를 얻었으니 무슨 말이 안 나오랴 싶었다. 각시가 생겼다는 사실에 대면 그런 말들이야 소 귀때기를 스치고 가는 바람 같은 것이었다.

여자 하나가 들어왔을 뿐인데 집안이 통째로 달라졌다. 마당이고 뒤란이고 모탕[18]이고 간에 해바라기 꽃이 활짝 핀 듯했다. 그 꽃은 아버지의 얼굴에도 피었다. 가끔씩 정신이 마실 나가던 엄니도 온정신으로 돌아온 듯했다. 색시

---

[18] 집의 옆구리 공간.

의 두 손을 잡은 참 잃어버린 딸이라도 되찾은 듯, "오따 내 우래이! 오따 내 새끼! 금쪽같은 우리 메느리!"를 연발했다. 명절 때나 얼굴을 맞대는 형제들보다, 외국에서 왔지만 함께 사는 며느리가 금이야옥이야가 돼 있었다.

각시를 데려온 지 보름쯤 지나서였다. 친구들이 신랑 신부를 축하하는 자리를 마련했다. 열두엇 되는 친구들이 계를 만들어 정기적으로 모이지만 석철은 항상 혼자였다. 그런데 이참에는 부부동반으로 나갈 수 있게 되었다. 더군다나 자신과 각시가 주인공인 자리이다. 석철은 내심 어깨가 으쓱거려졌다. 친구들 잎에 뽐낼 수 있는 한 가시가 생겨나 있는 것이다.

"아따, 니미랄, 장개 한번 더 가야것다! 나도 젊은 여자랑 살어보고 늙어야 안되것다고!"

"석철이는 각시가 아니라 딸하고 살 것네야. 순 날강도 아니라고."

"석철이각시한테 대믄 우리 각시는 함마이네 함마이!"

"이럴지 알었으믄 나도 장개 안 가고 꾹 참을 것인디, 뭘라고 그라고 일찍 빤스를 벗었으끄나. 어야, 우리 도로 물르믄 안되까?"

친구들이 하는 흰소리들이었다.

"오따, 석철 씨는 인자 밤마다 죽어나것소이. 젊은 각시 어떻게 감당할라요?"

"저라고 이쁜 각시를 어디서 데려왔으끄나? 느지막이 석철 씨는 복 받는갑소이."

"부모께 효도하며 사께로 조상들이 이쁜 각시 보내줬는갑네야."

"장개도 못 가보고 늙어갈지 알었든만 몽달로 죽으라는 법은 없는갑구마이."

"인자 석철 씨는 각시 믹에살릴라믄 부지런히 돈 벌어야 쓰것소. 떡두꺼비 탁은 아들 둘만 낳으시요."

집사람들이 건네는 희영수들이다.

석철은 입을 귀에 건 채, 각시를 위해서라도 쎄가 빠지게 살아야겠구나 마음먹고 있었다.

"아야, 느그 각시 이리 데리고 와 보니라!"

안쪽에 말없이 앉아 있던 강욱이 석철을 향해 오른손을 갈퀴처럼 까딱댔다.

사람들의 시선이 강욱에게로 쏠려졌다. 와글대던 분위기가 갑자기 쫘악 가라앉았다.

"베트남 색시, 어디 얼굴 한번 봐보자고!"

전작이 있는 듯했는데, 벌써 맥주잔에 소주를 채워 놓고 있다.

"어이…, 새각시 소개하는 자리에서 왜 그런가?"

환경미화원으로 일하는 친구가 말리고 나섰다.

"자네는 가만 있제나."

강욱이 미화원을 째린다.

"아니, 좋은 자리에서 어채 그러냐고?"

미화원 친구가 자리에서 일어서며 목소리를 높인다.

"저 애기 어떻게 데리고 왔는지 안가? 내가 대출 안해줬으면 저가 무슨 수로 각시를 데려 와. 어림 반푼 없는 소리시."

강욱이 잔을 들어 한 모금 벌컥인다.

"아무리 그래도 사람 앞에 놓고 그렇게 말하는 거 아니제 이 사람아. 자네가 공짜로 대출해줬는가. 다 이자 받음서 해줘놓고는."

미화원 친구도 지지 않는다. 혹시나 저도 나중에 농협에서 대출 받을 일 있을지 모르는데 괜히 끼어드는 것 아닌지 몰랐다.

"자네가 석철이한테 돈 한 푼 보태줬는가? 감 놔라 배 놔라 말고 자네는 쓰레기나 부지런히 치우제나."

강욱이 다시 술잔을 기울이려는 순간 우당탕, 상이 엎어졌다. 미화원 친구가 상 한쪽을 들더니 그대로 뒤집어버린 것이다. 부모가 결혼 반대한다고 칼로 배를 그어버린, 성질이 불인 친구다.

"씨발새끼, 조합장이믄 다냐! 그래 이 새끼야, 나 쓰레기차 따러댕긴다, 어쩔래! 너가 보태준 거 있냐! 너는 새끼야, 잘 배워서 넥타이 매고 돈 벌어묵제만, 나는 못 배워 좆빠지게 땀 흘레서 밥 벌고 산다. 그래서 어찬다고?"

강욱을 향해 댓 마디 쏘고는 나가려더니 다시 몸을 돌린다.

"농민들 피나 빨어묵는 주제에 씨발새끼들이 후까시는 좆나게 잡어. 벨, 좆같은 새끼가 기들어와 조합장 되든만, 대단한 베슬 찬 드끼 지랄하고 자빠졌네. 사기꾼 같은 새끼가."

뒷감당을 어찌 하려는지 미화원 친구가 맥대로 말을 뱉고는 핑하니 나가버렸다. 담배를 피워 문 채 미화원을 째려보던 강욱도 조금 있다 방을 나갔다.

모두들 달뜬 마음으로 늙다리 신랑과 젊은 각시 구경 왔다가 상이 뒤집히는 소란 속에 앉게 돼 버렸다. 친구들 몇이 집사람을 데리고 일찍들 자리를 떴고, 남아 있는 몇도 떨떠름한 표정으로 술잔만 비우며 분위기를 눅였다. 기쁘고 즐거워야 할 자리가 이상하게 마무리돼 버렸다.

 굶어 죽으라는 법은 없는지 멸치가 제법 든 며칠이었다. 점심을 먹고 나가 물을 봐 멸치를 데쳐 널어놓고는 진둥한둥 집으로 올라오고 있었다. 얼른 저녁밥 먹고 색시와 빽[19] 한번 맛나게 해야것다. 석철은 마음이 바빴다.
 "어이 각시, 이리 와서 술 한잔 따르라니까!"
 고샅을 오르는데 강욱의 목소리가 담을 넘어온다. 석철은 걸음을 서둘렀다.
 토방에는 밥상이 차려져 있고, 강욱은 그 앞에 앉았다. 빈 병 한 개가 바닥에 뒹굴고, 상 위에는 반쯤 비운 소주병이 놓였다. 각시는 저 안쪽에 겁먹은 강아지처럼 잔뜩 옹크렸다.
 "나도 없는데 뭔일까?"
 물옷 차림 그대로 석철이 토방 앞에 선다.
 "어이, 새신랑 온가? 밥 얻어 먹으러 왔네. 각시한테 술 한잔 따르라는데 어째 마다 하네. 자네가 교육을 잘못시켰구마."

---

19) 성교.

석철은 순간적으로 화가 치밀어 올랐다. 각시만 있는 집에 와서 밥상은 뭐고, 거기에 술까지 치라는 것은 무슨 경우인가. 아무리 저가 보증을 서 주고 그 돈으로 각시를 데려올 수 있었다지만 이건 좀 지나치다.

 "이것이 뭔 지서린가! 노무 각시한테 이라믄 쓰것는가! 이럴라믄 앞으로 우리집 발 들이지 마소!"

 석철은 벌컥 뼛성을 냈다. 문저리[20] 같은 존재가 상괭이 같은 존재에게 달려든 것이다. 어디서 그런 용기가 났는지 모르겠었다.

 학교 다닐 때 석철은 전교 꼴등의 단골이었다. 학교까지는 두 개의 재를 넘어야 하는 먼 길인지라, 갔다오면 하루가 다 가버려 피곤도 하고 공부할 시간이 없었지만, 공부 자체에 전혀 흥미를 못 느낀 게 더 컸다. 어릴 적부터 아버지를 따라 바다에 나다닌 탓에 한글도 초등학교를 졸업할 쯤에야 보로시 깨쳤다. 사실 중학교도 안 가고 싶었는데 아버지께 끌려서 억지로 갔다. 애당초 갈 생각이 없었으니 쉽게 적응이 될 리 없었다. 새로 배우는 꼬부랑글자는 거머리처럼 머리통에 붙어 꼼질거리기만 하지 머릿속으로 들

---

20) 망둥어.

어올 생각을 안했다. 수학시간이 돌아오면 쉬는시간 때 벌써 머리에 쥐가 나 있었다. 아직 구구단도 따듬거리는 판인데 방정식이니 뭐니 이름도 처음 들어보는 것을 막무가내 풀라 하니 사람 환장할 노릇이 아닐 수 없었다. 거기에 원숭이처럼 생긴 수학선생이 탱자나무 몽둥이로 어찌나 패대는지, 이건 가르치려는 게 아니라 애들 패려고 하는 수업 탁했다[21]. 맞는 것도 하루이틀이지 날이면 날마다 그 꼴을 당하니 따순 밥 먹고 멀리까지 걸어와 이게 뭣하는 짓거리인가 싶었다. 그러다 보니 학교에 가는 날보다 갯가로 향하는 날이 더 많아졌다. 남들이 나 출발하고 난 느지막이 책가방을 챙겨들고는, 학교 가는 것처럼 가다가 산모롱이를 돌치자마자 갯가로 빠져 내린다. 그러고는 하루종일 낚시질을 하든가 물질을 하며 노는 것이다. 소위 '논둑학교'라고 하는 '빠구리'였다. 도둑질도 배울수록 는다고 학교는 담담 가기 싫어졌고, 낚시는 더더 재미있어졌으며, 그럴수록 빠구리치는 횟수는 늘어 갔다. 그래도 아예 학교를 안 갈 만큼은 배짱이 없어 며칠 만에 가보며는, 선생님들은 또 결석한 횟수에 비례에 몽둥이질을 하는 것이고, 당연히 맞을 짓

---

21) ~같다.

을 했으므로 몸으로 때우는 수밖에 없었다. 나중에는 선생님들도 내놓은 놈 취급하고는 그냥 넘어가 주었다. 앗싸리 바다에 가방을 던져 버리고 학교를 작파해 버리고 싶었지만 부모님을 생각해 그것만은 끝내 참았다. 안 가겠다고 다랑귀를 뛸 때마다, 빠구리친 것을 알고 갯가까지 잡으러 온 때마다, 아버지는 달래기도 하고 윽박지르기도 해 코뚜레를 끌고 학교에 데려갔다. 아무리 나중에 바다를 파먹고 살더라도 중학교 졸업장은 따야 한다는 것이다. 못배운 당신의 한 때문일 것이었다. 그래도 끈질긴 아버지 덕에 간신히 중학교 졸업장은 받아 들었다.

그런 석철에 대면 강욱은 하늘이었다. 전교 일등에는 항상 강욱의 이름이 올라 있었다. 강욱은 면소재지에 살았고, 해녀사업으로 아버지가 돈도 많이 벌었고, 그래서 학교에 대한 영향력도 컸다. '스승의 날'이나 소풍 때 선생님들의 접대나 선물은 강욱이네가 도맡아 했다. 입학식이나 졸업식 때 섬의 유지로 초대되어 면장 옆에 앉는 사람도 강욱의 아버지였다. 아이들이 면장으로 알고 있을 정도로 잘 알려진 인물이었다. 그런 집안에서 자랐으니 강욱은 도드라질 수밖에 없었다. 대부분의 아이들이 이발비를 아끼려고 바리깡으로 머리를 빡빡 미는지라, 목덜미에는 노란 밍털이 귀밑에는 자분치가 잡풀마냥 어지러워도, 이발소에서 머리를 깎는 강욱의 귀밑과 목덜미에는 항상 하얀 면도 자국이 선명했다. 뿔 가진 놈이 이빨까지 가지는 듯, 강욱은 공부도 잘해 선생님들의 귀여움을 독차지했고, 얼굴도 잘생겨 여학생들의 관심의 대상이었다. 모든 게 완벽하게 갖추어진 친구였다. 광주에서 대학을 졸업하고 나중에 정치계로 나가기 위해 준비하고 있다는 소문이 돌았다. 한번 중심에 서는 인간은 내내 그렇게 복판을 차지하는 모양이었다.

그런데 어느 날 강욱이 섬으로 들어왔다. 사업을 하다 홀떡 들어먹었다기도 하고, 크게 부동산 사기를 당했다기도 했다. 바람피우는 현장을 들켰다기도 하고, 그래서 마누라와 이혼했다고도 했다. 닫혀 있는 작은 공간인지라 하루에도 수십 개의 소문이 부화했다가 또 그만큼이 죽어 나가는 곳인데, 그 대상이 똥개 같은 석철이 아니라 셰퍼드 같은 강욱이었으니 더 자주 말밥에 오르는 건 당연한 일이었다.

섬으로 돌아와 처음에는 아버지가 벌여놓은 전복양식을 돕던 강욱이 조합장 선거가 돌아오자 후보로 나섰다. 초등학교 내내 반장을 하다 6학년 때는 전교회장을 했고, 중학교에서도 역시 반장과 전교회장을 도맡았으니 남 앞에 나서는 기질은 소문이 나 있는 터였다. 하지만 너무 현실을 모르고 나대는 짓이라고들 했다. 아무리 어렸을 때 잘나갔을지라도 섬을 떠나 있었는지라 외지사람이나 다를 바 없고, 그동안 섬에서는 섬사람들끼리의 질서가 이루어져 섬에서 살아 온 사람을 세워주지 강욱을 쳐주지는 않을 거라고들 했다. 강욱 역시 그걸 몰랐을 리 없겠지만 믿는 구석이 있는지 자신의 생각대로 밀고 나갔다. 오랫동안 농협에 근무하다 선거에서 당선돼 그동안 단단히 자리를 다져놓은 현직 조합장과 붙었는데 예상을 뒤엎고 강욱이 이겨버렸다. 보통 3억 남짓 드는 선거에 5억을 썼느니 6억을 뿌렸느니 하는 소문이 왜자했다. 있는것은 돈뿐인 강욱의 아버지가 이참이 마지막이라며 아들에게 돈을 쏟아부었다는 것이었다. 조합장 선거라는 게 혈연과 지연과 자금력이 좌우하는데 아무래도 그중에 제일이 자금력이었던 듯했다.

조합장 자리는 강욱에게 새로 돋아난 날개였다. 어렸을 때부터 기고만장이었는데 조합장이 되자 안하무인이 되었다. 선거기간에는 팔십 노인처럼 금방이라도 코가 땅에 닿을 듯 앞으로 구부러졌던 허리가, 당선이 되고 나자 낮은 철봉대를 통과할 때의 뒷짐 진 허리처럼 뒤로 잔뜩 젖혀졌다. 아무래도 선거라는 것이 당선 전후로 사람을 백팔십도 바뀌게 하는 제도인 듯했다.

그 후의 상황은 날개를 펼치고 있기만 하면 되는 것이었다. 모든 것은 알아서 잘도 돌아갔다. 그전에는 기관장 중에서 면장이 맨 앞자리를 차지했는데, 임명직으로 바뀐 뒤에는 조합장에게 그 자리를 내주고 있었다. 섬사람 중에서 선거로 뽑는 자리와 자격 있는 사람 중에서 임명돼 온 사람과의 차이였다. 명목상으로는 여전히 면장이 제일 높은 듯하지만 실제로는 조합장이 앞장구가 돼 있었다. 재수 좋은 놈은 엎어져도 담치[22] 밭이라고, 강욱이 조합장이 되자마자 섬이 드라마 촬영지로 떴고, 몰려드는 관광객을 실어 나르는 농협 배가 돈을 긁기 시작했다. 큰 농협으로 통합되느니, 농협 자체가 없어지느니 하던 소리들이 어느 순간 쏙 들어가고, 다른 농협을 통합하느니, 전국에서 돈이 제일 많은 농협이니, 직원들이 보너스로 일억을 받았느니, 조합장은 그 세 곱을 받았느니 하는 말들이 샛바람이 되어 사람들 사이를 불고 다녔다. 사람들에게 강욱은 자빠져가던 농협을 일떠세운 일등공신이 되어 있었고, 그럴수록 강욱의 어깨에는 점점 더 힘이 들어가졌다. 돈이건 운이건 있는 데는 고여서 썩고 없는 데는 빼빼 말라져 보타지는[23] 게 세상 생

---

22) 작은 섬.
23) 물기가 말라버린.

김새인 모양이었다.

한때 그렇게 잘나갔고, 요즈음은 더더욱 잘나가는 조합장에게 갯가에 뽈뽈거리는 강고[24]밖에 안되는 석철이, '지서리[25]'라는 말에다 집에 오지 말라고를 얹어 겁도 없이 애성을 낸 것이다.

"너 지금 지서리라 했냐?"

강욱이 어이없다는 표정으로 석철을 쨰린다.

'지서리'라는 말은 어른들이 아이들을, 윗사람이 아랫사람을 나무랄 때, 그것도 아주 싸가지가 없거나 막돼먹었을 때나 쓰는 단어였다. 그런데 한참 기고만장한 조합장이 다른 사람도 아닌 석철에게 그런 말을 들었으니 헤까닥 돌 만도 했다.

"이런 썩을새끼를 봤나. 느그 집 오지 마라고? 이런 느자구빠진 새끼 보게. 너 아주 환장했구나."

강욱의 얼굴에는 내내 냉소가 머물러 있다.

"올챙이 적 모르는 개구락지라고, 어디서 늘럽한[26] 각시 하나 사오니까 이제 눈에 뵈는 게 없는갑제. 싸가지 없는

---

24) 갯강구.
25) 짓거리.
26) 우스운. 부족한.

새끼. 그래 내가 이 집구석 온가, 너가 나한테 무릎 꿇는가 한번 봐보자. 이 새끼 정신 차리게 해줘야겠구만."

남은 술을 단숨에 벌컥이더니 강욱이 자리를 털고 일어섰다. 그러고는 차에 시동을 걸고는 어둠 속으로 사라졌다.

마당에 선 채 멀어지는 불빛을 쳐다보면서 석철은 그제야 그 끝동을 떠올렸다.

'그 대신 자네는 앞으로 내 말 잘 들어야 해!'

그 말이 이것과 관련돼 있을까. 가만히 있어야 했는데 겁대가리 없이 함부로 소리 지른 건 아닐까. 그냥 넘어갔어야 했는데 괜히 성질을 낸 건 아닐까.

강욱의 말이 등거리에 파고든 보리가시락이처럼 석철의 마음을 긁어대고 있었다.

5

"농협에 좀 나오셔야겠는데요."

강욱이 그렇게 살차게 가고 난 며칠 뒤 농협직원에게서 전화가 왔다.

"뭔 일인데 그란가?"

이자 내는 날은 아직 멀었고, 그것 아니면 농협에 발걸음할 일이 없다.

"일단 나오셔서 얘기하시지요."

"알았네. 얼른 감세."

석철은 급하게 농협으로 내달렸다.

"대출금 때문에요. 다른 보증인을 세우셔야겠는데요."

석철을 힐끗 쳐다보고는 농협 직원은 책상으로 고개를 내려버린다.

영문을 몰라 멍하니 있던 석철이,

"다른 보증인을 세우라니, 그것이 뭔 말이당가? 조합장이 보증 서줬는데." 하고 묻는다.

"조합장님이 보증을 취소하겠답니다."

농협 직원이 고개를 들어 흘낏 올려다본다.

"그, 그건 또 뭔 말이당가? 보증을 취소하다니?"

놀란 석철이 까치발을 들며 고개를 앞으로 뺀다.

"제가 처리할 껀이 아닙니다. 조합장님 한번 만나 보십시오."

그러고는 직원은 다시 모니터로 눈을 내려버린다.

석철은 얼이 빠진 채 직원의 정수리만 멍하니 내려다본다. 한번 서 준 보증을 취소하다니, 뭔 이런 일이 다 있는가.

다른 사람도 아니고 조합장 자신이 보증을 서 줘놓고는 본인이 그걸 취소하겠다니, 뭔 이런 희한한 경우가 다 있는가.

대체 무슨 일일까. 조합장이 왜 느닷없이 보증을 취소하겠다는 걸까. 내가 뭐 잘못이라도 한 걸까.

고개를 박은 채 석철은 이리저리 생각해 본다.

아차! 그것이었구나. 엊그제 그 일이구나. 내가 했던 그 말 때문이구나. 그 일로 조합장이 빈정이 상한 것이구나.

석철의 고개가 아래로 더 떨구어진다.

그러면, 누구를 대신 세워야 하나. 보증 서줄 사람이 있기는 헌가. 부모 자식 간에도 서 주지 말라는 보증인데, 다들 옹색한 내 상황을 알고 있는데 대체 누가 보증을 서 주려겠는가. 더군다나 조합장이 취소한 보증을 말이다.

숙인 고개를 흔들던 석철이 안쪽으로 들어간다. 잠깐 멈칫하더니 조합장실 문을 두드린다.

"들어와도 돼요!"

잔뜩 주눅 든 품으로 석철이 안으로 발을 디민다.

"안녕하신가?"

강욱은 책상에 시선을 박은 채 쳐다보지도 않는다. 석철은 엉거주춤한 자세로 사무실을 두리번거린다. 자신이 무슨 큰 죄를 지어 벌을 받으러 온 느낌이다.

"저, 조합장······."

석철은 어찌어찌 말을 꺼내본다. 사정이라도 해봐야겠다. 사정해서 안되면 사정사정하고, 사정사정해서도 안되면 죽자살자 빌기라도 해야겠다.

"뭔 일로 왔는가?"

조합장의 시선은 여전히 책상에 박혀 있다.

"자, 자네······, 아, 아니, 조합장님이······,"

석철은 평소에 쓰던 '자네'라는 호칭을 급히 거두고 '조합장'이라는 공식 명칭에 '님'까지 붙여 넣는다. 어쩐지 그래야만 할 것 같다.

"보, 보증 서 줬는데, 갑자기 따, 딴 사람을 세우라고 해서 말이시."

석철의 말이 무척이나 조심스럽다. 친구가 아니라 중학교 때 제일로 무서웠던 체육선생님 앞에 선 모습이다.

"아, 그거!"

강욱이 슬쩍 고개를 들었다가 다시 숙이고는,

"내가 이리저리 얽힌 게 많아서 말이시. 마누라것이랑 아버지것에다가 형제간끼리도 엮어져서. 그러니 다른 사람 세우소." 하면서 무언가를 끄적거린다. 업무를 보기보다는 낙서를 하고 있는 품이다.

"그라지 말고 한번만 봐주시게. 인자사 누굴 또 세우것는 가. 서 줄 사람도 없고 말이네."

석철은 무릎이라도 꿇을 태세다. 보증인을 못 세우면 돈을 갚아야 할 것이고, 돈을 못 갚으면 첫번째 재산인 배에 붉은딱지가 붙을 것이다. 팔백만 원을 못 갚아 몇천만 원짜리 배를 경매로 넘기고, 육백만 원을 못 막아 조상 대대로 살던 집을 내준 사람들 꼴이 될지 모른다. 바다를 전답 삼아 사는 석철에게 배가 없다는 것은 앉아서 그냥 죽으라는 소리다. 막 각시도 얻어 사람처럼 살아보려는 판에 산 같은 파도가 밀려와 한순간에 모든 것을 쓸어버릴 상황인 것이다.

"그건 내가 알 바 아니지. 자네 일이니까 자네가 알아서 하소."

귀찮다는 듯 강욱은 사람을 보지도 않고 입으로만 말을 하고 있다.

"죽을 놈 살리는 셈 치고 한번만 봐주시게. 어차것는가."

석철이 책상 쪽으로 두어 발침 다가선다.

"어이, 나는 못한다니까. 성가시게 굴지 말고 비싼 각시랑 의논해 보지 그런가."

강욱이 고개를 들더니 석철을 쨰린다.

"이제 나는 자네 집에 발도 안 붙일라니까, 집을 팔든지 배를 팔든지 각시를 팔든지 잘해보게. 난 모르네."

영락없이 엊그제 그 일 때문이다. '지서리'라는 말에 불컥 성질을 내고 갔던 것이 일의 조짐이었다.

석철은 며칠 전 자신의 태도가 정당했다고 생각은 하지만 상황이 녹록잖다는 걸 깨닫는다. 강욱이 자신의 멱살을 쥐고 있고, 그래서 여차하면 패대기쳐 버릴 수 있는 것이다. 상괭이처럼 크고 힘센 강욱에 대면 자신은 시쁘디시쁜 멸치밖에 안 되는 존재다.

"조합장님, 내가 잘못했소. 한번만 봐주시요."

석철은 끝내 무릎을 꿇는다. 친구 사이에 좀 그렇지만 그런 걸 따질 계제가 아니다. 일을 해결하는 게 급선무다. 자신이 살아야 부모고 각시고 다 살 것인데, 그러기 위해서라면 강욱이 발가락 새의 때꼽이나 똥구멍의 똥찌기를 핥으래도 그래야 할 판이다.

"어이, 동창끼리 쪽팔리게 이러지 말자고! 남들 보면 뭐라 하겠어."

강욱이 석철을 흘기더니,

"난 한번 틀어지면 그걸로 시마이여. 그니까 얼른 가보드라고." 하며 갈퀴손을 헨다.

여기서 물러서면 더 이상 방법이 없다. 어쩌면 힘들게 데려온 각시마저 물려야 할지 모른다. 설사 각시는 안 뺏기더라도 배가 없는데 무엇으로 먹고 사나. 각시 하나 데려다 놓고 네 식구가 쫄쫄 굶을 것인가. 각시 없는 배는 허퉁했지만 배 없는 각시는 허기질 것이었다.

"내가 잘못했소. 다시는 안그라께라우."

석철은 두 손을 모아 싹싹 빈다.

강욱이 고개를 들더니 자리에서 일어서며 담배를 피워 문다.

"까불다 죽는 수가 있다 너. 싸가지 없이 굴다가 골로 가는 수기 있디고!"

강욱이 석철 쪽으로 걸어 나온다.

"집구석이고 각시고 간에 한순간에 날아가는 수가 있응께 조심해라! 톳볼락 같은 새끼가 사람 무서운지 모르고······."

강욱이 담배를 길게 빨더니 석철의 머리 위에다 톡톡 재를 떤다.

"고맙네. 참말로 아짐찬하네. 내 이 은혜는 안 잊음세."

석철은 뭔가 매듭이 풀렸다는 느낌을 받는다. 고마운 마음에 석철은 몇 번이고 머리를 조아린다. 머리에 얹혀 있던 재가 바닥으로 떨어져 내린다.

"꼴보기 싫은께 맘 변하기 전에 얼른 꺼져! 나중에 술이나 한잔 받든가."

석철은 몇 번이나 고개를 숙이고는, 행여 강욱의 마음이 변할까 싶어 부리나케 뒷걸음질을 한다.

그러고 보니 각시를 데려오고도 강욱에게 고맙다는 인사도 안했다. 신남의 말이 있었어도 돈이 없어 옴나위 못할 현실에서 강욱이 숨통을 틔워준 것은 사실이다. 충분히 밥 한 끼 사야 할 껀수는 되고도 남았다. 언제 한번 대접을 해야겠구나 생각은 하면서도 차일피일하다 오늘까지 와 버렸다. 강욱이 그것을 괘씸하게 여기는지도 모르겠다. 그런데 보증을 취소하려다 없던 일로 해주니 얼마나 고마운가. 오히려 잘됐다. 엎어진 김에 굿한다고, 이번 기회에 술도 한잔 받으면서 아짐찬하다는 인사도 하자.

석철은 그런 생각을 하며 재를 넘었다.

며칠 뒤 석철은 자꾸 손을 빼는 각시를 데리고 면소재지에 나왔다. 신혼여행 마치고 한참을 잊었다가 뒤늦게 주례에게 인사드리러 가는 것처럼 서름한 마음이었다.

셋이 마주 앉은 자리는 어색하기만 했다. 각시는 곱송그린 채 안절부절못하고, 석철도 눈 둘 곳이 마땅찮아 서어하고 있었다. 강욱은 건너편에서 담배만 빨아댄다.

"조합장님, 이라고 부부로 맺어줘서 아짐찬하요."

분위기를 눅이려고 석철이 먼저 말을 꺼내보는데 예전에 친구끼리 하던 말투가 아니다. 조합장실에서 무릎을 꿇은 이후 석철에게 강욱은 옛날에 공부 잘하고 똑똑했던 동창생이 아니라 자신보다 훨씬 높은 자리에 있는 무서운 대상이 되어버렸다.

"그깟것 갖고 고맙기는. 술이나 한잔 따르게."

강욱이 잔을 내밀자 석철이 무릎을 꿇으며 조심스레 잔을 채운다. 강욱이 석철에게서 술병을 받아 석철과 각시의 잔을 채워준다.

"자, 두 사람의 행복한, 부부생활을, 위하여!"

강욱이 잔을 높이 든다. 석철과 각시도 따라 든다.

데면데면한 분위기를 술이 눅여 주었다. 술이 두어 순배 돌자 강욱이 각시에게 빈 잔을 내밀었다. 각시가 석철의 눈치를 살피자 석철은 눈을 째긋했다. 두어 잔이 더 들어가자 강욱이 각시를 자기 쪽으로 오게 하고는 팔짱을 꼈다. 각시는 어쩔 줄 몰라 했지만 석철은 고개를 돌려 못 본 체했다. 그러고는 못 먹는 술만 들이켰다.

이차를 가자며 강욱이 노래방으로 들어갔다. 석철은 할 수 없이 따라 들어갔다. 천장에는 빙글빙글 유리볼이 돌고 있다. 강욱이 각시의 손을 잡아끌더니 춤을 추기 시작한다. 강욱의 품에 안긴 각시는 몸을 잔뜩 움츠린 채 앞으로 뒤로 끌려다니고 있다. 노래가 끝나자 강욱이 각시를 놓아주고는 석철과 각시에게 술잔을 건넨다. 술잔을 든 각시의 손이 새들새들 떨리고 있다.

강욱이 이번에는 빠른 노래를 누른 모양이다. 음악이 나오자 강욱이 석철과 각시를 일으켜 세운다. 강욱은 마이크를 잡고 노래를 부르고, 석철과 각시는 노래에 맞춰 박수를 쳤다. 그러다가 강욱이 마이크를 놓더니 각시를 번쩍 안아 올려 자신의 무릎에 앉혔다. 무릎에 얹혀진 각시는 강욱과 얼굴을 마주 볼 수밖에 없게 됐고, 각시의 가랑이는 강욱의 사추리[27]에 맞닿게 되었다. 각시는 어쩔 줄 몰라 하며 밀어내 보지만 강욱의 억센 힘이 각시를 아귀세게 안고 있다. 얼른 달려들어 각시를 떼어낼까 하는데 며칠 전의 장면이 생각키운다. 석철은 소파에 털썩 주저앉으며 두 손에 얼굴을 묻었다. 잠시를 그러고 있다가 석철은 고개를 들었다. 강욱이 음악에 맞춰 허리를 고불락닐락하며 각시를 위아래로 둥개질하고 있다. 영락없이 여자와 남자가 성교하

---

27) 사타구니.

는 자세다. 스무 살 시절, 밤늦게 방위 친구들과 다방 문 걸어 잠그고 보았던 '빨간비디오' 속의 일본 애들이 하던 짓과 유사하다. 빙글빙글 돌아가는 불빛 아래에서 강욱과 각시가 그 짓 같은 짓을 하고 있는 것이다. 석철은 못 볼 것을 본 듯 탁자에 머리를 박아버렸다.

정말 내내 강욱에게 손 비비며 사정하는 세월만 있을까. 보증 때문에 친구에게 무릎 꿇고 빌어야 하는 시절만이 있는 것일까. 아무리 그래도 그렇지만은 않겠지. 양지였던 강욱이 음지가 되고 음지였던 내가 양지가 될 세상은 결코 안 오겠지만, 그래도 언젠가 힘빈은 강욱이 나한테 사정할 날이 있을 거겠지. 무릎 꿇고 나한테 비는 날이 한번 정도는 있어 주겠지. 세상을 살다보면 세월의 어느 모퉁이에 그런 순간이 기언질[28] 한번쯤은 있어 주겠지. 그래야 그것이 세상이겠지.

빵빠레 소리에 석철은 머리를 들었다. 강욱은 땀을 뻘뻘 흘리며 건너편에 앉았고, 각시는 석철의 팔짱을 끼고 잔뜩 웅크린다. 팔쭉지에 느껴지는 각시의 몸이 무엇에 된통 놀란 새처럼 오들오들 떨고 있다.

---

28) 기어이.

6

 새벽에 오겠다며 서둘러 집으로 넘어가는 강욱을 배웅하고, 날이 어쩌려나 고개를 들던 석철은 머릿속에 무언가가 까끌대고 있다는 느낌이 들었다. 무언가 싶어 머리를 흔들어봤더니 아까의 그 도꼬마리 열매다. 그것이 아직도 찍찍이처럼 달라붙어 오므락달싹을 않고 있는 것이다. 석철은 또한번 바르르 몸을 떨었다. 달밤에 재를 넘다 소복 입은 여자를 본 것처럼 온 몸의 털이 곤추서는 무서움이었다. 작두를 타고 있는 당골래의 맨발을 보는 쭈뼛함이었다.

 어떻게 그리 무서운 생각이 머릿속에 달라붙었을까. 어떻게 그렇게 잔인한 마음이 내 마음이 되었을까. 암만 봐도 그것은 자신에게서 생겨난 게 아닌 듯했다. 그것은 강욱에게서 만들어져 자신에게 넘어왔다는 생각이 들었다. 사천만 원이 넘는 배를 사서는 심심파적으로나 띄워보고, 이백만 원은 나시 드는 삼치 채비를 꾸려서는 한 철에 고작 서너 번 던져보는 사람이, 재미로 이녁 동네 앞바다에 상사리를 낚으러 가는 것도 아니고, 오는 데만 족히 이십 분이 넘게 걸리는 이곳까지 온다는 것이 귀꿈스런 일이 아닐 수 없었다. 아무래도 '죽으려고 재릿값'이라도 하는 것 같았다.

강욱이 삼치낚이 장소를 묻는 순간 석철은 '철홍 여'를 떠올렸다. 거기에서 그날 하루 한 뭇 넘는 삼치를 낚기도 해서였지만, 그보다는 석철만이 알고 있는 물고기 구덕인 것이 더 큰 이유였다. 다른 사람이면 몰라도 은혜를 입은 강욱에게이니 제일로 고기가 잘 무는 데에 데려다주어야 할 것이었다.

자신의 이름을 따 '석철 여'로 부르다가, 각시를 얻고 난 뒤에는 각시 이름 한 글자를 갈아들여 '철홍 여'로 바꾼 바다 밑의 여를 발견한 것은 우연이었다. 그리고 그것은 행운이기도 했다.

미역에서 김으로, 점차 다시마와 전복으로 확장되면서 바다는 양식장의 밭이 되어 갔다. 물살이 드세어 닻을 박기 힘든 곳이나, 태풍이 직방으로 와 닿는 앞바다 정도나 본래대로 남아 있고, 바람과 파도로부터 안침진 목 좋은 곳은 전복 가두리가 띄워져 바다가 마치 붉은 들판 같고, 나머지 곳들도 김이나 다시마 양식을 위한 부자(浮子)가 어지러워 배가 지나다니기 힘들 정도였다. 양식장이 바다를 덮어갈수록 고기를 잡을 수 있는 공간은 그만큼 줄어들었다. 그러면서 섬 가까이였던 뱃길도 점점 밖으로 밀려나게 되었다.

기름값 한두 푼 아낀다고 괜히 배를 가까이로 붙였다가 까딱 잘못해 전복 가두리에라도 들어가는 날에는 인생이 좆 당하는 수가 있었다. 수억에서 수십억 되는 남의 재산 망치고, 그것 물어주려다 이녁이 먼저 골로 가는 것이다. 그래서 개똥 피하듯 가능하면 멀리로 돌아다니는 게 요즈음의 뱃길이었다.

가을이라 한창 땅끌이[29]로 삼치를 낚는 때였다. 타락[30]에 꽂혀 있는 낚수를 던지고는 딸딸이를 빠친 뒤 와이어를 풀어주고 있었다. 볏가리를 쌓아 놓은 모양이라서 '나락섬'이라 불리는 곳을 조금 못 미쳐서였다. 안쪽으로 옥으려는 배를 밖으로 벋게 하려고 왼손으로 키를 잡는 순간, 오른손에 투둑, 하며 손맛이 왔다. 열흘 굶어 허천들린[31] 삼치가 급하

---

29) 바다에 이리저리 술을 끌고 다니며 삼치를 낚는 방법. '땅끌이' 채비에는 '딸딸이'와 '공갈낚수'와 '갱심'이 필요하다. 어지간한 놈은 삼사 킬로가 넘게 나가니, 삼치가 서너 마리만 물어도 술이 터져버린다. 그래서 삼치낚이에는 술 대신 보릿대짚 굵기의 와이어를 쓴다. 와이어 끝에는 예닐곱 개의 납추가 달리고, 그 위로 수십 개의 봇돌이 꿰어져 바다을 '딸딸딸' 끌고 다닌다. 그래서 끝에 달린 납추를 '딸딸이'라 한다. '갱심'에는, 60호~70호의 술에 2미터마다 도래가 달리고, 도래마다에는 미끼 대신 은색이나 푸른색 비닐쪼가리가 달린 '공갈낚수'가 묶인다. 예순 개에서 많게는 백 개의 공갈낚수가 달린 갱심은 봇돌 위쪽의 커다란 도래에 묶여 와이어에 연결된다. 갱심의 공갈낚수를 차례로 던지고 딸딸이를 빠치면, 딸딸이는 납추와 봇돌의 무게 때문에 바로 아래로 가라앉고, 갱심은 긴 포물선을 그리며 멀리 펼쳐진다. 닿았다 떨어졌다 하며 바닥을 끌고 다니는 딸딸이와, 그 위쪽에서 갱심이 묶인 와이어를 배의 꽁지부리에 매달고 이리저리 휘젓고 다니며 삼치를 낚는다.
30) 뱃전을 빙 두르는 두꺼운 널.
31) 걸신들린.

게도 물었구나 싶은데 왠지 감이 다르다. 삼치는 살아 요동을 치므로 움직임이 있는데 그런 느낌이 없다. 순간적으로 와이어를 놓으면서 기어를 재빨리 중립에 넣었다. 평생을 바다에서 살아온 어부의 본능이었다.

배는 서너 발의 와이어를 더 주고 멈추었다. 와이어를 천천히 당겨 보았다. 삼치가 문 느낌은 안 들었다. 너덧 발을 당기자 와이어가 팽팽해진다. 삼치가 문 것이 아니라 걸[32]에 걸린 것이다. 배를 천천히 후진시키면서 와이어를 당겨 보지만 올라올 생각을 않는다. 와이어가 바닷속으로 곧장 뻗어 내리는 시점에서 배를 멈추고 당겨보는데 그래도 걸에서 끌러지지가 않는다. 배를 조금 더 후진시켜 보았다. 와이어가 팽팽해져 금방이라도 끊어질 태세다. 배를 이쪽저쪽으로 움직이며 당겼다 주어보고 또 당겼다 주어보지만 그래도 끌러지지가 않는다. 딸딸이가 단단히 걸린 듯하다. 아무리 해도 안 끌러지니 끊어내는 수밖에 없다. 와이어를 나무말뚝에 묶고는 조속기를 밀었다. 배가 천천히 앞으로 나아간다. 점점 팽팽해지던 와이어가 공중으로 퉁, 튕기더니 이내 바닷속으로 사라졌다.

---

32) 바다 밑의 바위나 꿀쩍. 낚수나 그물이 그것에 걸리는 걸 '걸 걸린다'고 한다.

돈 들여 마련한 채비를 써보지도 못하고 바닷속에 가라앉힌 것이 아깝기는 했지만 그래도 그만하기 다행이었다. 배고픈 삼치가 덥석 문 줄 알고 계속해서 와이어를 잡고 있었으면 어찌 됐을까. 어지간한 사람은 잡고만 있어도 끌려 들어갈 무게이니, 아무리 몸에 익었다 해도 와이어에 채여 바다로 떨어졌을 것이다. 그런데 배는 눈이 없으니 주인이 바다에 빠진지도 모른 채 가던 길로 가버렸을 것이다. 섬까지는 도저히 헤엄쳐 갈 수 없는 거리이니 지나가는 배가 없으면 물고기 밥이 됐으리라.

순간적으로 머리칼이 곤두서 왔다. 양식장이 있어 가까이 가기가 저어돼 평소에 안 다니던 곳에 낚수를 빠친 것이 잘못이었다. 그곳에 걸이 있을 줄은 전혀 예상 못했다. 그곳도 주변처럼 뻘밭일 것으로만 생각했었다. 안도의 숨을 내쉬며 석철은 사방을 둘러보았다. 뒤쪽의 '신지도' 거머리 끝과 앞의 '목섬'을 잇고 있는 선 위이고, 옆으로는 '나락섬'과 나란하다.

석철은 다시 한번 해보기로 했다. 도대체 바다 밑에 어떤 아귀 센 아가리가 있어 와이어를 물고 옴짝달싹 못하게 하는가. 어떤 걸이 그렇게 악착같이 딸딸이를 물고는 끝내 안 놓아 주는가. 배를 후진시켜 처음에 출발했던 지점에서 이번에는 갱심이 안 달린 딸딸이만 빠졌다. 야다하면 배를 정지시킬 수 있도록 천천히 가면서 손에 전해지는 미세한 감촉에 집중했다. 뻘밭을 지나는 동안은 딸딸이에서도 밋밋한 느낌만 전해 온다. 배를 조금 더 몰아가자 투둑, 하고 딸딸이가 튀는 느낌이 온다. 여가 시작되는 지점이다. 배가 앞으로 나아갈수록 여의 변화가 심해지는지 딸딸이가 점점 더 크게 튄다. 배를 더 전진시켰더니 타닥, 걸리며 와이어가 팽팽해진다. 재빨리 배를 멈추었다. 아까와 정확히 일치하는 지점이다. 틀림없다. 그곳에 용코 같은 구멍이 있어 딸딸이가 가까갈 때마다 단단히 물고는 안 놓아 주는 것이다. 석철은 아까의 곳까지 배를 후진시켜 다시 와이어를 끊어냈다.

 석철이 두 번씩이나 와이어를 끊어먹은 그곳에는 여가 있었다. 해초들이 우거진 그곳은 고기들의 놀이터이고 운동장이고 집이었다. 고기들이 살기에 그지없이 좋은 장소인 것이다. 그렇지만 그곳은 또 걸이 있는 곳이기도 했다. 여가 걸이 되고 걸은 또 여가 되는 것이다. 여로 해서 자망을 놓아도 그물이 풍성했고 낚시를 해도 망사리가 묵직했다. 그런데 문제는 고기가 많은 만큼 잘 걸린다는 것이었다. 자망을 놓았다가 걷을 때에도, 여를 그물로 싸 치기[33]를 할 때에도 걸에 그물이 잘 걸렸다. 그 지점은 '여'로 해서 풍요롭고 '걸'로 해서 까탈스러운 곳이었다.

석철은 강욱을 그리로 데려가려는 것이다. 고기들은 풍성하지만 그만큼 위험하고, 사정을 모르면 순간적으로 바다에 떨어질 수 있는 그곳으로 강욱을 안내하려는 것이다. 그래서 만날 낚아만 먹었던 고기들에게 이번에는 풍성하게 밥이라도 한번 주려는 것이다. 아주 커다랗고 살진, 너무 잘 먹어 기름기가 잘잘 흐르는, 좀처럼 맛보기 힘든 아주 귀한 것으로 말이다.

방으로 들어온 석철은 빈 잔을 채우더니 각시에게도 한 잔 따라준다. 전에 없던 모습이다.

"홍아, 저 친구 죽여베끄나?"

석철은 술을 한 모금 할짝거리고는 각시에게 앞뒤 없는 말을 한다. 각시는 무슨 소린가 하며 석철을 쳐다본다.

"우리 고달피는 저 인간 싹 해베끄냐고?"

석철은 손칼로 자신의 목을 베는 시늉을 한다.

"바닥[34]에 나가믄 쥐도새도모르게 보내벨 수 있거든. 걸

---

33) 그물을 둥글게 놓은 뒤, 줄이 달린 추로 바다를 쳐 고기를 놀래켜 잡는 방법.
34) 바다.

에 걸리믄 빼도박도 못하제. 까딱 못하고 그대로 죽는 거여."

"뭐, 뭔데…요?"

각시가 눈을 동그랗게 뜨며 묻는다.

"나는 그냥 뒷짐 지고 있을 거여. 혼자 삼치 낚다가 바닥에 널쳐 허우적대다 그대로 가불제."

석철은 혓바닥을 길게 빼내 혀로 깨무는 시늉을 한다. 석철을 응시하고 있던 각시의 눈이 똥그래진다.

"사람…, 주, 죽는…다고요?"

석철은 각시의 눈을 피해 천정으로 얼굴을 든다.

"아…, 안돼요! 그러면…안돼요!"

자신의 판단이 맞았다는 듯 각시는 손사래를 치며 다급하게 소리친다. 말이 없는 석철을 보더니, 무언가를 확신한 듯 바짝 다가앉으며 석철의 무릎을 두 손으로 껴잡는다.

"안돼요. 사람…죽이면, 당신…, 나빠요."

석철은 들은 듯 만 듯 남은 술을 홀짝이고는 안방으로 들어가 버린다.

여자는 술을 한 모금 할짝인다. 베트남의 것보다 한국의 술이 몇 배는 쓰다. 쓴 것이 꼭 한국의 술만은 아니다.

한국으로 시집간다고 했을 때 부모님은 탐탁지 않아 했

다. 한국이 잘살기는 한다지만 베트남 신부를 구하는 사람들은 대부분 농촌이나 어촌에 사는 남자들이어서 시집가서 죽도록 일만 한다는 것이었다. 게다가 나이도 많고 때로는 무지막지하게 패기도 한댔다. 부잣집에 팔려가는 것보다 못하다는 것이다. 그것을 증명하기라도 하듯 한국으로 시집간 지 일주일밖에 안된 신부가 정신이 이상한 남편에게 맞아 죽는 일이 발생했다. 부모는 완강히 반대하는 쪽으로 기울었다. 그래도 생각을 안 바꾸었다. 한국의 농촌이나 어촌이 아무리 힘들더라도 부잣집에 팔려가 늙은 주인의 성 노리개로 사는 것보다는 백번 나을 것이었다. 한국으로부터 이런저런 안좋은 이야기들이 들려오기는 하지만 그것도 일부이지 전부가 그러지는 않을 터였다. 한국에 시집가 살면서 베트남 식구들에게 도움을 주는 경우도 많았다. 베트남 처녀들에게 한국은 여전히 꿈의 나라였다. 남자들이 나이가 많다지만 그런것은 아무 상관없었다. 어지간한 나이 차는 크게 문제 삼지 않는 게 베트남 사람들의 태도였다.

어찌어찌 돈을 만들어 상담소에 신청은 했지만 기회가 올지 의문이었다. 대부분이 스물 안팎인데 자신은 스물다섯이나 됐다. 그 사람들도 이왕이면 한 살이라도 어린 여자를 택하려 할 것이었다. 그래도 혹 모른다. 생각지도 못했던 데서 생겨나는 게 또 인연 아니던가. 인연이 되려면 바늘 끝에서도 만나지는 게 사람의 사이라 했다. 그런데 정말 그랬다. 뜻밖에도 나이든 여자를 원하는 사람이 있었던 것이다. 한국사람이라기보다는, 베트남에서도 어디 촌구석에서 올라온 사람처럼 보였다.

첫날밤인데도 남편은 조심스러운 태도로 그냥 잤다. 신부가 마음에 들지 않아서 그러는가 했다. 그렇게 되면 결혼은 무효가 돼 버린다. 그럴 수는 없었다. 한국에 가는 꿈이 이루어졌고, 저기에 남자끼리 마음에 드는데 일을 수포로 만들 수는 없었다. 둘쨋날 호텔에 들어 남편에게 무릎을 꿇었다. 그리고 애원했다. 우리는 결혼식을 했으니 이제는 엄연히 부부라고, 그러니 나는 당신의 아내라고, 그러니 나는 당신과 몸을 섞어야 한다고, 그래야 완전한 부부가 되는 것이라고. 남편은 깜짝 놀라며 샤워실로 들어갔다. 깊어가는 밤과 함께 포도주를 나누었고 서로에 대한 사랑을 약속했다. 서로 말은 안통해도 눈빛으로 그것을 확인할 수 있었다. 그게 남편과 몸을 나눈 첫날밤이었다.

한국은 역시 잘사는 나라였다. 모든 것이 풍족해 먹을것 입을것은 넘쳐났다. 한국 사람들은 먹는 것이 상하거나 입는 것이 해어져서 버리는 게 아니라 남거나 싫증나서 버렸다. 손도 안댄 음식이 그대로 쓰레기통으로 들어갔고 멀쩡한 옷가지들이 쓰레기와 섞여 아무렇게나 버려졌다. 지구의 어느 켠에는 많은 사람들이 굶고 주리고 있는데, 이 사람들의 북쪽에만도 못먹어 굶주리고 못입어 헐벗은 사람들이 부지기수라는데, 그런데 한국 사람들은 그런 것들에는 전혀 관심이 없는 듯했다. 그들은 자신들만 잘먹고 잘살면 그만인 것 같았다. 남들이야 죽어가든 말든 상관없다는 태도였다. 이들은 물질적으로는 풍족할지 몰라도, 가난해도 함께 나누는 베트남 사람들에 견주면 빈약한 마음의 소유자들로 보였다. 그들의 그런 마음은 사람을 대하는 자세에서도 그대로 드러났다. 자신보다 힘있는 자에게는 한정없이 굽신거리고, 자신보다 못한 사람들은 깔고 뭉개는 태도가 몸에 배어 있었다. 베트남에서 왔다며 내리보는 눈을 보면 대번에 그것을 짐작할 수 있었다. 자신들과 생김새가 다르니 한 번 더 쳐다보는 것은 충분히 이해할 수 있었다. 그런데 그 눈길이 영 아닌 것이다. 미장원에 가느라 면소재지에라도 갈라치면, 시장을 보느라 남편과 가게에라도 들어갈라치면, 어른들은 어른들대로 흘깃거리며 지나갔고, 애들은 애들대로 동물원 원숭이인 듯 할깃거렸다. 그것이 물질적으로 풍족한 한국사람들의 빈약한 마음의 터전이었다.

강욱이라는 사람은 단연 두드러졌다. 집에 자주 찾아왔는데, 그때마다 주인처럼 행세했다. 아무 때고 와서 밥을 차려 달랬고, 밥상에 앉아서는 술을 따르라 했다. 노래방에서는 허리를 굽혔다 폈다 하며 섹스하는 흉내를 냈는데, 그 사람의 물건이 불뚝 솟아 있어 얼마나 놀랐는지 모른다. 왜 자기 아내도 아닌데 그러는지 모르겠다. 베트남에서 왔다고 사람을 우습게 보는 모양이다. 그 사람의 행동은 갈수록 심해지고 있다. 남편이 있는데도 어깨에 손을 얹고, 때로는 젖가슴을 툭툭 치기도 한다. 분명히 보았을 텐데도 남편은 못 본 채 눈을 돌린다.

그런데 남편이 그를 어찌해 버리려는 모양이다. 분명히 바다에 나가서 어쩐다 했다. 남편이 그를 없애버리려는 것 같다. 큰일 날 일이다. 절대 그래서는 안된다. 만약 그런짓을 저지른다면 더 이상 남편과 안 살 것이다. 사람을 죽인 사람과 어떻게 같이 살겠는가. 그럴 수는 없다. 미련 없이 베트남으로 돌아갈 것이다. 정말 그럴 것이다.

7

 진작에 일어났는지 각시는 도시락을 챙겨 놓고 있다. 전에 없던 일이다. 보통은 석철이 밥이랑 반찬을 대충 그릇에 담아 낚시를 다닌다.
 "안돼요. 사람…죽이면. 당신…, 세상에… 제일 나빠요."
 마당을 따라 나오며 각시가 애원하듯 말한다. 석철이 대답이 없자 각시가 앞을 막아선다.
 "그러면, 나…, 베트남…, 가요. 정말…, 가요."
 석철은 각시를 밀치며 대문을 나선다.
 "우리, …행복하게, …살아야 해요."
 각시의 애절한 말이 석철의 등거리에 와 닿는다.
 다섯 시가 넘었는데도 강욱이 안 나타난다. 그냥 가버릴까. 그리고 여느 날처럼 삼치나 몇 마리 낚아 올까. 나중에 뭐라고 하면 기다리다 안 와서 혼자 갔다고 해버릴까. 그러면 그 도꼬마리도 못 따라올 것인데. 그러면 아무 일도 없게 될 터인데. 그래버릴까. 석철은 강욱이네 동네 쪽을 보며 생각한다. 그런데 아무래도 일이 그 방향으로는 안 가질 모양인 듯했다. 전화벨이 울린다. 폴더를 연다. 강욱이다.

한참을 여짓거리다 전화를 받는다.

"한, 십 분이면 가네. 기다리고 있어이. 그냥 가면 죽을지 알어이!"

틀림없이 죽으려고 자릿값을 하는 거다.

석철은 잠시 기다렸다가 배를 타고 나가 강욱을 뒤에 달고 대풍으로 향한다. 가슴이 쿵덕쿵덕 뛰고 있다. 계획대로 하면 오늘이 강욱의 제삿날이다. 분명 그 자리에서 딸딸이가 걸에 걸릴 것인데, 그 순간에 와이어를 놓을 감각이 강욱에게는 없다. 멋모르고 잡고 있다가는 백발백중 바다에 떨어진다. 올림픽 금메달임자라도 갯가끼지 헤엄칠 수는 없다. 보통사람은 전복 양식장이나 다시마 양식장까지 가는 것도 불가능하다. 얼마간을 헤엄치다 힘이 달리면 맥을 놓을 것이고, 그러면 바다는 숨을 거두어 갈 것이고, 생명 떨어진 살코기는 이리저리 떠다니다 어찌 운이 좋으면 갯가로 떠밀릴 것이지만, 그도 저도 아니면 그예 물고기 밥이 돼 흔적도 없이 사라질 것이다.

한참을 가던 석철이 배를 세운다. 강욱의 배를 옆에 붙이게 하고는 그쪽으로 건너간다. 네둘레를 한 번 둘러본 석철이 심호흡을 하고는 낚시 요령을 설명해 준다.

"자, 잘 보게이."

더듬거리는 말투로 석철이 먼 곳을 가리킨다.

"뒤로는 시, 신지 거머리끝[35]이고, 아, 앞에는 목섬이제 이."

석철의 손가락이 뒤쪽에서 앞쪽으로 옮겨진다. 강욱의 눈도 뒤에서 앞으로 넘어간다.

"이 선을 따러 쌈북[36] 가, 감시로, 술을 빠치게이. 가, 가 다가 나락섬 쫌 못 가서,"

석철이 말을 멈추고는 나락섬을 바라본다.

여기가 고기는 엄청 잘 물지만 걸이 있어 겁나게 위험하 니 다른 곳으로 가자 할까. 오늘은 아무래도 이곳이 어장터 가 아닐 것 같다며 저쪽 바다로 가자 할까.

들숨을 삼킨 석철이 말을 잇는다.

"따, 딸딸이가 툭툭 튈 걸세. 그때 와이어를 더 줘도 되고 잡고 있어도 되네. 여가 있어 고기가 많은 덴데, 재수 좋으 믄 적잖한 농어가 물기도 하든마."

석철이 말을 멈추고는 다시 심호흡을 한다.

"농어 맛 볼라믄 술을 잡고 있다가, 기, 기척이 이, 있으 믄,"

---

35) 바다 쪽으로 튀어 나간 뭍의 끝부분. 갑(岬).
36) 계속. 쭉.

따듬대는 말이 몹시 떨리기까지 하는데,

"하, 한 번에 확 채도 되네" 하더니,

"그건 조합장님이 알아서 하시게" 하며, 먼 곳으로 시선을 옮긴다.

"그 정도는 나도 알어 임마!"

강욱이 힐끗 석철을 흘긴다.

거머리끝과 새목아지를 잇는 금을 따라 배를 몰며 낚수를 빠치는 것쯤이야 강욱이 정도면 넉넉히 할 수 있다. 문제는 그 다음이다. 나락섬 전에 걸이 있으므로 딸딸이가 튀면 아이어를 당겨 올려 납추를 바닥에서 완전히 띄우는가, 끝만 살짝살짝 치도록 해야 한다. 만약 거기에서 아무 생각 없이 딸딸이를 끌고 가다가는 여지없이 걸에 걸리게 된다. 그런 줄도 모르고 잡고 있다가는 와이어에 채여 바다에 떨어질 게 뻔하다. 그것은 석철이 몇 번을 경험한 사실이다. 그런데 석철은 그곳에서 농어가 물 수도 있으니 와이어를 단단히 잡고 있든가, 순간적으로 확 채 주라고 이르는 것이다. 강욱이 걸에 걸려 못 빠져나오도록 크단한 농어로 이깝[37]을 놓은 뒤에, 한 번 채주기까지 하라며 겸으로 걸을

---

37) 미끼.

만들어 놓은 셈이다. 삼치낚수에 이따금씩 농어가 물기는 하지만, 삼치낚시는 농어낚시나 돔낚시처럼 순간적으로 채 올리는 게 아니다. 삼치낚이는 기계로 천천히 와이어를 감아 술을 빼 올려야 한다.

"그럼 많이 낚으시게이."

설명을 마친 석철이 모얏줄[38]을 벗겨들고 자기 배로 건너간다.

"알었어. 상쾡이 한 마리 낚을 테니 이따 봐."

강욱이 장갑을 끼며 말을 받는다.

석철은 움직이지 않고 그 자리에 떠 있다. 다시 가서 방향을 틀어줄까. 오늘 물때가 그쪽이 아닌 것 같으니 다른 쪽으로 가자고 할까. 잘못하다 걸에 걸려 바다에 빠질 수도 있다고 솔직하게 말을 해 줄까.

석철의 가슴은 여전히 쿵닥쿵닥 뛰고 있다.

뒤를 한 번 돌아보고 앞쪽을 바라본 강욱이 배를 움직이기 시작한다. 얼마쯤을 가더니 키를 놓고 꽁지부리에서 낚싯줄을 던진다. 석철 같으면 왼손으로 키를 잡은 채 천천히 배를 몰며 오른손으로 가볍게 던지겠지만, 서툰 강욱은

---

38) 배를 묶는 줄.

키를 놓은 채 몸을 숙여 두 손으로 낚수를 던지느라 정신이 없다. 배가 양식장으로 들어가도 모를 판이다. 암만해도 삼치가 강욱을 낚을 성 부르다.

 석철도 시동을 걸고는 조금씩 앞으로 나아간다. 고기 낚을 생각은 없는 듯 술은 안 빠진 채 강욱 쪽만 바라보고 있다. 강욱의 배가 앞으로 나아갈수록 석철의 가슴은 더 크게 방망이질 친다. 어렸을 때 과자 한 개를 훔치려고 가게 앞을 서성일 때의 심정 같다. 일이 그렇게 되려는지 바다에는 배들이라고는 씨도 안 보인다. 서서히 '걸'로 들어가고 있는 강욱과 그것을 지켜보는 석철이 있을 뿐이다. 설에 설려 바다에 떨어지면 강욱의 목숨을 틀어쥔 존재는 이제 석철밖에 없다.

 동살이 터 올라 바다는 많이 환해졌다. 먼 곳의 모습도 선명하게 보인다. 저쯤에서 와이어를 당겨 올려 바닥과의 거리를 띄우든가, 여에 닿더라도 끝의 납추만 살짝살짝 바닥을 치도록 해야 한다. 강욱의 손에 어떤 느낌이 왔는지 모르겠다. 강욱의 배가 점점 앞으로 나아간다. 저 지점이다, 하는 곳에 강욱이 접어들었을 때 꽁지부리에서 무언가가 바다로 떨어지는 느낌이다. 옷걸이에서 잠바가 툭, 낼친 것 같다. 석철의 눈에 분명 그렇게 보인다. 아버지의 그

잠바 호주머니를 몰래 더듬고 있는 것처럼 석철의 가슴이 더 크게 쿵쾅댄다. 석철은 배를 멈추고 강욱의 배를 주시한다. 배가 가는 모양을 보면 사람이 키를 잡고 있는지 키가 혼자 놀고 있는지 가늠해볼 수 있다. 그런데 강욱의 배가 조금씩 밖으로 벋기 시작한다. 찌고 있는 물에 배가 밀리자 치도 조금씩 밖으로 휘고 있는 것이다.

가 볼 것이냐, 못 본 척 할 것이냐.

석철은 브리지에 선 채 강욱 쪽을 쳐다본다. 배는 점점 밖으로 휘고 있다. 저러다가는 태평양 어디로 빠질 듯싶다. 배는 주인을 잃고 제 길에서 이탈한 게 틀림없다. 그렇다면 강욱은 바다에 빠져 있다. 아침이라 갯물은 몹시 차다. 십여 분이나 헤엄칠 수 있을까. 몇 숨이면 강욱은 길굼턱을 돌아 저쪽세상으로 넘어가게 될 것이다.

석철은 크게 숨을 들이쉰다. 가서 건져 주느냐, 못 본대끼 있느냐.

강욱과의 일들이 머리를 스쳐간다. 무릎을 꿇고 빌었던 것과, 각시에게 술을 치라던 모습과, 각시의 젖가슴을 슬쩍슬쩍 스치던 손길과, 노래방에서 각시를 안고 위아래로 둥개질하던 품이 필름처럼 흘러간다. 머리를 가로저으며 왼쪽으로 키를 돌리려는데 각시의 말이 도꼬마리 열매처럼 달라붙는다.

"안돼요. ……나빠요. ……불쌍해요."

다른 말은 다 알겠는데 강욱이 왜 '불쌍한지' 모르겠다. 멀리 가난한 나라에서 한국까지 시집온 자신보다, 마흔이 넘은 나이에 농협에서 대출을 받아 그녀를 각시 삼은 자신보다, 농협 빚 때문에 강욱에게 멱살 잡혀 사는 자신들보다, 겁나게 많은 월급에 그보다 서너 곱 많은 상여금에, 조합장이라고 어깨에 힘주며 떵떵거리는 강욱이 왜 '불쌍하다'는 걸까. 아무리 생각해도 가리산이 안된다.

"니……, 베트님 …… 가요. ……정말, 가요."

자신을 고달피던 그 '불쌍한' 존재가 죽었다는 걸 알면 각시는 속시원해할까. 이제 괴롭힘에서 벗어났다고 기뻐하며 박수라도 칠까. 그럴 마음이었으면 각시는 아무것도 모른 듯 가만히 있었을 것이다. 그러나 각시는 끝까지 따라나오며, 제일 나빠요, 베트남 가요, 했다.

그러면……, 강욱이 없어지면서 각시까지 없어져 버린다면, 강욱이 가면서 각시까지 데려가 버린다면……, 그러면 강욱이 없어지는 게 무슨 소용 있는가. 각시가 가 버린다면 이 무서운 짓이 무슨 쓸 데가 있는가. 돈이 없어 무릎 꿇거나, 보증에 멱살 잡혀 굽신거려야 하는 것들이야 각시 손만 잡고 있으면 얼마든지 견딜 수 있을 것 같다. 하지만 각시가 없는 세상은 이제 더 이상 살아내질 것 같지가 않다. 어느새 각시는 그런 존재가 돼 있다. 석철은 자신의 세상이 그렇게 변해 있다는 걸 처음으로 깨닫는다.

석철은 키에 머리를 박은 채 한참을 그대로 있다. 이윽고 고개를 들고는 키를 오른쪽으로 조금 돌린다. 배가 나락섬 쪽으로 그 조금만큼 머리를 튼다.

"우리, …행복하게, …살아야 해요."

그러고 보니 그 말은 첫날밤에 자신이 각시에게 했던 말이다. 행복하게 살자고, 행복하게 살아야 한다고, 꼭 그렇게 해주겠다고 손가락을 걸었었다. 그렇게 약속했으니 그렇게 해줘야 한다. 그 누가 뭐래도 우리는 행복하게 살아야 한다. 그래야 한다.

두어 숨쯤을 가만히 있던 석철이 조속기를 앞쪽으로 살짝 민다. 꽁지부리에서 그만큼한 물보라가 인다. 석철이 키를 두어 바퀴 오른쪽으로 감으며 조속기를 좀 더 앞으로 민다. 배가 더 오른쪽으로 몸을 틀면서 나락섬을 향해 속도를 높인다.

저 앞에 점 같은 무엇이 허우적거리고 있는 듯하다. 아무래도 저것이 그것이지 싶다. 고작 점만밖에 안한 저것이 그리도 대단한 듯 젠체했나 보다. 멀리에서 보면 파도에 떠다니는 물풀만밖에 안한 저것이 그렇게도 대대하게 굴었나 보다. 고작해야 갯물에 떠 있는 해초만밖에 안한 저것이 말이다.

 그런데 유심히 보니 거기 뱅꼬[39]처럼 까맣게 떠 있는 것이 간절히 손짓을 하고 있는 듯하다. 금방이라도 바닷속으로 가라앉을 것 같은 그것이 안간힘을 다해 간절하고도 애절히 부르는 듯 싶다.

 석철은 조속기를 끝까지 민다. 채찍을 맞은 말처럼 배가 소리를 시트너 오십이[40]로 내닫는다.

 꽁지부리에는, 양쪽에서 밀려오는 두 개의 부드러운 물의 결이, 스크루가 만드는 날카로운 물의 날을, 가볍게 안으며 따라오고 있다.

---

39) 물공. 부자(浮子).
40) 최대속력.

앉은배이 사랑

앉은배이 사랑

 포대에 갯고기를 담으면서부터 영근 씨는 벌써 마음이 설레고 있었다. 그것이 꼭 몸으로 해서 생긴 것만은 아니었다. 몸이 까닭의 전부라면 사추리만 벌떡거렸겠지만 마음까지 팔뜨락대는 걸 보면 그것은 몸과 마음에 함께 오는 두근거림이었다.

 얻어 탄 차를 동네 앞에서 내렸다. 해는 아직 재꼭지 위에 있다. 먹은 점심이 먹을 저녁보다 가까운 어름이다. 발을 틀어 고샅길로 접어든다. 저 위쪽에 낡은 지붕이 보인다. 마음이 더 크게 팔딱댄다. 항상 그렇지만 대숲이 보이는 이쪽에서는 두근대는 가슴이 설레는 몸보다 너덧 발 앞서 걷는다. 달이 이울었던 조금 때에 어장을 나가 달이 차가는 사리 때에 뭍에 올랐으니 이렇게 골목길을 걸은 지도 벌써 보름이 다 돼간다.

그런 인연이 있을 거라고는 생각 못했다. 환갑이 넘은 나이에 여자를 만난다는 것이, 그것도 마음에 꼭 맞는 사람을 만난다는 것이 아무리 봐도 가당치가 않은 것이다. 애인 없는 인간은 사람 축에도 못 끼인다는 세상이라지만, 바깥은 바깥대로 안은 안대로 다 저저금의 애인을 따로 두고 사는 판이라지만, 그러나 장가 한번 못 가보고 나이 들어가는 총각들이 홀로 늙어가는 노인들보다 많은 섬에서, 더군다나 평생을 고기나 잡으며 살아온 뱃놈에게 여자가 생긴다는 것은, 자망刺網에 밍크고래가 뭇[1]으로 걸린 것만큼이나 희기한 일이 아닐 수 없었다.

자식들 결혼시켜 손주 보는 모습이 안 부러운 것은 아니었지만 그저 그뿐이었다. 국제결혼을 통해 동남아에서 신부를 데려오는 경우가 여럿 생겼지만 그것도 각시를 감당할 힘이 있고 여자를 데려올 돈이 있어야 가능할 터이었다. 이도 저도 안되는 입장이어서 몽달귀신이 되어가는 것을 팔자라 여기고 살았다. 돈이라도 몇 푼 있으면 분 냄새가 생각나 술집에라도 가보는 것이지만 다음날이면 술값만큼

---

[1] 갯고기를 세는 단위. 한 뭇은 열 마리 꿰미.

이나 짙은 후회가 밀려들었다. 몸을 얼러보는 것도 아니고, 그렇다고 입술을 빨아보는 것도 아니고, 그저 손 두어 번 잡아보고 젖가슴 두어 번 다러보고는 한 조금 번 것을 깔축없이 갖다 바치는 꼴이다. 돈 아까운 생각이 들어 다음번에는 용개질[2]로 대신해 보는 것이지만, 바다에 떨어지는 뜨물 같은 액체를 보며 느끼는 것은 안개 같은 뿌연 허무함이었다. 그렇게 그작저작 살다가 들병이가 아닌 여자와도 몸을 나눌 수 있는 방법을 찾게 된 건 우연이었다. 그것은 누이도 좋고 매부도 좋고, 님도 보고 뽕도 따는 경우였다.

고기를 맞춘 아짐이 있어 갖다주는 길이었다. 늦가을 해는 진즉에 재를 넘었고 뒷산을 쓸어내린 어둑발이 동네를 덮었다. 서둘러 나서기는 했는데 아는 동생을 만나 두어 잔 기울이는 바람에 좀 늦어졌다. 어지간했으면 다음날 갔겠지만 제사에 쓸 고기라 해서 할수없이 나선 것이었다.

"아재, 어이 가요?"

건너편 동네로 가기 위해 걸음을 서두르는데 담 너머로 아낙의 얼굴이 올라온다.

"골리라우."

---

2) 자위.

모르는 아낙인지라 대답을 하는 둥 마는 둥 걸음을 뗐다.

"아재, 거기 잔 있어 보시요!"

아낙이 대문을 열고 달려 나온다.

고기를 달라려는 모양이다. 귀찮은 일이다. 고기를 맞춘 사람이 있어 가져가다가도 누가 달라고 하면 뿌리치지 못하고 슬그머니 주고 마는 영근 씨였다.

"아재, 그거 개이[3]제라우?"

잡히면 내려놓을 수밖에 없는지라 그냥 가려는데 아낙이 뒤에서 포대를 잡아당긴다.

"이이, 이기 끌리 갖다줘야 되는데."

영근 씨는 다시 포대를 들치어메려 했다.

"아재, 이거 나 주시요. 쓸 데가 있어서라우."

아낙이 포대를 잡고는 안 놓아준다.

"안돼라우. 지세 지낸다 해서 오늘 갖다주기로 했어라우."

영근 씨는 도리머리를 치며 다시 포대를 거머쥐려 했다.

"아따, 거그는 낼 주고, 이건 나 주시요."

아낙이 포대를 잡아채더니 집으로 들어가 버린다.

---

3) 고기.

"어어 아짐, 그거 골리 아짐 고기라께라우."

영근 씨는 헐레벌떡 아낙을 따라 들어갔다.

아낙이 흘낏 뒤를 돌아보고는 슬쩍 웃음을 흘린다. 처마 밑에 포대를 놓더니 마당을 걸어 나가 대문을 잠근다. 영근 씨는 마당 가운데 엉거주춤 서 있었다.

아낙이 모탕[4]에서 다라를 들고 오더니 고기를 쏟는다.

"오따, 개이 존거으!"

아낙은 손가락으로 고기를 뒤적거려보고는,

"이거 얼마치요? 삼만원 주라우?" 하며 영근 씨를 올려다본다.

"아니라우. 오만 원아친데라우."

이왕 이리 된 거, 영근 씨는 고깃값이라도 제대로 받아야겠다고 생각한다.

"야, 알었소야."

아낙이 몸을 일으키며,

"아재, 밥 안 자셨제라우? 밥 잣고 가시요." 하더니 영근 씨를 안쪽으로 민다.

"아니라우. 집이 가서 묵을라요."

---

4) 집의 옆구리.

앉은배이 사랑 161

'골리' 가기는 틀렸으니 고깃값이나 받아 얼른 갔으면 쓰겠는데, 아낙은 고깃값 생각은 없는 듯하다.

"집이 가도 암도 없을 건데 나랑 우리집서 그냥 한 술 뜹시다."

아낙이 손을 잡아 끈다. 주춤거리다가 영근 씨는 어쩔수 없이 장화를 벗고 토방으로 올랐다.

아낙은 반찬을 내 오고, 국을 데우고, 밥을 퍼다 놓는다. 영근 씨는 안절부절못한 채 천장만 쳐다보고 있었다. 술은 밥 전에 먹는 거라며 아낙이 술을 따라 권했고, 자신도 달라며 잔을 내밀었다. 술을 먹으면 밥은 안 먹는지라, 영근 씨는 따라주는족족 술잔을 비웠다. 그 새새에 아낙도 비운 잔을 내밀었다. 그것이 세 병째였다. 이제 가야것다고 일어서려는데 아낙이 영근 씨 쪽으로 건너왔다. 그러더니 팔을 끼었고, 두어 잔을 더 따랐다. 아낙도 그만큼을 더 마셨다. 취한 것인지 역부로 그러는지는 몰라도 아낙이 몸을 바짝 밀착시켜 왔다.

어깻죽지에 젖가슴의 감촉이 물컹하다. 백여시에 홀린 기분이다. 고기를 가지고 가다가 엉뚱한 집에 들어와 밥과 술을 먹고는 여자와 몸을 붙이고 앉았는 것이다. 마음 한구석에는 왠지 모를 불안감이 몽글거린다. 여자 혼자 사는 집이지만 뭐가 있지 않을까 싶은 것이다.

그만 일어서려는데 아낙이 먼저 일어나더니 불을 끈다. 그리고 영근 씨를 밀쳐 자빠뜨리고는 배 위에 올랐다. 눈을 떠보니 아낙의 젖가슴이 위아래로 출렁대고 있다. 아낙의 숨소리가 거칠어진다. 영근 씨에게서도 신음이 흘러나왔다. 두 사람은 어둠 속에서 날숨을 뿜어냈고 그 숨에다 소리를 얹었다.

일이 끝나자 아낙은 옷을 챙겨 입더니 불을 켰다.

"인자 얼른 가시요."

영근 씨는 주섬주섬 옷을 찾아 입었다.

"고깃값은 밑값하고 이끼요이[5]."

고깃값을 받아야 하나 말아야 하나 멈칫대고 있는데 대문을 닫으며 아낙이 한 말이었다.

영근 씨는 허털거리며 밤길을 걸었다. 당했다는 생각밖에 안 들었다. 이녁이 고기를 달라며 붙잡아 놓고는, 그래서는 자빠뜨리고 옷을 벗겨놓고는, 그리고 배 위에 올라타 굴러놓고는, 그런데 고깃값은 밑값으로 대신하잔다. 웃기는 경우가 아닐 수 없었다.

---

5) 에끼다. 서로 주고받을 것을 비겨 없애다.

이런 미친놈. 여자에 환장한 것도 아니고 애써 잡은 고기를 밑값으로 주고 오다니. 이런 속창아지 빠진 놈.

조금 전에 있었던 일에 대한 것인지, 아니면 그렇게 살아가는 자신의 나날에 대한 것인지 영근 씨의 입에서는 절로 한숨이 새어나왔다.

그 뒤로도 아낙과 대여섯 번의 관계가 더 있었다. 영근 씨가 포대를 들고 찾아가는 날도 있었고, 여자에게서 연락이 오는 때도 있었다. 그때마다 고깃값은 밑값으로 대신했다. 몸을 풀고 나면 후련함 같은 것이 있었으나 그 뒤에는 이상하게 껍껍함이 남았다. 마치 누가 시켜보고 있는 것도 모른 채 도둑질을 하고 있는 느낌이었다.

그 아낙과의 일이 말이 되어 돌았는지 비슷한 일이 또 생겨났다. '비슷하다'고는 하지만 도저히 있을 수 없는 일이었다. 고자가 알 낳는 경우가 있을지는 몰라도 절대로 그런 일은 일어날 수 없었다. 그런데도 세상에는 결코 일어날 수 없을 것 같은 일도 생겨나는 모양이었다.

그날도 고기를 갖다주는 길이었다. 날은 좀 어둑신해 있었다. 저번의 그 집을 지나 들간데[6]다. 작은 비에도 개천을 이루는지라 '물청'이라 불리는 곳이다. 움푹한 들판 가운데

---

6) 마을과 마을 사이의 들판 가운데.

펜션이 지어져 있다. 건물은 멋진데 전망이 별로여서 여행객이 잘 안 찾는 집이다. 물정 모르는 서울여자가 사기꾼한테 속아 펜션을 사 들었다는 곳이다. 동네에서 떨어져 있고, 외지에서 온 주인이 볼가진 여자여서 동네사람들과도 별 왕래가 없다. 그 집 앞이다. 무슨 일인지 주인여자가 저만치에서 이쪽을 지켜보고 섰다.

"아저씨, 저 좀 보세요."

한눈에도 티가 난다. 위로 틀어 올린 머리는 왕관을 쓴 듯 하고, 쥐라도 잡아먹었는지 입술은 새빨갛게 칠해져 있다. 귀에는 구슬 같은 것을 길게 달았고 목에는 금빛 나는 목걸이를 걸었다. 거기에다 분홍색 원피스를 차려입었다. 치장이 취미이고 옷 자랑이 장기인 듯한 품이다. 서울의 부잣집 마나님이 휴가차 내려온 꾸밈새다.

갯고기를 맞춘 것도 아니고 그 여자가 자기를 부를 것은 더더욱 아니어서 영근 씨는 그냥 가려 했다.

"아저씨! 거기 좀 서 보라구요!"

더 크게 부르는 소리에 영근 씨는 뒤를 돌아보았다. 여자가 대문 앞에서 오라고 갈퀴손을 헨다.

"아저씨, 그거 생선이죠? 이리 가져오세요."

안되는데, 하면서도 영근 씨는 지칫지칫 그쪽으로 걸어

갔다. 왠지 그래야만 할 것 같았다.

"따라오세요."

영근 씨는 지칫거리며 여자를 따라 안으로 들어갔다.

"저기다 놓으세요."

여자가 손가락으로 수돗가를 가리킨다. 영근 씨는 거기에 포대를 내려놓았다.

"이리 들어오세요."

여자가 현관문을 열더니 영근 씨를 돌아보며 머리를 까댁인다.

영근 씨는 고깃값이고 뭐고 그냥 갔으면 싶었다. 잘 알지도 못하는 사람이 무가내로 고기를 달라 하고, 내려놓으라 하고, 또 안으로 들어오라는 것이다. 그런데 그냥 가기에는 여자의 서슬이 너무 딩딩하다.

"저기 들어가서 몸 씻으세요."

여자가 화장실을 가리킨다.

고깃값만 받으면 되는데 무슨 몸을 씻으라는 건가. 영근 씨는 문 앞에 우두커니 서 있었다.

"샤워하고 나오라고요!"

영근 씨는 영문도 모른 채 화장실로 들어갔다. 그리고 대충 갯내만 씻고 나왔다.

"거기 있는 옷으로 갈아입으세요."

환장할 일이다. 고깃값만 받으면 되는데 무슨 목욕을 하라 하고, 거기에다 옷까지 갈아입으라는 건가.

"그 가운 입으라고요!"

엉거주춤 서 있던 영근 씨는 얼른 옷을 주워들었다. 몸에 길게 걸치게 돼 있는 옷이다. 영근 씨는 주춤거리며 옷을 걸쳤다. 멋지기는 한데 이상하게 보릿겨를 뒤집어쓴 듯 깔끄럽다.

"이리 오세요."

여자가 침대로 데려가더니 방금 걸쳤던 옷을 벗겼다.

영근 씨는 여자가 하는 대로 가만히 있었다. 정말로 귀신에게 홀린 기분이었다. 길을 가고 있는 사람을 불러 고기를 달라더니, 집으로 들게 해 목욕을 시키고는, 침대에 데려와 타고 앉은 것이다.

이게 꿈에 있는 일인가 생시에 있는 일인가. 이 여자가 사람인가 백년 묵은 여시인가.

영근 씨는 머리가 어지러웠다. 그러는 사이에도 여자는 계속해서 몸을 굴러대고 있다.

에라 모르겠다 될 대로 되라. 뭐, 여기서 죽는대도 아까울 것 없다. 애드러해줄 각시가 있는 것도 아니고, 울어줄 자식이 있는 것도 아니다. 그저 한 몸 살다 가면 그만인 인생이다. 이런 여자와 이불 속에 있는 것이 어디 가당키나 한 일이냐. 이런 게 꿈에 용 보기 아니것냐. 그러니 뽈아묵든 몰레묵든 꼴리는 대로 해라.

 영근 씨는 머리에서 힘을 빼버렸다.

 여자가 몇 살이나 됐는지는 가늠하기 어려웠다. 본얼굴인지 주사를 맞은 얼굴인지는 몰라도 탱탱한 피부만 보면 사십대 중반으로 보였다. 얼굴과 짝으로 만들었는지 젖가슴은 처녀의 것처럼 바짝 올려 붙어 있다. 옅은 젖꽃판을 보면 아이를 낳아본 적이 없는 것도 같다. 얼굴이나 젖가슴과는 달리 목에는 서너 줄의 나이테가 둘러 있다. 한 줄을 이십 년으로 잡으면 아무래도 환갑은 넘었지 싶었다. 나이를 어림할 수 있는 건 또 있다. 여자의 밑이다. 위에 올라가 가랑이를 비벼대는데도 여자의 그곳은 가뭄 든 둠벙처럼 보타져 있다. 영근씨의것을 손으로 잡아 거기에 넣는데도 잘 들어가지지가 않는다. 안되겠다 싶은지 여자가 영근씨의것에 뭔가를 발랐다. 그러고는 그것을 그곳에 넣더니 바로 감탕질이 시작되었다. 여자의 움직임은 담담 빨라졌고, 소리는 조금씩 높아졌으며, 숨소리는 점점 거칠어졌다. 여자가 몸을 격렬하게 움직이는데도 영근 씨에게는 아무 느낌도 안 왔다. 흥을 함께하고 싶은 마음이 안 생겼다. 금방이라도 누가 문을 열고 들어와 잡아갈 것만 같은 것이다. 영근 씨의 마음과는 아랑곳없이 여자는 계속해서 몸을 굴러댔다. 머리는 풀어 헤쳐졌고, 젖가슴은 거칠게 흔들렸다. 금방이라도 죽을 것처럼 몸을 비틀어대던 여자가 어느 순간 사람인지 고양이인지 모를 소리로 외쳐댔다.

"아! 어떡해! 어떡해! 난 몰라아! 난 몰라아!"

그러면서 더 무섭게 몸을 흔들어댔다.

"아! 나 죽어! 나 죽어!"

그 소리와 함께 여자는 그대로 침대에 널브러졌다.

영근 씨는 천장을 보며 멍하니 누워 있었다. 자신에게는 아무 일도 안 일어났다. 왜 그런지 절정에 올라가지지가 않는 것이다. 어서 여기서 나갔으면 하는 생각뿐이었다. 그러다가 내려다본 물건은 천장을 향해 꼿꼿이 서 있다. 무안한 생각이 들어 영근 씨는 얼른 모로 몸을 돌렸다.

너덧 숨을 누워 있던 여자가 몸을 일으켰다. 가운을 걸치고는 영근 씨의 몸을 돌리더니 놀란 듯 소리쳤다.

"어, 야는 아직도 살아있네! 이 녀석 대단한 놈이네!"

여자가 영근씨의것을 손으로 툭툭 쳤다. 영근 씨는 얼른 이불을 당겨 몸을 덮었다.

앉은배이 사랑 169

"따라 나오세요."

여자가 방을 나간다. 영근 씨는 밖으로 나와 화장실 앞에 널브러져 있는 옷을 주워 입었다.

"이건 고깃값이고, 이건 수고비예요."

여자가 만 원짜리 서너 장과 흰 봉투를 내밀었다. 그러면서 뒷동을 달았다.

"오늘 아저씨랑은 아무 일도 없었던 거예요? 엉뚱한 소리 했다가는 큰일 날 줄 아세요. 알았지요?"

영근 씨는 얼떨결에 돈과 봉투를 받아들었다. 봉투는 필요 없다고 돌려주려다가 여자의 기세가 무서워 그냥 주머니에 넣었다.

"내가 연락할 때까지는 우리집 근처에 얼씬도 마세요. 잘못했다가는 경찰에 잡혀가는 수가 있어요. 알았죠?"

마당을 걸어나가던 여자가 뒤를 돌아보며 다짐을 받았다. 영근 씨는 말없이 고개만 끄덕였다.

"잠깐 기다리세요."

여자가 쪽문을 나가 좌우를 살피더니,

"이리 나오세요." 한다.

영근 씨는 조심스레 쪽문을 나섰다.

"큰길로 가지 말고 이쪽 길로 쭉 가세요."

여자의 목소리가 등거리를 떠밀었다.

길은 내를 따라 길게 뻗었다. 영근 씨는 풀숲 우거진 둑길을 곧장 걸었다. 개밥바라기는 벌써 져 내렸고 그 자리에는 밤의 하늘이 채워져 있다.

'서울집'이라 불리는 그 펜션을 지난다. 얼마 전 같으면 혹여 부를지 몰라, 혹은 부르면 어쩌나 싶어 조마거리며 지나던 곳이다. 부르면 부르는 대로 걱정이었고, 안 부르면 또 안 부르는 대로 아쉬웠다. 몸을 섞어도 끝에 가 닿지 못하기는 했다. 관계가 끝났는데도 살아 있는 아랫도리를 보며 여자는 벌려진 입을 다물 줄 몰랐지만 영근 씨는 좀 괴로운 것이 사실이었다. 불려가기는 하지만 왠지 모르게 불안하고, 살을 맞대기는 하지만 이상스레 흥이 안 나는 것이다. 그러면서도 또 가끔씩 생각이 나기는 했다.

"이제 절대로 우리집 근처에 얼씬대지 마세요."

서너 번의 관계가 있고 난 다음이었다. 여자가 엄숙한 표정으로 말했다.

"아저씨와 저는 아무 일도 없었던 거예요! 그저 생선 몇 번 판 것 뿐이에요. 아셨죠? 말 잘못했다가는 고기도 못 잡는 수가 있으니 입조심하세요! 알았죠?"

앉은배이 사랑 171

영근 씨는 샛문을 나서서 몇 발짝 떼고는 뒤를 돌아보았다. 한편으로는 시원하면서도 한편으로는 섭섭했다. 억지로 불려가기는 했지만 그사이에 몸끼리 정이 든 것인지도 몰랐다. 그런데 이제는 다시 쳐다봐서는 안된다. 근처에 얼씬거려서도 안된다. 잘못했다가는 어장도 못할 수 있다. 그러니 깨끗이 지워버리자. 인생에서 없었던 일로 치자. 영근 씨는 그렇게 마음먹으며 둑길을 걸었다. 개들도 밥을 다 먹었을 시각, 서녘에는 돔의 등거리 같은 초승달이 떠 있었다.

돌담 사이를 걸어 오른다. 고샅 끝에서도 열댓 개의 계단을 더 올라야 한다. 동네에서 좀 떨어진 데다 대나무가 뒤란을 싸고 있어 외딴 오막살이 같은 인상을 준다. 어느 집들은 파랑이나 빨강으로 지붕개량을 했지만 아직도 거무칙칙한 슬레이트를 이고 있어 유난히 꾀죄죄해 보인다. 언뜻 보면 폐가라고 여길 듯도 싶다. 그런데 저기에 여자가 살고 있다. 그 여자가 살고 있다. 아니 '그런 여자'가 살고 있다. 세상의 여느 여자와는 '틀린', 그런 여자라고밖에 할 수 없는 여자 하나가 살고 있다.

그날도 제사 고기를 갖다주고 돌아서는 참이었다.

"아재, 저기 대나무 집에 잔 가보시요. 그 집도 지세[7] 개이 맞친답디다마는."

아낙이 마당으로 따라 나오며 저 위를 가리켰다. 남의 동네라 잘 알지는 못하지만 버려진 집이라 생각했었다. 사람의 출입도 없는 듯했고, 불이 써진 것도 못 본 것 같았다. 집 앞에 가로등은 켜 있지만, 그저 질앞[8]을 밝히려고 달아 놨으려니 했다. 그런데 그 집에 사람이 사는 모양이다.

대문 걸쇠를 돌리고 안으로 들어섰다. 대체로나 사람이 사는지 방에는 불이 켜 있고 텔레비전 소리도 흘러나온다. 토방 앞으로 다가가 말기침을 했다.

"계시까라우?"

텔레비전만 화면을 바꿀 뿐 대답이 없다. 영근 씨는 소리를 조금 높였다.

"주인 안 계시요?"

기척이 없으면 돌아갈 참이었다.

"누구까라우?"

목소리는 들리는데 사람은 안 보인다. 샤시 문을 밀고 안으로 들어섰다. 서로 다투고 있는지 텔레비전의 소리들이

---

7) 제사.
8) 집의 출입구. 고샅.

제법 크다. 그 소리에 인기척이 섞인다.

"누구요?"

아랫목에서 여자사람이 문 앞으로 나온다. 책상다리로 앉은 자세다. 여자가 문턱 너머로 상체를 내밀며 올려다본다. 사람이 왔는데도 안 일어서고 앉은 자세로다. 불빛을 등지고 있어 얼굴의 윤곽은 잘 알아보기 힘들다.

"저기…, 고기 맞친다 해서라우."

사람이 왔는데도 앉은 채로 내다보는 것이 좀 못마땅하다.

"이, 영그이 아재요! 닌 또 누구다고."

기분을 아는지 모르는지 여자는 몹시 반기는 투다.

"야, 지세 지내야 해서라우. 개이 잡으믄 잔 갖다 주시요."

여자가 몸을 더 내밀며 반기는 낯빛으로 치어다본다.

"야, 알었어라우."

짧게 대답하고는 영근 씨는 몸을 돌렸다.

"아재, 꼭 부탁하요이. 이달 금[9]이 아부지 지세께 그전에 갖다줘야 쓰요이."

---

9) 그믐.

여전히 앉아서 부탁하고 있을 여자의 목소리가 등에 와 부딪혔다.

질앞을 나오면서도 영근 씨는 마뜩치가 않았다. 사람이 왔는데도 방에서 나와 보지도 않고, 거기다가 고기를 부탁하려면서 방 안에서 앉은 채로 말을 하고 있는 것이다. 엄연히 내 돈 주고 사먹는다지만, 안 사주면 파는 사람만 아순 입장이 되겠지만, 그래도 생선을 먹으려면 자기들이 사정을 해야 했다. 사려는 사람은 많은데 잡는 사람은 몇 안 되니 돈을 주고도 살 수 없는 게 갯고기였다. 그런데 그런 사정도 모르고 저런 모냥없는 꼴로 사람을 맞고 있다. 참 세상 물정 모르는 아짐씨다. 몇 번씩 사정해도 갖다줄까 말까 한데 참 속도 좋은 여자다.

영근 씨는 코웃음을 치며 들길을 걸었다.

며칠 뒤 영근 씨는 포대를 메고 계단을 올랐다. 그래도 부탁을 받았으니 가보기는 해야 할 것 같았다. 고기가 안 좋다고 불퉁거리기라도 하면 그냥 들고 나올 참이었다.

"아짐! 개이 갖고 왔소!"

문 앞에서 여자를 불렀다.

"오마, 영그이 아재요?"

여자가 앉은자세로 방바닥을 문대며 문 앞으로 나온다.

그러더니 몸을 늘여 스위치를 누른다. 처마에 달린 전구에 반짝, 불이 켜진다. 문을 밀며 여자를 내려다보았다.

머리는 쪽을 쪄 비녀를 꽂았다. 흰머리가 제법 있는 걸로 보아 나이가 좀 있어 보인다. 주름살이 두어 골 잡히기는 했지만 미운 얼굴은 아니다. 처녀 적에는 동네 총각 한둘은 따라다녔을 듯도 싶다. 그런 여자가 불빛 아래 앉은자세로 있다. 영근 씨의 가슴이 두근댄다. 가슴 저가 저도 모르게 그러고 있다.

"개이 어디다 놓으라우?"

속마음을 감추려고 영근 씨는 일른 고개를 돌렸다.

"야, 가마이 있어 보시요."

여자가 엉덩이를 밀어 안쪽으로 들어가더니 고동색 다라를 끌고 나온다.

"여기다 잔 비주시요."

여자가 토방으로 다라를 넘긴다. 영근 씨는 포대를 들어 고기를 쏟았다.

"아따, 개이 존 거으! 울아부지 좋아하것드으!"

여자가 생선을 뒤적거려보더니 영근 씨를 치어다본다.

"그라제라우? 오늘따라 존 개이만 걸렸소야."

영근 씨도 덩달아 기분이 좋아졌다. 여기에 갖다주려 고기를 추리는데 왜 그런지 좋은 것들에만 손이 갔었다.

"아재, 밥 안 자셨제라우? 들와서 밥 잣고 가시요."

여자가 웃음을 지으며 영근 씨를 올려다본다.

"아니라우. 집이 가서 묵을라요. 언능 잡수시요."

영근 씨는 손사래를 치며 몸을 돌렸다. 여자가 훌떡 문턱을 넘더니 뒤춤을 거머잡는다. 어쩔수없이 영근 씨는 장화를 벗고 토방으로 올랐다. 여자가 아랫목을 치우고는 방석을 가져다 놓는다.

여자는 서둘러 밥상을 차린다. 풋것에다 갯것에다 몇 가지 반찬으로 상이 단정하다. 이정스레[10] 담긴 품이 젓가락을 안 댄 새 반찬이다. 고봉으로 퍼다 놓는 밥에서는 고소한 냄새가 그윽하다. 간재미 된장국이 밥과 나란하다. 여자가 숟가락을 들어 영근 씨에게 건넸다.

"찬은 없소마는 마이 드시요. 이녁 집이라 생각하고 펜히 자시요."

여자의 얼굴에 엷은 미소가 떠올라 있다.

"아짐은 안 자요?"

숟가락을 뜨다 말고 영근 씨는 여자를 건너다보았다.

---

10) 솜씨가 단정하게.

앉은배이 사랑

"야. 나는 아까 묵었어라우. 걱정 말고 어이 자시요."

여자가 어서 들라고 손짓을 한다. 그러고는 건너편에 앉아 영근 씨의 모습을 지켜보고 있다.

"밥 더 자시요."

여자가 비워진 밥그릇을 든다.

"아니라우. 마이 묵었어라우."

손사래를 치는데도 여자는 밥을 퍼온다. 영근 씨는 다시 한 그릇을 뚝딱 비웠다. 오랜만에 받아보는 따뜻한 밥상이었다.

그렇게 시작된 인연이었다. 바다 위에 떠서 밤하늘을 쳐다보노라면 별들마다에는 여자의 얼굴이 달려 있고, 초저녁 초승달에는 여자의 눈썹이 그려져 있었다. 색깔 고운 상사리[11]라도 걸려 오르면 여자의 모습이 어려 와 슬그머니 놓아주는 것이었고, 울긋불긋한 각시볼락[12]이라도 올라올 양이면 또 여자의 얼굴이 생각키워 살며시 살려 보내는 것이었다. 세상의 예쁜 것들은 죄다 여자를 떠올리게 했다.

마음에 몸이 더해져 그 사랑이 깊어진다면 여자와의 사랑도 몸이 더해져 깊어진 게 사실이었다.

---

11) 참돔 새끼. 전체적으로 옅은 붉은색을 띤다.
12) 용치놀래기. 다양한 색깔의 비늘로 덮여 있다.

물발이 센 사리 때라 며칠 어장을 쉬는 참이었다. 마침 장날이어서 구경도 하고 이것저것도 사 오는 길이었다. 고샅을 오르며 쳐다본 하늘에는 대나무 끝에 걸린 열사흘 달이다. 개 짖는 소리도 잦아졌으니 밤도 고갯마루쯤에 올랐을 즈음이다.

"아짐 계시오?"

새시 문을 밀면서 영근 씨는 여자를 불렀다.

"야!"

문이 열리고, 여자가 앉은걸음으로 문턱을 넘는다.

"이것 한번 봐볼라요?"

영근 씨는 불빛 아래로 검은 봉다리를 내밀었다.

"뭔데라우?"

여자가 토방 끝으로 바투 밀고나온다.

"장에 간 김에 뭣 잔 사갖고 왔는데, 맘에 들랑가 몰르것소야."

봉다리를 건넨 영근 씨는 에런[13] 듯 불빛에서 슬몃 고개를 돌린다.

여자가 봉다리를 받아들더니 안의 것을 꺼내었다. 그러

---

13) 어렵다. 부끄럽다.

더니 고개를 푹 숙이고는 너덧 숨을 그대로 있는다. 영근 씨는 괜한 짓을 했다 싶었다. 고심고심해서 사 온 것인데 시키잖은 짓을 한 것 같은 생각이 들었다. 그런데 그게 아니었다.

"오따! 뭘라고 이런걸 다 사온다요!"

갑자기 여자의 눈에 눈물이 글썽대고 있다.

"살다보께 이런것 사다준 사람도 다 있소이. 아짐찬해서 어차까라우!"

여자는 봉다리를 들고 안쪽으로 들어가더니 문을 닫는다. 영근 씨는 그냥 돌아갈까 하다가, 그래도 인사는 하고 가자 싶어 엉거주춤 토방 앞에 서 있었다.

"어차요? 이뻐요?"

몇 숨 있다가 문이 열리며 여자가 앉은걸음으로 문턱을 넘는다. 하얀 블라우스로 갈아입은 여자의 볼이 발그레하다.

"아따, 이뻐요야! 참말로 이뻐요야!"

영근 씨의 눈이 휘둥그레진다.

여자가 이쪽으로 저쪽으로 몸을 돌려본다.

"참말로 그라요?"

여자의 볼에 홍조가 짙어진다.

"야. 이삐디이쁜 꽃 탁소야[14]."

불빛 아래 함박웃음이 벙근다.

"이 미친년 잔 봐래이. 사람을 바깥에 혼자 시놓고 이란다냐."

여자가 토방 끝으로 밀고 나오더니,

"아재, 언능 안으로 드시오."

하며 영근 씨의 손을 잡아 끈다. 영근 씨는 엉겁결에 토방으로 올라섰다.

"아짐찬해서 어차꺼으! 아짐찬해서 어차꺼으!"

여자가 거울 앞으로 다가가 몸을 비춰보며,

"아따, 이삐구러으! 참말로 이삐구러으!"한다. 그러더니 빼닫이를 열어 팬티와 런닝을 꺼내더니 영근 씨에게 내민다. 남성용인데 다 새것이다.

"아재, 오늘은 우리집서 자고 가시요."

영근 씨는 갑자기 머리가 멍해졌다.

"아재, 에런탐 말고 언능 히츠시오."

그러고 있는 영근 씨를 여자가 재촉한다.

이러려고 옷을 사온 것은 아닌데. 내가 무얼 바라고 저

---

14) 탁다 = 같다. 탁했다 = 닮았다.

앉은배이 사랑

걸 준 건 아닌데. 그냥 이녁이 이뻐서 사온 건데. 그저 그 뿐인데.

머뭇거리다가, 영근 씨는 화장실로 들어갔다.

영근 씨는 정성을 다해 몸의 구석구석을 씻었다. 특히 사타구니는 세 번씩이나 비누칠을 했다. 뭐가 있을지는 모르지만 왠지 그래야 할 것 같았다. 얼굴에도 몸에도 향내 나는 것을 좀 발랐으면 싶은데 아쉽다. 세숫비누로 대신하기로 한다.

문을 열고 나오니 형광등 대신 취침등이 켜 있고 방 가운데는 의자가 하나 놓였다. 여자는 의자 앞에 앉아 있다.

"아재, 이리 오시요."

주춤거리며 영근 씨는 불빛 아래 서 있었다.

"이리 와서 앉으라고라우."

무슨 말인지를 몰라 영근 씨는 멀뚱대고 있었다.

"아따 참말로, 사람이 말귀를 못 알아묵으까이."

여자가 엉덩이를 밀고 와 손을 잡더니 영근 씨를 의자로 데려간다. 영근 씨는 영문을 모른 채 의자에 앉았다.

"나가 몸이 이 모양이어서 이라고백이 못하께 이해하시요이."

여자가 블라우스를 벗는다. 분홍색 브래지어가 젖가슴을

가리고 있다. 여자가 브래지어를 푼다. 조롱박 같은 젖가슴 두 개가 불빛 아래 봉긋하다. 여자가 살짝 고개를 숙이더니 영근 씨의 팬티를 내리려 든다. 순간적으로 영근 씨는 몸을 뺐다.

"아따, 갠짐해라우. 내가 아짐찬해서 그라요."

여자가 영근 씨의 팬티를 벗겨 내린다.

"난냉구는 아재가 벗으시요."

여자가 런닝의 밑단을 밀어 올린다. 영근 씨는 멈칫멈칫 런닝을 벗었다.

"대리 잔 벌레볼라우?"

여자가 두 손으로 영근 씨의 다리를 벌리더니 앞쪽으로 바짝 당겨 앉는다. 여자의 얼굴이 영근 씨의 다리 사이에 들어와 있다. 여자의 얼굴 앞에 뿔 같은 것이 빳빳이 서 있다. 겸연쩍은 생각에 영근 씨는 얼른 눈길을 위로 올렸다. 천장에는 빙긋 웃는 불빛이다.

여자가 영근씨의것을 손으로 쓴다.

"오매, 탐드기도[15] 하구러으!"

장어의 대가리처럼 바짝 솟구쳐 있던 것이 딴딴하게 차

---

15) 튼실하다.

오른다.

"오따, 징하구러으! 뭔 총각것 탁게 이란다요!"

여자가 영근씨의것을 뺨에 비빈다. 그것이 돛대꼬작[16]처럼 더 꼿꼿이 몸을 세운다. 여자가 그것을 핥으려 든다. 영근 씨는 순간적으로 여자를 밀어내려 했다.

"암상토안해라우. 이라고백이 못해줘서 미안하요야."

여자가 안쪽으로 머리를 더 밀고 든다. 그러더니 영근씨의것을 핥기 시작한다. 영근씨의것이 더 빳빳이 선다. 여자가 영근씨의것을 입에다 넣는다. 그리고 서너 번을 쪽쪽 뺀다. 여지기 싶뒤로 미리를 움직인다. 운동이 짐짐 빨라진다. 입에서 찌럭대는 소리가 난다. 왕복운동은 계속되고 찌럭대는 소리도 담담 커진다.

"아!"

영근 씨에게서 저절로 신음이 흘러나온다. 영근 씨는 자신도 모르게 엉덩이를 앞뒤로 움직여댄다. 그것이 여자의 운동과 짝으로 맞춰진다. 찌럭대는 소리는 커져가고, 거기에 신음이 합해진다.

"아아! 안돼것소야. 싸것소야."

---

16) 돛을 다는 긴 장대.

숨을 헐떡거리며 영근 씨가 여자를 내려다본다. 여자가 위를 올려다보며 빙그레 웃는다.

"아재 좋을 대로 하시요."

여자가 입을 빼내 그것을 핥는다.

"아! 미치것소야!"

영근 씨가 손으로 여자의 머리를 움켜쥔다. 그러면서 더 빠르게 몸을 움직인다.

"아아!"

여자도 신음을 흘린다.

"으으!"

영근 씨와 여자는 첫날의 몸을 그렇게 나누었다.

고샅 끝에서 계단을 오른다.

"나 왔소야!"

대문을 들어서는 영근 씨의 품이 의기양양하다.

"언능 오시요. 오늘이나 올지 알았소야."

여자가 마루까지 나와 밖을 내다본다.

"얼른 씻고 밥 자시요."

여자가 엉덩이를 문대며 안으로 들어간다. 포대를 수돗가에 놓고는, 영근 씨는 장화를 벗고 토방으로 오른다.

"점심은 묵었소야. 이따가 저녁밥이나 묵읍시다."

영근 씨는 속옷을 들고 화장실로 들어간다.

"테레비 갠짐하요?"

영근 씨가 수건으로 머리를 훔치며 화장실에서 나온다. 바다에 나가 있던 사이에 텔레비전이 바뀌어 있다. 사람이 들어가도 될 만치 커다래진 데다 안에 든 사람의 땀구멍도 보일 듯 화면도 깨끗하다. 손바닥만한 화면에 흑백처럼 색상도 안좋은 것과 종일을 사는 여자를 위해 영근 씨가 마련해준 새 텔레비전이다.

"야, 섭나세 좋소야. 방숑노 어넙시 나오고."

영근 씨는 리모컨을 들고는 방송을 돌려본다.

"아따, 뭔 방송이 이라고 마이 나온다요?"

영근 씨는 계속해서 리모컨 단추를 눌러본다.

"야, 그라요야. 벨 사람들이 다 나와서 벨 이약을 다 하요야."

여자가 커피가 놓인 소반을 들고 와 영근 씨 앞에 놓는다.

"여기도 저기도 온막 뉴스요이. 요새는 테레비가 뉴스만 한갑소이."

영근 씨는 커피 잔을 들어 한 모금 마신다.

"야, 그라요야. 요새는 뉴스가 여럿이 나와서 한갑습디다야. 전에는 남자 여자 둘이서 했는디라우."

여자도 한 모금 홀짝인다.

"참말로 그라요이. 근디 그 사람 찾었는갑네라."

텔레비전 화면이 안경 쓴 사내의 모습에서 펜션의 내부로 바뀌었다가, 다시 풀숲으로 이어진다.

"야, 찾었다요야. 중국으로 도망쳤느니 어쨌느니 하든마는, 인자는 순천 어디선가 백골로 발견됐다 그라요야."

텔레비전에는 흰 가운을 입은 사람이 엑스레이 사진을 보여주며, 백골의 치아 모양이 '유병언'과 일치한다고 하고 있다.

"죽은 지 보름도 안됐담서 어떻게 백골이 다 돼부렀으까? 겁나게 물렁살이었던갑구마이."

영근 씨는 이해가 좀 안된다.

"금메 말이요. 갯가에서 이녁 혼자 죽었단데, 그라믄 태죽[17]이라도 있을 건디 그런것도 안끗도 없다 그라요야. 달랑 다 썩어벤 송장 한나백이 없다 그라네라우."

여자 역시 텔레비전을 보며 고개를 갸웃거린다.

"아니, 배가 까파졌으믄 사람을 몬침 구해야 하고, 그걸

---

17) 흔적. 자취.

앉은배이 사랑

제대로 안한 놈들을 잡어다 족쳐야제, 뭔노무 어만 사람만 찾고 난리다냐! 뗏마[18]가 까파져도 난리가 아닐 판인디, 멀쩡한 사람들이 수백 명 죽었는데도 해경은 꼼짝도 안했으니 그놈들이 죽일 놈들이제라우."

영근 씨는 혀를 차며 리모컨을 눌러 방송을 돌린다.

"저건 또 뭣이다요?"

텔레비전 화면에는 대통령의 모습을 배경으로 남녀 앵커가 등장해 있다.

"대통령이 남자를 만냈는가 어쨌는가 그거요야. 공갈인지 이찐지는 몰라도, 그 크민한 배가 까파신[19] 닐, 대통령은 밖에서 남자를 만나고 있었다요 안. 그래서 배 까파진지도 몰랐다네라."

대체로나 화제는 대통령에 관한 것이다. '세월호'가 좌초되고 있는 시각에 대통령이 청와대 밖에서 누구를 만났느니, 그곳이 호텔이었느니, 그 사람이 대통령의 남자니 하는 이야기들이다.

"아무리 막돼먹은 세상이래도 대통령한테 저런 소리 하믄 안되제. 나랏님한테 저런 느자구빠진 소리 하믄 쓰것

---

18) 조그만 목선.
19) 배가 전복된.

소?"

여자가 커피 잔을 들며 영근 씨를 슬쩍 쳐다본다.

"근께 말이라우. 그라믄 안되제라우."

영근 씨도 커피를 한 모금 홀짝이고는,

"근디 불도 안 땠는디 냉갈이 나까? 뭐가 있으께로 그라것제." 하며 잔을 내려놓는다.

"그라까? 암만 그래도 그건 아니것제라우. 그 단정한 우리나라 대통령이 어추쿠 그런짓을 하것소. 그것도 벌건 대낮에. 다들 말 같잖은 소리들이제."

여자가 커피를 마저 마시고는 소반을 들고 안쪽으로 들어간다. 한참을 있다가 수건으로 머리를 두른 채 화장실에서 나온다. 그러더니 의자를 밀고 와 방 가운데 놓는다.

"아직 해도 당 멀었는데라우."

영근 씨가 비긋이 웃으며 여자를 건너다본다.

"그라믄 어찬다요. 서로 좋으믄 되제. 나도 이녁 겁나 보고 재펬으께 언능 합시다."

여자의 볼이 발그레 상기돼 있다.

"그라믄 테레비도 새로 샀는데 오늘은 키 놓고 한번 해보까라우?"

영근 씨가 의자에 앉으며 빼긋이 웃는다.

"다 뵈든 안 에럽것소? 나는 갠짐하요마는."

여자가 의자 앞으로 옮겨 앉으며 영근 씨를 올려다본다.

"아따, 이녁하고 나 사이에 에럽기는 뭐가 에러라우."

영근 씨가 엉덩이를 들어 팬티를 벗는다. 여자가 영근 씨 앞으로 다가앉는다.

"아따, 낮인 데다 테레비까지 키 노께로 분위기가 묘하요야."

영근 씨가 지그시 눈을 감는다.

여자가 영근씨의것을 손에 잡더니 이리저리 핥기 시작한다. 영근 씨가 바르르 몸서리를 친다. 어지기 그것을 입에 넣고는 왕복운동을 시작한다. 여자의 움직임이 조금씩 빨라진다. 다른 때보다 동작이 좀 커 보인다.

"어채 테레비 사께 좋소?"

영근 씨가 앞뒤로 몸을 움직인다.

"야 그라요야. 저놈 봄시로 하리종일 이녁 생각하요."

여자가 영근 씨를 올려다보더니 다시 영근씨의것을 입에 문다. 그리고 더 크게 머리를 움직인다.

"딴데 한번 봐봅시다."

영근 씨가 리모컨을 들어 버튼을 누른다. 사람들은 바뀐 듯한데 말하고 있는 내용은 아까와 한가지다. 대통령이 그날 일곱 시간을 청와대를 비웠느냐에 관한 이야기들이다. 그것은 대통령을 욕먹이려는 허탕한 소리라느니, 눈만 뜨면 나라 걱정하는 대통령이니 있는 곳이 곧 집무실이라느니, 그런데 그런 대통령에게 어떻게 그런 천한 소리를 할 수 있냐느니, 국가발전에 전혀 도움이 안되는 정치적 수작이라느니, 저런 소리들을 하는 국회의원은 다음 선거에서는 뽑지 말아야 한다느니 하며 모두들 열을 내고 있다. 둘러앉은 너덧의 말은, 여자 대통령에게 절대 그런일이 없다는 쪽으로 기울어 있다.

영근 씨도 그리 생각한다.

백주대낮에 배가 까파져 삼백 명이나 되는 사람이 숙었는데 어떻게 한 나라를 책임지고 있는 대통령이 자리를 비우고 숨겨둔 애인을 만났겠는가. 남녀가 호텔에서 만났다면 떡을 치는 것밖에 없을 텐데 어떻게 그 여자 대통령이 해가 멀쩡한 대낮에 그런짓을 했겠는가. 말을 지어내도 유분수지 도저히 입에 담을 수 있는 소리들이 아니다. 다 감옥에 처넣을 인간들이다. 저런 인간들이 국회의원을 하고 있으니 나라가 이 모양 이 꼴이다. 참으로 시정잡배만도 못한 종자들이다. 그건 그렇다 쳐도 대통령에게도 책잡힐 점이 없는 것은 아니다. 그러면 배가 까파지고 있는 그 시간에 대통령은 어디서 무얼 하고 있었는가. 수백의 승객들이 배에 갇혀 죽어가고 있는데도 대통령은 왜 아무 지시도 안 내렸는가. 그럴 상황이면 동네 이장일지라도 달려나가 현장을 지휘할 판인데 대통령은 대체 어디서 무얼 하느라 뒤늦게야 얼굴을 비쳤는가.

그러나 그것은 배운것 없어 아는것 없는 영근 씨의 생각이다. 다들 잘 배우고 잘났으니 테레비에 나온 저 사람들의 말이 맞을 것이다. 비매이들[20] 알아서 하겠는가.

영근 씨는 밑에 오는 자극에 끌려 지그시 눈을 감는다. 오늘따라 여자의 몸 놀림이 많이 그대. 새 텔레비전을 들여놓아 기분이 좋은 듯하다.

"어채, 오늘은 시게 하요이."

영근 씨의 숨이 조금씩 가빠진다.

"야, 오늘은 영 기분이 좋소야. 오늘 따라 이녁것도 겁나게 힘이 시구마이라우."

여자가 영근 씨를 올려다보며 살짜기 웃는다.

"새 테레비 봄시로 하게 그라까? 대체로나 오늘은 나도 겁나 기분이 좋소야."

---

20) 어련히들.

영근 씨가 여자를 내려다보며 앞뒤로 몸을 움직인다.

"금메 말이요."

여자가 영근씨의것을 이리저리 훑는다.

"오늘은 진짜로 이녁이 겁나 시게 뽀요야."

영근 씨는 천장으로 눈을 올리며 왕복운동을 계속한다. 다른 때 같으면 벌써 끝났을 텐데 오늘은 절정이 아직 저만치다.

"이녁도 오늘은 솔찬히 오래 가요이."

여자가 영근씨의것을 손으로 쥔 채 앞뒤로 움직인다. 영근 씨가 찌르르 몸을 떤다.

"인자 끝내야것소야."

영근 씨가 숨을 헐떡거린다.

"하고재피믄 하시요. 오늘은 딴 날보다 이상 오래 했소야."

여자가 영근씨의것을 손에 쥐고는 앞뒤로 움직인다.

"아따, 싸것소야."

영근 씨가 몸을 뒤로 젖힌다.

여자가 손을 더 빠르게 움직인다. 그때마다 그물망을 빠져나가려는 힘 센 장어 같은 것이 고개를 내밀었다 들어갔다 한다.

앉은배이 사랑

"워매, 죽것는거으!"

영근 씨의 허리춤이 앞으로 내밀어진다. 여자의 손아귀에서 장어의 대가리 같은 것이 불뚝 솟더니 물큰한 액체를 쏘아대기 시작한다.

"워매, 저짝으로 해야 쓴디. 이짝은 테레빈디."

여자가 고개를 돌려 앞쪽을 쳐다본다.

『국가의 보호를 받는 국민으로서 어떻게 자기 나라 대통령을 이렇게 욕보일 수 있습니까. 아무리 민주주의 국가라도 이런 행위는 법적으로 제재를 받아야 합니다.』

『정윤회라는 사람은 아부 식함도 없는 인불입니다. 한때 대통령과 가까웠지만 지금은 밀려난 사람입니다. 대통령이 그런 사람을 청와대 밖에서, 그것도 사적으로 만날 이유가 있겠습니까. 이것은 대통령에 대한 파렴치한 인신공격입니다. 이런 사람들은 청와대가 나서서 혼쭐을 내줘야 합니다.』

『대통령에게도 사적인 생활이 있는 법입니다. 더구나 여자이기 때문에 드러낼 수 없는 부분이 있을 수밖에 없습니다. 그런데 모든 것을 밝히라는 것은 사생활에 대한 침해입니다.』

『언제 어디에서 어떤 위협이 있을지 모르므로 대통령의

동선은 철저히 비밀에 부쳐집니다. 그런데도 대통령의 행적을 공개하라는 것은 대통령을 공격하려는 수작밖에 안 됩니다. 이런 사람들은 다음 선거에서 반드시 떨어뜨려야 합니다.』

목소리에 따라 얼굴은 바뀌지만 얼굴들에는 뜨물 같은 영근 씨의 얼룩이 묻어 있다.

"그짝으로 하지 말제마는. 테레비에 다 뛰가구마는."

말을 들었는지 못 들었는지 영근 씨가 또 한번 텔레비전 쪽으로 정액을 쏜다. 이참의 것은 여섯 사람 뒤에 있는 대통령의 얼굴에까지 튄다.

여자가 걸레를 들고 텔레비전 앞으로 다가간다.

"이를 어찬다냐. 나랏님한테까지 다 뛰갔네."

여자가 걸레로 화면을 훔친다. 늘척한 정액이 아래로 길게 금을 긋는다.

"좋은 테레비 속에 들어앉아서 다들 쓸닪잖한 소리들만 하고 자빠졌네. 배울라믄 제대로 배우고 말할라믄 바르게 해야 한단말이."

영근 씨가 팬티를 찾아 입으며 혼잣말처럼 중얼거린다.

"연애를 하믄 하는 것이제 뭔노무 말이 그리들 많다냐. 서로 좋으믄 대낮에도 떡을 칠 수 있는 것이제 그것이 어찬다고 저 난리들이다냐. 그건 그렇고, 좋으믄 그냥 하믄 되제 연애를 무슨 도둑질하드끼 숨어서 한다냐. 또 했으믄 한 거제, 해놓고도 안했다 발뺌하는 건 대체 무슨 짓거리다냐. 쫄록발이[21] 연애를 하는 것도 아니것고."

영근 씨가 텔레비전을 돌아보며 쯧쯧 혀를 찬다.

"아, 난 몰라, 난 몰라! 새 테레비 다 베레놨네. 이를 어차믄 쓴다냐!"

여자가 침을 뱉어가며 걸레로 화면을 닦는다. 문대면 문댈수록 코 같은 태죽이 더 크게 물크러진다.

뒤린 대숲에서 뻐꾸기 소리가 들려온다. 오늘따라 앉은배이의 사랑이 꽤 길었다. 거의 한식경을 훑고 빨았나 보다. 그것은 다 크고 깨끗한 새 텔레비전 탓이었다. 까닭은 순전히 그것밖에 없다.

대숲에서 다시 뻐꾸기 소리가 들려온다.

뻐꾹 뻐꾹!

정나절이 한참 기울었다.

---

21) 절름발이.

이스모스

이스모스

1

"우와! 이스모스다!"

운동장 구석에서 꼬맹이들의 함성이 인다.

"와와, 참말이다! 이스모스다!"

잔자갈처럼 운동장에 흩어져 놀던 꼬맹이들이 소리를 지르며 저쪽으로 달음박질친다. 쪼르르 몰려가는 모습이 마치 먹이를 발견한 문저리 떼 같다. 운동장을 둘러 있는 시선들도 문저리들을 따라 그리로 쏠려간다.

"하나 둘, 하나 둘, 다시 한번 알립니다."

구령대 뒤의 버짐나무에 나팔처럼 달린 확성기가 가래 끓는 소리로 가릉댄다.

"각 동네 마라톤선수들은 지금 즉시 운동장 가운데로 나와 주시기 바랍니다. 출발이 지연되고 있으니 빨리빨리 나와 주시기 바랍니다. 지금 바로 안 나오는 동네는 출전 포기로 간주하고 경기를 진행하겠습니다."

버짐나무를 사북자리 삼아 부챗살처럼 퍼져나간 만국기가 바람엔 듯 소리엔 듯 파르락 파르락 떨어댄다. 마치 수천 마리의 날치들이 동시에 물 밖으로 날아오르며 타닥, 타닥, 꼬리를 치는 것 같다.

이마에 이녁 동네 이름이 쓰인 붉은 띠를 두른 선수들이 운동장 가운데에 모여 있다. 다리를 굽혔다 폈다, 허리를 이리 돌렸다 저리 돌렸다, 팔을 앞으로 돌렸다 뒤로 돌렸다 하며 모두들 몸을 풀고 있다.

"와와! 이스모스도 나간다아!"

운동장 이쪽에서 소리가 터져나온다.

"왐매! 진짜다아!"

운동장 맞은편에서 환호성이 인다.

이스모스가 어슬렁저슬렁 축구골대를 지난다. 머리카락은 물살에 쓸린 파래 같고, 구부정한 허리는 휘어진 활대 같다. 땟국물에 전 채 축 늘어진 런닝은 평소대로인데, 무슨 일인지 오늘은 후줄근한 바지 대신 운동복을 입었다. 새것을 사 입었을 리는 없고 어디에서 얻어 입은 듯한데, 워낙 왜소한 몸피인지라 어린애가 어른것을 입은 듯 무릎 위에 있어야 할 밑단이 정강이까지 내려와 있다. 유난히 눈에 띄는 것이 검정색 운동화다. 평소에는 헝겊을 대고 두어 군데 징근 시키먼 고무신을 새끼줄로 묶고 뛰어다녔는데, 그래도 체육대회에 나간다고 새 신을 장만한 듯하다. 빔을 얻어 입는 설이나 추석도 아닌데 이스모스에게는 오늘이 명절이라도 되는 모양이다. 긴 세월 동안 헌 고무신만 보였던 발에 운동화가 꿰어서인지 중학생들이 신는 검정색 운동화가 마치 잘 닦여 반짝이는 구두만 같다.

"아따! 이스모스 새 신 신었다아!"

이쪽 편 스탠드에서 누군가가 소리친다.

"새 신을 신고 뛰어봐라 폴짝! 머리가 하늘까지 닿것네!"

저쪽 편 스탠드에서 날아온 노래가 검은 운동화에 얹힌다. 이스모스가 발등을 내려다보며 멋쩍은 표정을 짓는다. 그러고는 스탠드를 향해 씨익, 웃어준다.

"워매! 이스모스가 웃었어야!"

"아따, 이스모스가 맴소마냥 웃어부러야!"

아마 내일쯤은 이스모스가 염소나 소처럼 웃었다는 소문이 온 섬에 파다하겠다.

2

 섬은, 해저 깊은 곳에서 올라온 용암이 갯물을 펄펄 끓이는 바람에, 앗 뜨거!, 하며 바다 위로 불쑥 솟구친 거대한 문어 몇 마리와, 그 옆에 따라붙은 잔챙이들 여럿이 다리를 걸고 있는 것처럼이다. 저만치에 홀로 솟은 문어가 '매봉산'이 되고, 그보다 두어 뼘 낮게 오른 문어 두 마리가 '복산'과 '대선산'을 이룬다. 큰 문어들은 작은 문어들의 머리에 다리를 얹으며 이리 흐르고 저리 빠져 산등성이로 건너진다. 작은 문어들은 군데군데에서 머리를 밀어 올려 올망졸망한 봉우리를 만들고, 그것들의 다리들은 산자락이 되어 구불대며 흐늘흐늘 갯가로 빠져 내린다. 큰 문어가 다리를 벌린 양지쪽의 산자락이나 길게 휘어 들어간 기미[1]에는 약속이나 한 듯 문어 알 같은 마을이 달렸다. 문어는 다리 사이에 알을 낳아 주고, 사람들은 그 알을 뜯어먹으며 살이를 이어 간다.

 대선산에서 뻗어오고 복산에서 흘러내린 문어의 퉁거

---

1) 만(灣).

운[2] 다리가 만나 '큰재'를 이루고, 높다란 고개는 섬을 동부와 서부로 가른다. 동부는 이슬받이가 이른 대신 해가 일찍 넘어가고, 서부는 갓밝이가 늦은 대신 해의 나절이 길다. 먼 먼 옛날 어느 적에는, 너른 들이 있고 볕이 잘 드는 동부에 먼저 사람이 살았으나, 점차 육지와의 연결이 중요해지자 서부 쪽에 항港이 생기고 그곳이 섬의 중심이 되었다.

사방이 바다인데도 사람들은 대부분 농사로 먹고살았다. 아직 양식업이 발달하지 않은지라 바다 농사는 그리 활발하지 못했다. 포구 가까이 있는 동네의 몇이 자망으로 고기를 잡거나, 한두 동네에서 낭장그물로 멸치를 잡거나, 자본이 좀 있는 사람들 몇이 유자망을 하는 정도였다. 그중에 가장 큰 어장은 고등어와 삼치였다. 파시를 이룰 때면 배들이 포구 가득 고등어를 부렸다. 고등어를 썩혀 거름으로 쓸 정도였으니 어획량을 짐작해 볼 수 있었다. 세월이 흐르면서 고등어는 점점 줄어들고 삼치가 그 자리를 메웠다. 삼치는 전량全量이 일본으로 수출되는 까닭에 금사도 비쌌고 어획량도 많았다. 삼치어장이 한창인 때에는 전국에서 몰려든 어선들로 물양장은 칼치[3]를 디밀 틈이 없었다. 항구에

---

2) 둥근 물건의 지름이 큰.
3) 배가 나아갈 때 물을 가르는 맨 앞부분.

돈이 굴러다니던 때였다. 그렇기는 해도 그것은 어선들로 붐비는 항구의 이야기였고, 고개 너머 저쪽 동네의 누구는 오늘도 뙤약볕 아래에서 피를 매고 있는 농사의 하루였다.

3

"이스모스다!"

맨 뒤에 서 있던 꼬마가 저 위쪽을 가리킨다. 아이들은 그 당장 만뚝바기를 그만두고 기름 집 앞으로 몰려간다. 이 아이들의 야단을 보았는지 못 보았는지 그 사람은 무심하게 비탈길을 걸어 내린다. 아이들은 담담 신이 나 진다.

"이스! 모스!"

아이들의 고함소리가 점점 커진다.

"코스! 모스!"

숫제 박수까치 쳐대는 녀석도 있다.

그가 가까이 오자 아이들이 가운데를 열어 길을 터준다. 그 사람은 좌우를 두리번거리며 아이들을 통과한다. 꼬맹이들보다 한 뼘 정도 더 있는 것을 보면 백오십 어름이나 되지 싶다. 빼빼 마른 몸에 등까지 좀 굽어 작은 키가 더 줄어들어 보인다. 머리카락은 제멋대로 헝클어졌고 눈은 퀭하니 꺼져 있다. 움푹 패인 볼 때문에 광대뼈는 툭 불거졌다. 깡마른 턱에는 쥐수염이 옹색하다. 땀에 젖은 런닝이 몸뚱이에 엉겨 붙어 앙상한 갈비뼈가 그대로 드러난다. 무릎께까지 걷어 올려진 바지는 헌 넥타이로 허리띠를 했고, 헝겊을 대 징근 검정고무신은 새끼로 둘러 있다. 생김새가 그래서인지 나이는 잘 가늠이 안된다. 언뜻 보면 마흔 정도일 듯한데, 듬성듬성한 이빨을 보면 환갑을 지난 것도 같지만, 신작로를 쌔달리는 모습은 팔팔한 이십대를 연상케 한다.

'이스모스'는 아이들을 흘낏 돌아보더니 다시 뛰기 시작한다. 아이들이 "이스모스!"를 연호하며 뒤를 따른다. 마치 전쟁에 승리한 군사들이 대장을 앞세우고 귀환하는 듯하다. 초라한 몰골의 이스모스가 대장 같지는 않지만 멀리서 보면 그리 보일 수도 있을 것 같다. 이스모스는 지서를 지나고 농협을 지나 상점들이 마주하고 있는 번화가를 달린다. 꼬맹이들이 질러대는 "이스! 모스!" 소리에 집에 있던 아이들이 고무신을 꿰고 나와 대열에 합류한다. 동네를 지날수록 따르는 병정들의 수가 늘어난다. 조금 있으면 온 동네 꼬맹이들이 다 모여들어 꼬마병정들의 시가행진이라도 되지 싶다. 익숙한 풍경인 듯 지나가는 어른이 흘낏슬쩍 돌아보며 웃음을 흘린다.

대장과 부하들이 만드는 대열은 도개집[4] 삼거리에 이른다. 대장이 거기에서 왼쪽으로 길을 튼다. 대열은 약방을 지나 수협을 거쳐 철공소를 지난다. 동네 끝에 장승처럼 서 있는 사각기둥의 표어탑을 지날 때 "뚜우!" 하고 뱃고동이 울린다. 약속이나 한 듯 항상 그 어름에서 대장과 병정들은 기적소리를 듣는다. 기적소리에 행렬의 속도가 조금 빨라진다. 행렬은 공터를 지나 배다리에 닿는다. 맨 앞의 이스모스는 어판장 앞으로 뛰어가지만, 아이들은 배다리 입구에 진을 친다. 대장과 꼬마병정들은 거기에서 길이 갈린다.

삼바시[5]에 닿은 객선이 길게 기적을 울린다. 내리는 사람들과 기다리던 사람들로 삼바시는 웅성둥성해진다. 배다리를 건너 출구를 빠져나온 사람들은 저저금의 길로 흩어져 간다. 이스모스는 어판장 앞에서 출구를 지켜보고 섰다. 그의 눈길은 여자들에 집중돼 있다. 가까이 가서 확인도 하고, 어쩔 때는 저만치까지 따라가 보기도 한다. 이스모스가 다가오는 것을 보며 어떤 여자는 기겁을 하고, 어떤

---

4) 양조장.
5) 배가 닿기 좋게 부두에 매달아 놓은 사각형의 철부선.

여자는 소리를 지르며 욕을 해대기도 한다. 이스모스가 여자를 기다린다는 말은 거기에서 나왔다.

 부두가 조용해지자 이스모스는 배다리를 건넌다. 삼바시를 지나 객선에 오르더니 아래층 선실로 내려간다. 그곳을 휘 둘러보고는 이층으로 올라간다. 선실을 살핀 이스모스는 선원실과 그 앞의 조타실까지 들여다본다. 여기저기를 뒤지는 모양을 보고도 선원들은 무심히 지나친다. 이층을 돌아본 이스모스는 일층으로 내려와 앞 선실과 뒤 선실을 둘러본다. 배를 다 둘러본 이스모스는 다시 삼바시로 나온다. 삼바시에는 여기저기 그물 더미나 나무궤짝들이 널려 있다. 이스모스는 삼바시를 돌며 그물을 들춰보고 궤짝 사이를 들여다본다. 구석구석을 훑는 이스모스의 눈길이 빈틈이 없다.

 삼바시 수색까지 마친 이스모스는 배다리를 되걸어 선창으로 나온다. 그사이에 어둑발이 내려 네둘레는 캄캄하다. 이스모스는 고무신의 새끼와 넥타이 허리띠를 고쳐 묶는다. 준비가 끝난 듯 이스모스는 길을 거슬러 뛴다. 아까전에 꼬맹이들과 뛰던 것과는 달리 이제는 대장 혼자이고 길에는 어둠도 깔려 있다. 표어탑을 지나 약방, 도개집 삼거리, 길을 꺾어 상점들을 지나 다릿독을 건너고, 지서와 면사무소를 지난다. 퉁퉁다리에 이르자 짙은 어둠이 앞을 막아선다. 익숙한 길인 듯 이스모스는 다리를 지나 그대로 어둠속으로 달려 들어간다. 희미하게 뻗은 길이 앞서 달리며 한 발짝씩 어둠을 밀어내 주고 있다. 십리가 넘는 먼 밤길이다.

4

그날따라 늦잠이었다. 잠을 깼을 때는 처마 그림자가 머리맡을 갉작대고 있었다. 엄니는 눈만 끔뻑이며 아랫목에 누웠고, 저무나새나[6] 서드리는[7] 누이는 자리에 없다. 눈을 비비며 밖으로 나오니 갯물이 마당 밑까지 밀려와 있다. 달랑 솥단지 하나 걸려 있는 정지에도 누이는 없다. 일찍 개[8]에 나갔더라도 물이 들었으니 돌아와 있어야 했다. 전에 없던 일이다.

밀물이 덮어버린 개에 누이가 있을 리 없다는 걸 알면서

---

[6] 날이 저물거나 새거나.
[7] 부지런히 움직이는.
[8] 갯바탕. 물이 들면 잠겼다가, 물이 나면 드러나는 뭍의 공간.

도 진욱은 집을 나선다. 바위너설의 새새를 살피며, "누이야! 누이야!" 불러본다. 갯바위에 부딪힌 뉘만 포말로 부서질 뿐 대답은 없다.

집으로 돌아온 진욱은 정지로 들어가 솥뚜껑을 열어본다. 솥 안에는 난데없는 흰 쌀죽과 보리밥이 놓였다. 보리밥에도 쌀이 조금 들었다. 이상한 일이다. 엄니의 죽은 보쌀과 밀기울을 반반 섞은 것이었고, 자신들의 밥은 밀기울에 톳을 넣어 지은 것이었다. 그런데 뜬금없이 솥 안에 하얀 쌀이 비치고 있다. 쌀밥은 추석이나 설, 그리고 아버지 제사 때나 구경할까 했다. 그런데 무슨 일로, 쌀은 또 어떻게 구해 쌀죽을 끓이고 보리밥에 넣었을까. 보리가실이 막 끝난지라 보쌀은 있지만, 모가 이제 자리를 잡는 때라 쌀은 돈만큼이나 구경하기 힘들었다. 진욱은 머리를 갸웃거리며 쌀죽과 쌀이 든 보리밥을 상에 놓는다. 찬장에서 갯것과 풋것도 꺼내놓는다. 상을 들고 들어가 엄니를 일으키자 엄니는 밀거니 밥상만 내려다본다.

"엄매, 누나가 해 논 거께 언능 묵게."

진욱이 숟가락으로 죽을 떠 엄니에게 내민다. 엄니는 숟갈을 보더니 고개를 가로젓는다.

"엄매, 언능 묵으라께!"

진욱이 다시 숟가락을 갖다 댄다. 이번에도 엄니는 고개를 모로 돌린다. 두 볼에는 눈물까지 타 내리고 있다.

"엄매, 어채 그란가?"

엄매가 말을 잃어버린 줄 알면서도 진욱은 무슨 일인가 싶어 묻는다. 맛있는 쌀죽을 앞에 놓고 엄매가 울고 있는 것이다.

"엄매, 찬채이 묵고 있게이. 언능 가서 누나 찾어올랑께이."

진욱은 엄니 앞에 숟가락을 놓아주고는 후딱 밥그릇을 비운다. 그러고는 오두막을 나선다.

아까와는 달리 이번에는 진욱이 오른쪽으로 몸을 튼다. 동네가 있는 방향이다. 길은 갯가를 따라 길게 후려지면서 아래쪽에 모래밭을 달고 있다. 갯가에 부딪는 파도가 길에까지 포말을 튕긴다. 짚게다에 갯물이 스며들어 금세 척척해진다. 길바닥에 발을 굴러 갯물을 털어가며 진욱은 언덕배기를 걸어 오른다.

물이 나면 저 아래에 널따란 모래벌판이 생겨난다. 저 안 마을의 국민학교 운동장 수백 개를 이어 붙여도 반의 반도 못될 만큼 너른 모래밭이다. 지금은 갯물이 동네 앞까지 밀고 올라와 있어 바다가 되어 있다. 꼰지[9]를 서 조개나 바지락을 파지 않는 이상 누이가 모래밭에 있을 리 없다. 바다를 휘 둘러본 진욱은 동네로 향한다. 며칠 전에 구장이 찾아와 누나와 한참 동안 이야기를 나누었었다. 그래서 혹시나 하고 구장을 만나보려는 것이다.

"구, 구장, 님!"

마당을 들어서며 진욱이 구장을 부른다.

"진욱이 아니냐?"

구장댁이 치마에 손을 훔치며 정지에서 나온다.

"애아부지, 쪼깐 나와보시요!"

구장댁이 남편을 부른다.

"누구 왔는가?"

봉창문이 열리고 구장이 얼굴을 내민다.

"어, 진욱이 왔냐? 글안해도 느그 집 가볼라 했든마는."

구장이 방문을 열고 토방으로 나온다.

"저, 혹시, 우리 누님……."

댓돌 앞에 선 진욱이 구장을 올려다본다.

"아야, 물리[10]에 잔 앉어라."

---

9) 물구나무 자세로 물속으로 들어가는 것.
10) 툇마루. 토방.

이스모스

구장댁이 진욱의 옷소매를 당기며,

"애아부지는, 어채 애이를 시 놓고 그라요!" 한다.

진욱은 멈칫거리며 토방에 엉덩이를 걸친다.

구장이 토방에 앉으며 담뱃대에 성냥을 긋더니,

"느그 누님, 새복에 와서는 읍에 간다드라마는." 하며 빨부리를 길게 빤다.

"메칠 걸릴지도 모르고, 안그라믄 이상 오래 걸릴지도 모르것다든디."

구장의 눈길은 남새밭 너머의 돌담에 가 있다.

"야? 이, 이이 갔다고라우?"

진욱이 눈을 똥그리며 구장을 쳐다본다.

"읍에 간다 그라드라께."

구장은 눈을 들어 멀리 하늘가를 올려다본다.

"읍에라우?" 하며 진욱이 놀라는 표정을 짓더니, "뭘라고라우?" 한다.

구장이 다시 담뱃대를 쭈욱, 빤다. 그러고는 두어 숨을 있는다.

"그건 나도 몰르것다. 어찰지 모른다고 너머 지달리지 마라고만 하드라만."

구장의 눈이 마당으로 옮겨진다. 행랑채를 넘어 든 햇살이 병아리들 사이를 오종거리고 있다.

"메칠 있다 온다 글든가요?"

구장이 대답 대신 물부리를 두어 번 빤다. 진욱의 눈길은 구장의 입에 붙박여 있다.

"나도 잘 모르제. 아매도 좀 길게 있을랑가 보든디."

진욱의 눈길을 피하려는 듯 구장은 돌담만 바라보고 있다.

"그란데 어채 나한테는 암 말도 안하고 가뼀으까?"

진욱이 고개를 갸웃거리더니,

"야. 알었어라우." 하며 일어서서는 꾸벅, 인사를 한다. 마당을 걸어 나가는 진욱의 어깨가 나우 처져 있다.

"어채 참말 해주제 거짓깔했소. 불쌍하디 불쌍한 애한테."

진욱이 질앞[11]을 꺾어지자 구장댁이 따지듯 묻는다.

"참말 해주믄 뭐하것는가, 맘만 아프제."

구장은 진욱이 걸어나간 질앞을 바라본다.

"그래도라우. 애가 을마나 지둘릴 것이요, 쯧쯧."

구장댁이 혀를 차며 정지로 들어간다.

"금메마시[12]. 지달레봐야 소양없을 것 탁은디 말여."

---

11) 대문이 없는 집의 출입구.
12) 그러게 말이시.

이스모스 213

구장이 길게 한숨을 쉬며 담 너머 저 어디로 눈길을 올린다.

5

이스모스가 축구골대를 지나 운동장 가운데로 걸어간다. 흰 모자를 쓴 진행자가 허공을 쳐다보며 너털웃음을 짓더니, 이쪽으로 오지 말라고 갈큇발을 헨다. 알아들었는지 못 알아들었는지 이스모스는 그냥 발걸음을 옮긴다.

"너 올 데 아니라고 임마! 언능 안 기들어가냐!"

흰모자가 이스모스를 향해 두어 걸음 나오며 소리친다. 이스모스가 걸음을 멈추고는 네둘레를 두리번거린다.

"이스! 모스!"

"모스! 이스!"

위쪽의 스탠드에서 응원의 소리가 터져 나온다. 소리에 힘입은 듯 이스모스가 다시 발을 뗀다. 서너 걸음 앞에서 흰모자가 막아선다.

"어이! 들어가라니까 빙신새끼가 말을 안 듣네."

흰모자가 오른손을 들어 이스모스를 치려 한다. 두어 걸음 물러선 이스모스는 다시 사방을 두릿거린다.

"이스! 모스! 이스! 모스!"

스탠드에서 다시 소리들이 달려 나온다.

"이스! 하고. 모스! 하고."

건너편의 운동장 가에서도 응원가 같은 소리들이 터져 나온다.

"이스모스! 모스이스!"

이스모스를 연호하는 소리들이 운동장 가운데로 모아진다.

"이스모스 내보내시요!"

"이스모스 담박질 겁나게 잘해라우!"

"이스모스가 일등 할 거라우!"

여기저기에서 외치는 소리들이 튀어 나온다. 키득거리는 웃음들이 사이사이에 섞여든다.

본부석에서 진행자를 호출한다. 흰모자가 본부석을 향해 뛰어간다. 그사이에 이스모스는 무리의 꽁무니에 가 선다. 본부석에서 뛰어오는 흰모자의 손에 붉은 띠가 들려 있다. 흰모자가 이스모스에게 띠를 건넨다. 이스모스가 띠를 받아 머리에 두른다.

서른 명 남짓한 선수들이 출발선에 늘어섰다. 각 마을을 대표하는 나름대로 한가락한다는 청년들이다. 머리에는 이녁 동네의 이름을 둘렀다. 불목, 당락, 청계, 신조, 부흥, 구화, 지산, ……. 짝을 맞추듯 런닝에도 똑같은 이름이 새겨져 있다. 신발은 하나같이, 발등 양쪽으로 빨강 파랑 검정의 삼색 띠가 둘렸고 바닥은 살구색 생고무로 받쳐진 '육상화'다. 이스모스는 외양에서 벌써 그런 선수들과 구별된다. 동네 이름을 다 쓰고 남은 것을 주었는지 머리띠에는 아무 글자도 안 씌었고, 평소에 입는 누렇게 색이 바랜 런닝에, 새것이기는 하지만 신발도 시커먼 운동화다. 누가 봐도 선수들 사이에 '야매'가 하나 끼어 있는 형국이나. 겉모습만이 아니라 나이에서도 차이가 뚜렷하다. 대부분이 팔팔한 이십대인데 이스모스만 갑절의 나이이지 싶다. 추레한 몰골 때문에 환갑 넘게 보이기도 한다. 한창 힘이 뻗쳐가는 조카들 틈에 진즉 오그라든 당숙 하나가 끼었다고나 할까. 아무리 '야매'라지만 좀 심하다는 느낌이 든다.

  선수들이 출발선에 허리를 숙이고 섰다. 이스모스는 선수들의 두어 발짝 뒤에서 사방을 두리번대고 있다.

"준비!"

흰모자의 구령이 있고,

"탕!" 하고 총소리가 울린다.

만국기가 날치처럼 파르르르락, 몸을 떨어댄다. 선수들이 출발선을 박찬다. 고개를 둘레거리던 이스모스는 서너 발짝 뒤에서 출발선을 넘는다. 여기저기에서 터져 나오는 웃음이 이스모스의 등을 민다.

'광복절 기념 면민체육대회'의 마지막을 장식하는 마라톤 경기가 시작되었다.

6

토방에 선 채 진욱의 뒷모습을 바라보던 구장은 담 너머로 눈길을 올린다. 날이 좋아서인지 건너의 섬들이 뚜렷이 보인다. 바로 보이는 게 황제도, 그 옆이 갈쿠섬, 그리고 그 옆이 덕우도, 그리고 생일도와 신지도, 그 옆이 완도읍이다.

밤낮으로 이틀은 가야 부산에 닿것구나. 그나저나 그 애기가 부산에 닿아 참말로 일본으로 갈 수 있으끄나. 그래서 순사부장 말대로 공장에서 돈벌이를 할 수 있으끄나. 이태 동안 일해서 논 서너 마지기 값을 가지고 돌아오기는 하끄나. 그러기만 한담사 마음이 덜 무걸 것 탁은디. 근디 아무래도 못 그럴 성 부른디. 흘러다니는 말들이 소문일 것만

탁지[13]가 않은디.

구장은 먼 하늘을 향해 길게 한숨을 쉰다.

며칠 전 면사무소에서 있었던 구장회의는 처녀공출에 관한 것이었다. 다소 긴장한 듯한 면장은 말을 더듬대면서 처녀공출 얘기를 꺼냈다. 일본에 가서 돈을 벌려는 처녀들을 모집한다는 것인데, 열대여섯에서 스물두엇의 나이에, 몸만 튼실하면 된다 했다. 세탁소나 방직공장에서 일하는지라 특별한 기술이 없어도 상관없단다. 일본에는 일꾼이 부족해 임금이 세나면서, 이삼 년 고생하면 논 서너 마지기는 너끈히 장만할 수 있다 했다. 거기에 삼백 원의 선금도 준단다. 그러면서 면장은, 가능하면 많이 보낼 수 있도록 협조해 달라고 뒷동을 달았다. 면장 옆에는 제복차림의 순사부장이, 그 옆에는 처녀들을 데려갈 사람인 듯, 일본사람처럼 모양은 냈지만 조선사람이 분명한 팔자수염이 앉았다. 낄 때 안 낄 때 구별 못하고 중정없이 끼어드는 조선인 순사 '강순철'이는 입구에 선 채 지켜보고 있었다. 말을 하는 내내 면장의 낯빛은 자못 굳어 있었다. 그것이 옆에 있는

---

13) 탁다 = 같다. ~탁지가 = ~같지가.

일본인 순사부장 때문인지, 아니면 자기가 말하고 있는 처녀공출 탓인지는 알 수 없었다. 불목리 구장이, 그런 허드렛일을 하는데 꼭 처녀일 필요가 있느냐, 돈 벌고 싶은 사람은 아무나 가면 될 것 아니냐며 꼬랑지를 달았지만 면장은 순사부장의 눈치만 살필 뿐 그 물음에는 답을 안했다. 강순철이가 저만치에서 뱁새눈으로 불목리 구장을 째렸다. 그 서슬 때문인지 무언가를 말하려고 일어섰던 당리 구장이 주춤거리다 그냥 자리에 앉았다.

동네까지 한 시간 남짓을 걸으면서 구장은 머릿속으로 진숙을 꼽고 있었다. 동네에 처녀들이야 열댓 있지만 부모들이 선선히 보낼 것 같지 않았다. 아무리 이태 만에 논 두어 마지기를 살 만큼한 돈을 벌 수 있다 해도, 다 큰 딸을 육지에 내보낼 부모들도 많지 않을 터인데, 하물며 바다 건너 왜국(倭國)에까지랴. 장성한 딸은 그저 잘 데리고 있다가 맞춤한 신랑감 찾아 잘 여우는[14] 게 장땡이었다. 밖에 내보냈다 무슨 일을 당할지 몰랐다. 왜놈들이 조선처녀들을 개 서리하듯 대나캐나 잡아다가 유곽이나 술집에 팔아먹는다는 소문이 파다했다. 밭에서 김을 매다가, 샘에서 물을 길어

---

14) 결혼시키다.

물항을 이고 오다가, 두엇이서 이웃 동네에 마실을 가다가 그 길로 잡혀가는 조선처녀들이 부지기수란다. 그 처녀들이 어디로 보내지는지는 아무도 모른단다. 일본에 있는 공장으로 간다는 말도 있지만 그것은 듣기 좋으라 하는 소리이고, 대부분은 전쟁터 어디로 끌려가 일본군인들의 물받이가 된다 했다. 그렇게 한번 뒤웅박이 되면 평생을 그 신세로 살아야 하는 게 여자의 인생이다. 거기에서 헤어 나오는 건 애시당초 떡시루 엎은 얘기다. 더구나 섬 여자들은 섬사람한테 시집가서 자식 낳아 키우고, 그러면서 그럭저럭 늙어지고, 그리고 죽이시는 섬에 묻히는 게 순리였다. 그러니 어지간한 남자들도 못 나가보는 육지에, 더군다나 천하의 색광色狂들이 산다는 일본에, 자칫하면 귀가 깨질 수 있는 처녀애를 내보낼 부모가 있을 리 만무였다.

겉으로는 돈벌이로 포장했지만 뒤에는 꿍꿍이가 있는 게 틀림없었다. 일본군인들 '정액받이'라는 소문이 파다했다. 반은 믿고 반은 안 믿었다. 빽[15]이라면 사촌동생도 벌거벗기는 종자들이, 빤히 남이 보는 앞에서도 히히덕대며 방아를 찧어대는 놈들이, 종만큼도 취급 안하는 조선 처녀들을

---

15) 성교.

물받이로 쓰는 것은 얼마든지 가능한 일이었다. 그리 생각은 하면서도, 아무리 그래도 그렇게까지 할까 싶기도 했다. 곳도 때도 안 가리고 그 짓거리를 해 대는 놈들이라 해도, 적어도 면사무소를 통해 내려오는 일이면 공적 계통을 밟을 텐데, 나라에서 대놓고 그런일을 할 수 있을까 싶은 것이다. 나라에서 공식적으로 처녀들을 모집해 군인들의 물받이로 내보낸다? 아무리 막돼먹은 '쪽바리들'이라도 해도 그래도 명색이 '나라'인데 설마 그런 지서리[16]까지 할까. 혹, 그런일을 해서라도 돈을 벌어야겠다며 여자들이 자진해서 치마를 걷고 나서면 몰라도. 이렇든 저렇든 위에서 시키니까 구색을 맞추기는 해야 한다. 한 명도 없으면 비협조적이라며 또 어떤 닦달이나 채근이 있을지 모른다.

구장은 집에도 안 들르고 바로 '장산포'로 향했다. 동네에서 한참을 걸어야 하는 손바닥만한 포구다.

어머니는 병들어 누웠고 동생은 좀 어리뜩하다. 거기에 찢어지게 가난해 끼니도 제대로 못 잇는다. 여러가지로 안성맞춤이다. 딱이기는 한데 어리숙한 동생에게 병든 어멈을 맡겨두고 가려 할지 모르겠다. 여기서는 꿈도 못 꿀 큰

---

16) 짓.

돈을 벌 수 있다고 하자. 한 이 년 고생하면 지금보다 어네이[17] 낫게 살 수 있다고. 서로 천신하려고[18] 난리인데 너 생각해서 다른 사람한테는 말도 안하고 핑 왔다 하자.

구장이 얘기를 꺼내자 진숙은 깜빡, 기쁜 빛을 띠더니 이내 시무룩해졌다.

"어채 싫냐?"

진숙은 저만치 마당 끝에 앉아 있는 진욱을 바라본다.

"아니라우. 괜찮은 하요만, 엄니하고 진욱이가 걸레서라우. 내가 가베믄 밥도 제대로 못 해묵을 것인디라우."

진수이 표정이 찌무룩해진다.

"일본이라서 돈은 많이 준다드라만. 선금도 삼백 원이나 주고야. 한 이 년 벌믄 논 서너 마지기는 나시 산다든마. 이 년이믄 금방이어야. 엄니하고 진욱이는 우리가 보살페주마."

결심이 어려운 듯 진숙은 한참을 바다만 내려다본다. 몇 번의 파도가 쓸려 왔다 갔는데도 진숙은 대답이 없다.

"다른 동네서는 두셋씩 간다 그랬다드라마는. 서로 가겄다 그라믄 천신 못할 수도 있으께, 갈라믄 얼른 맘 묵어야

---

17) 훨씬.
18) 차지하려고.

할 거다이."

구장은 지어낸 말까지 덧붙이고는 자리를 턴다.

"내 생각에는 너한테도 좋고 느그 식구들한테도 이[19] 될 것 탁다마는. 맘 묵어지믄 우리집으로 오니라. 늦어도 글페까지는 알려줘야 쓴다이."

집으로 오면서 구장은 자신이 지금 진숙에게 몹쓸 짓을 하는지도 모른다는 생각이 들었다. 들려오는 소문이 맞다면 진숙은 틀림없이 일본군인들의 '물받이'가 될 것이다. 이제 막 피어나는 열일곱 가시내가 왜놈들의 정액을 받아내는 시궁창이 될지도 모르는 것이다. 그런데 지금 자신이 진숙을 꼬드겨 그 시궁창으로 밀어 넣고 있는 건 아닌가. 구장은 마음이 무거워진다. 이런짓까지 할 줄 알았으면 구장을 안하는 건데. 못한다며 처음부터 손사래를 치는 것인데. 구장은 새삼스레 후회가 든다. 그나저나 쪽바리 새끼들이 더럽기는 더럽다. 개 쌍녀러 종자들이다. 온막 불구덩이에 던져 넣어도 시원찮을 놈들이다.

이장은 발걸음이 무거워진다.

이틀을 고민해 봐도 자신이 돈 벌러 가는 방법밖에 없다.

---

[19] 이득. 이익.

병든 어머니와 어린 동생에, 논배미 밭뙈기 하나 없는 가난한 집이다. 보릿겨나 밀기울에 톳을 넣은 보리톳밥도 보로시 먹는다. 갯것을 해 보쌀과 바꾸어, 한 줌을 갈아 쑥이나 풀뿌리나 소나무 속껍질을 섞어 죽을 쑤어 먹거나, 그마저 없으면 쫄쫄 굶은 채 세 식구가 낮은 천장만 쳐다보고 있어야 한다. 엄니는 병석에 누운 지 두어 해가 되지만 약 한 첩 못 써보고 있다. 이제 열 살인 진욱이 밥을 벌 데도 없지만 그런 깜냥도 안된다. 돈을 벌 수 있다니 이삼 년만 고생하자. 서로 가려고 한다는데 잘못하다가는 기회를 놓칠 수도 있다.

진숙은 다음날 구장 집으로 향했다. 선금에서 제하기로 하고 얼마간의 양식을 꾸었다. 그리고 며칠 후 달구리에 일어나 엄니의 죽을 쑤고 동생의 밥을 했다.

"엄매, 나 어디 잔 갔다올라네. 금방 올 테께 몸조리 잘하고 있거이."

진숙이 엄니의 손을 잡는다. 진즉에 말을 잃어버린 엄니는 손을 꼭 쥐며 올려다만 볼 뿐이다. 무슨 안좋은 예감이라도 드는지 엄니의 눈가로 또르르 눈물이 굴러 내린다. 진숙은 엄니의 손을 부여잡은 채 소리를 삼키며 흐느낀다. 마주잡은 손 위에 뚝뚝 눈물이 듣는다. 살아서는 마지막으로 잡아보는 손일 것만 같다. 왠지 그런 느낌이다. 한참을 흐느끼던 진숙이 몸을 일으켜 진욱을 내려다본다. 진욱은 엄니 쪽으로 몸을 옹크린 채 세상모르게 자고 있다. 자신이 없으면 보살펴줄 이 하나 없는데 그런 진욱이 엄니까지 모셔야 한다. 허기진 배 움켜쥐고 엄니랑 동생이랑 이대로 살까. 가난하더라도 세 식구 지금처럼 그냥 살아갈까. 진숙은 흔들리는 마음을 떨치려 자리를 털고 일어선다.

구장 집에 들러 엄니와 동생을 부탁하고 신작로로 내려섰다. 산이고 들이고 사람들이고 아직 잠들어 있는 닭울이다. 건넛말에서 장닭 한 마리가 홰를 치자 화답하듯 이쪽 마을에서도 닭이 길게 운다. 논에는 두어 뼘쯤 자란 모가 촘촘하다. 밭에는 고구마 순이 이슬이를 맞으려 팔을 벌리고 있다. 새벽바람이지만 여름의 기운이 묻어서인지 차갑지는 않다.

진숙은 보따리를 안고 이슬받이의 신작로를 걷는다. 가지 말라는 듯, 가서는 안된다는 듯, 이슬 머금은 바람이 열일곱 처녀의 치맛자락을 뒤로 밀친다. 그예 애가 타는 듯 새벽공기에도 물기가 그득하다. 아침이 안 올 것만 같은 새벽이다.

7

 출발선을 차고 나간 선수들이 교문으로 향한다. 교문 위에는 '광복절 기념 면민 체육대회'라고 현수막이 길게 걸렸다. 교문을 나서면 일흔 개 남짓의 시멘트 계단이다. 계단을 달려 내린 선수들이 다릿독을 건너 오른쪽으로 길을 튼다. 정미소를 지난 선수들은 도개집 삼거리에서 왼쪽으로 길을 돈다. 서른 개 남짓한 상점들이 길게 마주보고 있는 섬의 번화가이다. 체육대회 날이라 그런지 대부분의 상점들이 문을 닫았다.

 모든 선수들이 기운이 넘쳐 보인다. 뙤약볕 아래를 달리고 있는데도, 봄을 맞아 오랜만에 들에 나온 어석소 같다. 그중에 유난히 도드라진 인물이 강익수이다. 모르는 사람이 보아도 금방 특별하다는 걸 알 수 있다. 달리는 폼이 유별나기도 하지만, 가슴에 박혀 있는 '완도군'이라는 글자 때문에도 그렇다. 다른 선수들은 모두 동네이름인데 강익수만 군 이름이다. 도민체전에 군 마라톤 대표로 출전한 인물이다.

 강익수의 운동 소질은 집안 내림이다. 순사질을 했던 그의 아버지 강순철도 만능 운동선수였다. 특히 달리기로는 섬에서 따라잡을 자가 없었다. 그에게 걸리면 아무리 발이 빠른 사람도 빠져나갈 방법이 없었다. 어찌나 달리기를 잘하는지 강순철이 쫓아오면 지레 겁을 먹고 그 자리에 주저앉을 정도였다. 그런 강순철에게 붙잡혀 두들겨 맞은 사람이 한둘이 아니다. 죽은 사람도 여럿이다. 악독하기로 소문난 인간이었다. 그 집안 자식들이 모두 운동을 잘했지만 강익수는 특히 마라톤에 소질이 있었다. 달리면 무조건 일등을 해버리니 면민체육대회에는 아예 출전을 못하게 하든가, 일등은 그냥 강익수를 주고 이등이나 가리자는 말이 나올 정도였다. 결과가 너무 뻔해서 재미가 새들한 것이 사실이었다. 강익수가 얼마나 마라톤을 잘하는가는 면민들뿐 아니라 군민들도 다 알고 있다. 이년마다 열리는 군민체육대회에서, 다른 종목들은 읍이나 다른 면에 쪽을 못쓰는데 마라톤만은 항상 청산도가 일등이었다. 어렸을 때부터 체계적인 훈련을 받았더라면 유명한 선수가 되었을 텐데 섬에서 태어나 아까운 재주를 썩힌다고 모두들 애드러워했다. 전혀 말이 안된다고 할 수는 없겠지만, 날고 기는 선수들이 부지기수인 육지를 모르는, 우물 안에 앉아 도다 떼다 와글대는 개구리들의 소리일 수 있었다.

강익수는 중간쯤에서 달리고 있다. 그것이 작전이라는 것을 사람들은 다 안다. 그렇게 중간에서 여유 있게 달리다, 반환점인 '큰재'를 돌아 '도깨비골창'을 달려 내리며 속도를 낼 것이고, 읍리를 지나 당리 초입까지는 너덧번째쯤으로 달리다가, 당리 끝자락의 오르막에서 두번째나 세번째로 나설 것이며, '모티이'를 돌칠 즈음 왼마락을 뺄[20] 것이다. 열녀문을 지나 내리막에서는 맨 앞에 달릴 것이고, 상점들의 거리를 지나 도개집 삼거리에서 길을 꺾으면, 사람들이 국민학교에서 내려다보며 환호성을 지를 것이며, 계단을 올라 교문을 들이시면, 운동장의 시신과 박수가 보조리 그에게 향할 것이고, 강익수는 얼굴 가득 웃음을 머금은 채 오른손을 흔들며 트랙을 돌아 구령대를 지날 것이며, 그때 다시 우레와 같은 박수가 터져 나올 것이고, 강익수는 박수가 깔리는 트랙을 달려 결승선을 통과할 것이며, 그 순간 총소리가 땅울림을 할 것이고, 파르락대는 만국기들의 박수와 함께 '광복절 기념 면민체육대회'는 막을 내릴 것이다. 섬사람들 누구나 알고 있는 마라톤 종목의 각본이다.

---

20) 모든 속력을 다 냄.

8

 읍에 갔다온다했다는 누이가 닷새가 지나도록 안 돌아오자 진욱은 무작정 뱃머리로 향했다. 나이는 열 살이라지만 못먹어서인지 유난히 왜소해 보이는 아이가 짚으로 엮은 '게다'를 신고 섬의 동쪽 끝에서 서쪽 끝까지 걸어가는 것이다. 꼬마는 두려운 마음으로 신작로를 걸어 동부의 동네들을 통과했다. 공동묘지를 지나 큰재를 넘고 도깨비가 많이 난다는 '도깨비골창'을 휘어 돌았다. 그리고 걷고 또 걸어 서부의 여러 마을들을 거쳐 뱃머리가 있는 면소재지에 닿았다. 초가집 세 채가 전부인 장산포에 비하면 불목리는 엄청나게 큰 동네였다. 배도 많고 사람들도 많고, 양철집도 있고 점빵도 있고, 면사무소와 지서도 있었다. 진욱에게는 전혀 새로운 세상이었다.

 진욱이 뱃머리에서 처음 본 배는 '완도마루^치'였다. 배는 이레마다 포구에 닿았다. 부산을 출발해 길목의 여러 곳을 훑은 배는 끝머리에 청산도를 달았다. 선창에서 하룻밤을 묵은 배는 다음날 새벽 부산으로 향했다. 그 뱃길은 일본이 조선을 먹어 들어간 통로였다. 일본은 그 길을 이용해 약탈

한 조선의 물산들을 부산으로 실어 날랐다. 그리고 그것들을 자기들의 나라로 실어 보냈다. 약탈은 물산에서 끝나지 않고 사람들에게까지 확대됐다. 수많은 조선인들이 그 길을 타고 섬나라로 품을 팔러 가거나, 징병이나 징용이나 근로정신대나 군대위안부로 끌려갔다. 빼앗아가고 끌고 가는 침략자들은 위 선실에 타고, 빼앗기고 끌려가는 식민지인들은 아래 선실에 탔다. 짓밟는 자들은 위에서 상인上人처럼 누워서 자고, 짓밟히는 자들은 아래에서 하인下人처럼 쪼그려 잤다. 그것이 지배하는 자와 지배 받는 자가 만나지는 추위였다. 그 뱃길은 결국, 굶고 헐벗기며 만들어낸 제 몸의 피가, 무력으로 세계를 삼키려는 자들의 땅으로 빨려가는 수탈의 굵은 혈관인 셈이었다.

해방이 되자 배는 '태완호'로 바뀌었다. 큰 배들은 접안을 할 수 없는지라 객선은 개창 저만치에 떠 있고, 종선從船이 노를 저어 가 사람과 하물들을 선창으로 실어 날랐다. 그러고는 다시 사람과 하물을 객선에 올려 보냈다. 가끔씩 객선에 실으려던 생키가 갯물에 떨어져, 음매! 음매! 허우적거리기도 하고, 겁 많은 처녀가 바다에 낼치어 어푸어푸, 하기도 했다.

세월이 흘러 배는 철선인 '강화호'로 바뀌었다. 그러면서 물양장에 쇠로 된 '삼바시'를 갖다 놓게 되었다. 선창에 삼바시가 띄워지자 큰 배들도 바로 접안이 가능해졌다. 섬에 들고나는 일이 그만큼 편해졌고, 더 많은 것들이 실려 나가고 새로운 것들이 실려 오게 되었다. 그럼으로써 섬은 점점 더 육지와 가까워지게 되었다.

엔진의 성능이 좋아지면서 배의 왕복 주기가 이레에서 나흘로, 배가 두 척이 되면서 이틀마다로 짧아졌다. 부산으로만 나 있던 뱃길이 목포로도 뚫리게 되자 섬은 매일매일 읍과 이어지게 됐고, 아침에 읍에 나갔다 저녁에 들어오는 것이 가능해졌다. 그전에는 생각지도 못한 발전이었다. 그런데 바다 쪽과는 달리 육지의 상황은 다르게 전개되는 모양이었다. 생활의 방향이 부산 쪽에서 광주 쪽으로 옮겨지는 추세였다. 원양어선을 타기 위해 부산으로 가는 사람들은 줄어든 반면, 공장에 취직하기 위해 서울로 가는 사람들은 많아졌다. 그것이 청산도만의 현상은 아니었는지 어느 시점에서 부산 쪽 항로는 아예 없어지게 되었다. 대신 목포로의 항로가 매일 육지와 섬을 이었다.

섬을 오가는 객선의 역사는 진욱의 인생사이기도 하다. '완도마루' '태완호' '명륜호' '강화호' 등은 진욱이 거친 배들의 이름이다. 그 객선들의 이름과 함께 진욱의 삶도 흘러갔다. 처음에는 이레에 한 번이던 뱃머리 행이 얼마 뒤에는 나흘마다로, 그러다가 이틀마다가 되더니, 나중에는 날마다로 바뀌었다. 배의 운행에 따라 진욱의 생활도 달라지는 것이다.

배는 저물녘에 섬에 닿았는데, 진욱은 그 시간에 맞춰 뱃머리에 나다녔다. 십리 가웃 되는 신작로를 뛰어 뱃머리에 닿아, 이 구석 저 구석을 샅샅이 살피고는, 어둠과 함께 다시 길을 되짚는 것이다. 그러면서 진욱은 섬의 명물이 되어 갔다. 진욱의 특이한 모습이 그렇게 안될 수가 없었다. 키도 몸피도 보통 사람보다 많이 컸었고, 거기에 등까지 좀 굽었다. 언제 깎았는지 모르겠는 머리카락은 멋대로 헝클어졌다. 위는 항상 누런 런닝인데, 얼마나 오래 입었는지 런닝의 목둘레가 가슴까지 처져 내렸다. 논의 물을 잡다가[21] 헐레벌떡 뛰어온 듯, 새끼줄로 허리띠를 해 훌친 바지는 정강이까지 걷어져 있다. 처음에는 짚으로 엮은 게다를 신다 벗다 하며 뛰었는데, 나중에는 헝겊을 대고 징근 다 떨어진 고무신을 새끼줄로 동여매고 달렸다. 뛰는 폼도 유달랐다. 그냥 앞만 보고 달리는 게 아니라 걷거나 달리면서 계속해

---

21) 모내기를 위해 논을 갈다.

서 주위를 휘뚤거렸다. 외딴 곳에 살아서인지 사람에 대한 경계심이 습성화된 듯했다. 길에서 사람을 마주치면 눈치를 보며 한켠으로 외오돌았고, 상대방의 눈길을 피하려고 고개를 수그린 채 부리나케 그 자리를 벗어났다. 그런 모습으로 달리다건다를 반복하며 신작로를 왕래하는 것이다.

진욱이 마을을 지나갈 때면 뼈다귀를 발견한 강아지들처럼 동네아이들이 달라붙었다. 꼬맹이들은 따라 달리기만 하는 게 아니라 돌이나 마른 소똥, 심지어 개똥까지 던져대며 쫓아 뛰었다. 그때마다 진욱은 흘끗흘끗 뒤를 돌아보며 빠르게 동네를 벗어났다. 어떤 때는 두 패로 나뉜 아이들이 토끼몰이를 해, 놀란 진욱이 논둑길로 도망쳐 달아나기도 했다.

언젠가부터 꼬맹이들은 자신들의 놀이감을 '이스모스'라 부르기 시작했다. 누가, 언제부터, 왜 그렇게 불렀는지는 아무도 모른다. 불어오는 바람처럼 어느 날 문득 그 이름은 등장했고, 그것은 꼬맹이들의 입을 타고 이 동네 저 동네로 퍼져갔다. 애들의 입은 바람만큼이나 빠른 것이어서, '이스모스'라는 이름은 바람에 날리는 코스모스 꽃씨처럼 섬의 구석구석으로 날아들어 몇 조금[22]이 안돼 진욱은 본

---

22) ① 물이 조금 나고 드는 물때. ② 얼마 안되는 기간.

이스모스

이름 대신 '이스모스'가 되어 있었다. 섬에는 이제 '진욱'이라는 이름은 몰라도 '이스모스'를 모르는 사람은 없었다. 소위 '이스모스를 모르면 간첩'이었다. '조카'라고 하대할 지팡이 짚은 노인이나, '갑장'이라며 친구로 대해야 할 장년들이나, '형님'으로 깍듯이 모셔야 할 동네 청년들이나, '오춘'이라며 아버지한테처럼 공손해야 할 개구쟁이 아이들이나, 남녀노소 너나없이 약속이나 한 듯 그냥 '이스모스'라 불렀다. '이스모스'는 누구나 대나캐나[23] 불러도 되는 똥개 같은 호칭이었다. 그러면서 점차로 '이스모스'라는 이름은, 보잘 것없고 추레하고 어리숙한 대상을 가리키는 대명사가 되어 갔다. '이스모스만도 못한 놈'이나 '이스모스랑 지[24] 묻어라' 같은 말들은 상대를 비하할 때 쓰는 새로운 말이었다. '이스모스'라는 말이 가장 하급을 가리키는 명칭으로 사용되는 것이다. 그러거나 말거나 진욱은 날이면 날마다 그 길을 달리고 또 달렸다. 그것을 마치 자신의 운명이라고 여기는 듯한 태도였다.

---

23) 아무렇게나.
24) 계(契).

9

 일본사람처럼 팔자수염은 길렀지만 조선말을 쓰는 남자를 따라 배를 탔다. 서로 천신하려 한다는 구장님 말과는 달리 섬에서는 혼자였다. 잘못 온 건가 싶었지만 선금도 받은 터라 그냥 가기로 했다. 마음에 안 들면 돌아오면 될 터였다. 두 시간이 넘게 걸려 읍에 닿자 기다리고 있던 예닐곱이 배에 올랐다. 두어 살에서 서너 살 더 먹어 보이는 언니들이었는데 보따리 하나씩을 안은 채였다. 일본으로 돈 벌러 가는 여자들이 꽤 있구나 싶었다. 부산으로 가는 도중 닿는 곳 마다에서 처녀들이 서넛씩, 너덧씩 타게 되어 점차 무리가 만들어졌고, 부산에 도착할 즈음에는 거의 백여 명 남짓으로 불어났다. 처녀들로 부대를 만들려나 싶었다. 처녀들은 부두에서 군함처럼 생긴 큰 배로 옮겨 탔다. 배에는 다른 여자들과 군인들이 타고 있었다. 분위기가 좀 이상한 부류가 섞여 있었는데, 몸을 파는 여자들이라 했다. 여기저기에서 새어 나오는 말이, 배에 탄 여자들은 일본군인을 상대하기 위해 전쟁터로 간다고 했다. 진숙은 그것이 한쪽에 모여 자기들끼리 와글거리고 있는 여자들 얘기일 거라 생각했다. 구장님은 분명 일본에 있는 공장에서 일을 한다 했었다.

사나흘이면 닿으리라 예상했는데 몇날며칠이 지나도 배는 망망대해를 항해하고 있었다. 그런 와중에, 젊은 여자들은 모두 일본군인들에게 몸을 팔기 위해 전쟁터로 가고 있다는 말이 더 자주 돌았다. 그게 맞을지도 모른다는 생각이 점점 커져갔다. 부산에서 얼마쯤 가면 일본이라 했으니, 모르긴 몰라도 일본이 그렇게 멀지는 않을 듯했다. 일본이 아닌 다른 곳으로 가고 있는 게 틀림없었다. 일본군인들에게 몸을 파는 게 어떤 건지는 몰라도, 그것이 사실일지라도 딱히 어찌해 볼 방법도 없었다. 어디가 어딘지 가늠하기 어려운 막막한 바다의 배 위인 것이다.

항해 중에 여자 하나가 바다로 떨어졌다. 구석에 쪼그린 채 혼자서 뭐라고 중얼대고만 있던 스물 남짓의 일본여자였다. 실수였는지 일부로였는지는 몰라도, 살려 달라는 것인지 살려는 본능적 몸부림인지는 몰라도, 물에 떨어진 여자는 새 새끼처럼 파르락파르락 손을 저어댔다. 사람이 바다에 벌쳤다고, 어서 건져야한다고, 사람들이 발을 동동 굴렀지만 배는 아무 일 없다는 듯 유유히 앞으로 나아갔다. 아마 떨어진 게 개나 돼지였더라면 건져 올려 잡아먹기라도 했겠지만 사람이라서 아무 쓸모가 없는 모양이었다. 배에 실려 있는 인간들은 개, 돼지만도 못한 존재들이었다.

날은 갈수록 더워졌다. 더위에 헐떡대면서도 배는 항해를 계속했다. 일본으로 안 가는 건 확실해졌다. 일본이든 이본이든 아무 데나 닿아 땅이라도 한번 밟아봤으면 싶었다. 땅에 두 발을 딛고 서 보는 게 한여름의 찬물 한 바가지처럼 간절했다. 땅에의 바람도 지쳐갈 어름에 배는 항구에 도착했다. '버마'의 '랑군'이라 했다. 여자들은 앞사람을 따라 배다리를 건넜다. 두어 달 만에 디뎌보는 땅이었다. 안태를 묻은 곳은 아니지만 오래 떠나 있다 안기는 엄마의 품속처럼 아늑했다. 그러나 그 느낌은 몇 걸음 안 갔다. 바위벽을 오르자 열 대가 넘는 군용트럭이 대기하고 있었다. 여자들은 군인들의 지시대로 몇몇씩 무리를 지어 짐칸에 태워졌다. 두 달 남짓 함께 배를 탔던 여자들은 거기서 매지매지 갈무리되었다.

트럭은 오후 나절을 달려 이층으로 된 건물 앞에 섰다. 차에서 내린 처녀들은 모두 열다섯이었다. 각자에게 칸막이 방이 하나씩 배정되었고, 일본식 이름도 주어졌다. 진숙은 그 자리에서 '미치코'가 되었다. 여자들끼리도 일본이름으로 부르고, 조선이름은 아예 잊으라 했다. 조선말을 써서는 안되며, 일본말을 못하면 그냥 말을 하지 말라 했다. 군복을 뜯어 원피스 형태로 조야하게 만든 '간단복'도 한 벌씩 주어졌다. 언뜻 보기에는 작업복처럼만 보였다. 공장에서 입는 작업복은 아니었지만 결국 '작업복'이기는 했다. '삿쿠콘돔'라고 부르는 비닐봉지도 하나씩 주어졌는데, 안에는 흰 풍선 같은 것이 들어 있었다. 삿쿠를 받아들자마자 한 언니는 그 자리에 주저앉아 절망적인 울음을 터트렸고, 다른 언니는 비명을 지르며 밖으로 뛰쳐나갔다. 또다른 언니는 주인의 발목을 부여잡으며 살려 달라 애원했다. 그것의 용도를 아는 순간 신숙은 자신이 정말로 무서운 곳에 잡혀왔다는 사실을 알게 되었다. 일본으로 가는 것도, 방직공장이나 세탁소로 가는 것도 아니었다. 배에서 들렸던 그 얘기가 진짜였다. 일본군인들을 상대하는 곳에 끌려온 것이다. 진숙은 캄캄한 밤길에서 귀신을 만난 듯 그 자리에 주저앉아 오들오들 떨었다.

빨래방망이 같은 것이 밑을 찢고 들었던 그 순간을 어찌 지워버릴 수 있을까. 문대면 문댈수록 외려 더 선명해지는 칼날 같은 기억의 문신이다. 시끌시끌하더니 일본군인 한 명이 막을 걷고 들어섰다. 군인은 들어서자마자 아랫도리를 홀링 내리더니 마구잡이로 달려들었다. 기겁을 하며 일어나려 했지만 그 군인이 벌써 배를 타고 앉았다. 군인은 간단복을 거칠게 걷어 올렸다. 안에 아무것도 못 입게 했으므로 벌거벗은 밑이 그대로 드러났다. 순간적으로 다리를 오므리며 몸을 틀려고 했다. 군인이 뭐라뭐라 소리 지르며 사정없이 뺨을 갈겨댔다. 코피가 터졌는지 배릿한 것이 입에 물렸다. 군인은 날름거리는 혀로 피를 핥으며 능물스레 웃었다. 그러고는 가랑이 사이로 작대기 같은 것을 밀어 넣었다. 본능적으로 다리를 꽉 오므렸다. 그러자 군인이 몸을 일으키며 고래고래 소리를 지르더니 주먹으로 양 허벅지를 세차게 내리쳤다. 힘이 쪽 빠지면서 다리가 축 늘어졌다. 곧이어 빳빳한 방망이가 거칠게 밀고 들어왔다. 밑이 찢어지는 것 같았다. 고통스러워 비명을 질렀지만, 군인은 오히려 그 소리가 즐거운 듯 키득대며 거세게 방망이질을 해댔다. 소리 지르다 울고 울다가 소리 질렀다. 아파서 소리 지르고 무서워서 울었다. 무서워서 소리 지르다 아파서 또 울었다. 밑은 그렇게 찢겨나갔다.

뒷날부터 지옥에서의 성노예 생활이 시작되었다. 간단복을 입고 침상에 누워 있으면 병사들이 들어왔고, 자지에 삿쿠를 씌워주면 밑에다 집어넣었다. 그러고는 미친 듯 사오 분을 굴러 정액을 쏟고는 바지를 추키며 막을 나갔다.

그러면 여자들은 뒤쪽으로 나가 소독액을 탄 물에 밑을 씻고 들어와 다시 침상에 누웠다. 하루에 열두엇, 많으면 열대여섯, 주말에는 스무 명 남짓의 군인들이 배 위에서 정액을 쏟았고, 그때마다 여자들은 소독액으로 밑을 씻었다. 병사들은 파리 떼처럼 몰려들어 막 앞에 줄을 서 대기했다. 어떤 병사는 팬티만 입은 채 기다리고, 급한 군인은 곧추세운 자지인 채 헝겊 막을 두드리며, "하야크빨리! 하야크!"를 외쳐댔다.

쉬지 않고 군인들이 밀려드는 통에 죽고 싶다는 생각을 힐 틈도 없었다. 왜 자신이 거기 누워 있는지도 잊어버렸다. 돼지죽 같은 밥을 먹고 하루를 준비하면, 오후가 되어 장교들이 먼저 거쳐 가고, 그러고 나면 사병들이 들이닥쳤다. 누운 채 군인들의 정액을 받고, 밖에 나가 밑을 씻고 들어와 다음 군인을 받고, 씻고 받고, 씻고 받고, 씻고 받고, 씻고 받고, 또 씻고 받고, 어떨 때는 씻을 겨를도 없이 그대로 누워 있기도 하고, 그렇게 해서 하루가 끝나면, 다래끼처럼 벌겋게 부어 오른 밑을 주무르며 잠이 드는 것이다. 그리고 날이 새면 어제와 똑같이 씻고받는 짓을 되풀이하는 것이다. 지옥에서의 나날이고 지옥에서의 시간이었다. 하도 고통스러워 밑을 도려내 일본개들에게 던져 줘 버리고 싶었다. 개들이 그것을 핥아먹든 씹어 먹든 그냥 줘버렸으면 했다. 그러면 더 이상의 고통은 안 당해도 될 것 아닌가. 더는 그 더러운 짓거리를 안해도 될 것 아닌가. 할 수만 있다면 정말 그래버리고 싶었다. 그럴 수 없는 것이 죽을 수 없는 것만큼이나 한스러웠다.

10

열녀문을 지나 길게 후리는 '모티이'다. 섬에서 가장 징상스러운 곳이다. 북쪽으로 툭 터져 있어 된바람을 직접 맞아야 한다. 바람을 피하려 해도 의지될 만한 곳 하나가 없다. 지금은 여름이라 괜찮지만 겨울에는 불어오는 바람에 귀가 떨어져 나갈 정도이다. 진욱은 이 길을 삼십 년 넘게 달렸다. 열 살의 어린애가 마흔둘의 어른이 된 것이다. 서른두 해라는 세월에는 참으로 많은 이야기가 담겨 있다. 그 세월의 주머니에는, 진욱의것과 섬의것, 그리고 육짓것이 뒤섞여 있다. 어떤 것들은 서로 버무려져 있어, 그것이 진욱의것인지 섬의것인지 육짓것인지 구별이 안되기도 한다.

진욱의 이야기에서 제일 큰 꼭지는 어머니가 돌아가신

것이었다. 누이가 떠난 지 칠 년 어름이었고, 육지에서는 전쟁이 일어났다는 해였다. 누이가 있을 때부터 시난고난 했는데, 자리보전을 하면서도 엄니는 꽤 오래 버텼다. 앙상한 뼛골로 부순방[25]에 누운 채 엄니는 누이의 얼굴을 그리고 또 그렸을 것이다. 그 기다림이 끝내 몽오리가 되어서일까. 엄니는 눈을 뜬 채로 숨을 거두었다. 진욱은 엄니의 눈을 감겨주면서 오지 않는 누이를 원망했다. 시집을 갔다 해도 한번쯤 와 볼 수도 있는데 떠난 후로는 감감 무소식이었다. 엄니가 아파 누웠는 걸 빤히 알면서도 기별 한번 없었다. 엄니가 세상을 버났는데도 알릴 수조차 없는 것이다. 사람이 어찌 그리도 무상할까. 육짓물을 먹더니 사람이 아예 베려버렸는가.

연락이 닿더라도 전쟁 중이라 사선私船이 아니면 섬에 들어올 방법이 없기는 했다. 그래도 행여 하는 마음에 이장을 찾아갔다. 엄니가 돌아가셨으니 누이한테 연락을 해야겠다고 했다. 이장은 처음부터 못 올 거라고 했다. 연락도 할 수 없고, 연락을 받는다 해도 너무 멀어 올 수도 없을 거란다. 그러면서 누이의것에서 남은 것이라며 얼마간의 돈

---

25) 아랫목.

을 쥐어주었다. 그전에 간간이 양식을 주었는데 어쩌면 그 것도 누이의 돈에서 준 것인지도 모르겠었다. 진욱은 알 수 없는 돈을 쥐고는 맥없이 돌아왔다. 엄니를 윗목에 누이고 이불로 덮은 채로 문상객 하나 없는 밤을 보냈다. 혹시나 하고 하루 더 기다렸지만 역시 누이는 안 왔다. 다음날 엄니를 거적에 말아 지게송장을 지고 뒷산으로 올랐다. 어릴 때부터 나무도 하고 메뚜기도 잡으며 누이와 놀던 곳이다. 바다와 육지가 훤히 내다보이는 곳에 엄니를 묻었다. 그리고 애기묏등만하게 무덤을 만들었다. 술을 따라놓고 진욱은 엄니에게 빌었다.

엄매, 거그 가더라도 누나 잘 보살펴주게이. 살았는지 죽었는지는 모르제만 그래주게이. 그라고 할 수 있으믄 누나 찾어서 한번만 데레다 주게이. 참말로 보고재피께 꼭 한번만이라도 오라고 하게이. 알었는가? 엄매, 그라믄 좋은 데 가서 아프지 말고 살게이. 잘 가이.

진욱은 그렇게 엄니를 보냈다.

섬의 전령이 된 것도 진욱의 이야기이다.

어느 날 면사무소 앞을 지나는데 면직원이 진욱을 부르더니 사무실로 데려갔다.

"아야, 진욱아. 너 그라고 맹탈없이 달려만 댕기지 말고 일이나 잔 해라. 올 때 핑 오지 말고 이 동네 저 동네 거쳐서 오니라. 그라믄 면에서 구호양식 주꾸마."

 언제 올지도 모르고, 정말로 올지 어쩔지도 모르는 누이였다. 올 수도 있고 안 올 수도 있었다. 오면 좋지만 안 와도 할 수 없었다. 누이를 기다리며 달려 다니는 게 진욱에게는 중요한 일이었다. 이제 진욱에게 뜀박질은, 아침에 일어나는 일이나 밤에 잠을 자는 것처럼 하나의 일상이 되어 있었다. 잠을 자야 하고 또 일어나야 하듯 죽을 때까지 달리고 또 달려야 할 길이었다. 그런데 달리는 것에 양식을 주겠단다. 귀찮게 따라붙는 아이들을 뚫고 동네마다 들어가는 게 고역이기는 하겠지만 해볼 만했다. 그래서 진욱은 관공서와 동네를 잇는 연락병이 되었다. 면사무소나 지서에서 동네에 전달할 게 있으면 진욱에게 들려주고, 동네에서 면이나 지서에 보낼 게 있으면 진욱에게 맡겼다.

 섬의 이야기들은 대부분 육지와 연관돼 있다. 육지와는 멀었을 섬이 세월이 흐르면서 점점 육지와 가까워지게 되었고, 육지에서 부는 바람은 그 끝에 섬을 달게 되었다. 섬은 이제 육지와 따로 노는 외딴 곳이 아니라 육지에서 불어오는 바람의 자장 안에 놓이게 되었다. 그럼으로써 섬은 담담 육지의 모습을 닮아갔다. 그러니 그것이 개인적인 것이

든 사회적인 것이든, 육지의 것들은 섬에서도 찾을 수 있게 됐고, 섬에 생겨나 있는 것은 진즉에 육지에 생겨나 있었던 것이었다. 육지를 보면 섬이 보이고 섬을 보면 육지를 알 수 있었다.

진숙이 떠나고 두 해 뒤에 조선은 해방을 맞았다. 그 소식은 육지보다 사나흘 늦게 섬에 도달했다. 처음에는 뭔 일인가 싶어 어리뚱했다가, 내막을 알고는 모두가 태극기를 흔들며 만세를 불러대다, 그중 흥분을 못이긴 몇몇이 산중턱에 있는 신사神社에 불을 질렀다. 그깟 건물 하나 태운다고 긴 세월 쌓였던 분이 손톱만이라도 풀리랴만 당장은 그리라도 해야 했다. 청년들 몇이 아직 섬에 남아 있는 왜인들을 쳐죽이자고 소리를 높였지만, 그들보다 세상을 더 오래 살아 어른이라 불리는 사람들이, 개를 개로 대하면 개밖에 더 되냐며 손을 저어 말렸다. 뜨거운 피에 목소리까지 큰 젊은사람들은 입을 삐쭉대며 불퉁거리면서도, 어른들의 말에 순종하는 자신들의 전통을 끝내 버리지는 않았.

왜인들이 물러가자 그들 밑에서 한 자리씩 차지했던 사람들은 숨을 죽이고 바짝 엎드렸다. 소나기와 매는 지나가게 마련이니 우선은 피하고 보는 게 상책이었다. 한두 해가 지나자 소나기와 매는 흔적도 없이 사라졌다. 왜놈들에게 빌붙었던 자들에 대한 분노가 그래도 얼마쯤은 갈 줄 알았는데 웬일인지 사람들의 화는 밖에 내놓은 양은솥처럼 금방 식어버렸다. 이제 한, 십 년은 죽었구나 하는 마음으로 국으로 있자고 생각했던 자들이 되레 놀랄 지경이었다. 날은 그들이 활개 치던 예전처럼 개었고, 몽둥이는 다시 그들의 손에 쥐어졌다. 이해할 수 없는 반전이었다.

섬이 그리 된 것은 순전히 육지에서 불어오는 바람 탓이었다. 친일파들이 다시 나라를 장악했는데, '이승만'이란 작자가 맨 앞에 섰단다. 미국을 등에 업은 그는 반대파를 누르기 위해 친일파에게 손을 내밀었단다. 이제나저제나 죽을 날만 기다리고 있던 친일파들은 그 바람을 타고 얼씨구나 하며 밖으로 뛰쳐나왔고, 세상은 다시 그들의것이 되었단다. 육지에서 불어오는 바람에는 그런 말도 안되는 소식이 실려 있었다. 일본놈들이 물러간 세상을 친일파들이 되차지하다니. 일본놈들에 들러붙어 동족을 족쳤던 놈들이 다시 득세해 나라와 민족을 다스리다니. 그것은 세상이 아닌 세상이었고, 나라가 아닌 나라였다.

그런데 그런 세상 아닌 세상이 섬에도 만들어지기 시작했다. 육지에서 불어오는 바람을 감지한 그들은 그동안 고뿔이라도 앓았었다는 듯 탈탈 털고는 대낮을 활보하기 시작했다. 그러면서 같은 패거리였던 끼리끼리 손을 잡고는 섬을 예전의 것처럼 만들어갔다. 일본놈들에게 빌붙었던 조선인 순사와 앞잡이와 끄나풀, 그리고 선주 몇을 포함한 섬 유지들이었다. 한번 '오야'를 쥐면 평생 '오야'가 되는, 화투판만도 못한 세상이고 나라였다.

'오야'였다가, 쥐새끼처럼 잠시 더금[26]에 숨어들었다가, 다시 섬의 '오야'가 된 그들이 첫번째로 한 것은 반대쪽 사람들을 죽이는 일이었다. 그들은 먼저 머리들을 없앴다. 일본에 유학한 사람 하나와 국민학교 선생 둘을 돌을 묶어 바다에 던져버렸다. 소위 말하는 '빨갱이 청소'였다. 자신들에게 반기를 들 수 있는 싹은 뿌리째 도려내 버리겠다는 위협이자, 괜시리 깐죽대다가는 느그들도 같은 꼴이 될 수 있으니 알아서 기라는 협박이었다. 그런데 그 패악을 저지른 순경이란 작자들이 그 전에 다 일본놈들 밑에서 일본경찰의 '꼬붕' 노릇을 했던 조선인 순사였다. 그 대표적인 인물이 '강순철'이었다. 일제 때는 일본놈들 앞잡이가 되어 사람들을 잡아다 조지더니, 일본놈들이 물러가자 이제는 자기들이 주인이 되어 맨맛한[27] 사람을 잡아다 죽인 것이다.

---
26) 소막 위에 얹은 다락. 짚을 쟁이는 곳.
27) 아무 상관이 없는.

이스모스

사람들은 세상이 잘못돼가고 있다는 것은 알았지만 대놓고 말을 할 수가 없었다. 설레발치며 사람을 잡아가고, 그들을 실어 배를 띄우고, 그리고 바다로 나가 던져버린 그 악질들 뒤에는, 그들을 부추기고 조종하는 또다른 종자들이 있다는 걸 알고 있었기 때문이다.

진욱은 면소재지에서 그 이야기를 들었다. 뱃머리로 향하는데 한 할머니가 실성한 듯 땅을 치며 통곡하고 있었다.

"학진아! 학진아! 내 학진아!"

일본에 유학까지 해서 똑똑하다고 소문난 인물이었다. 나중에 군수 정도는 문제없다며 사람들이 입을 모았었는데, 밧줄에 묶인 채 바다로 끌려간 이름이었다.

서너 해 뒤에 그와 비슷한 사건이 또 있었다. 육지에서는 전쟁이 일어났다고 하던 때였다. 그래서였는지 불목리에 가보면 육지에서 피난 온 사람들이 여럿 보였다. 그렇기는 했어도 섬이라서인지 전쟁의 기운은 전혀 느낄 수 없었다. 그런데 그날은 달랐다. 재를 넘어 첫 동네를 지나는데 동네가 울음바다였다. 꼬맹이들도 안 따라왔다. 이상하다 싶은데 다음 동네에서도 한가지였다. 커다란 팽나무가 서 있는 사장캐가 통곡 마당이었다. 간밤에 줄초상이라도 났나 싶었다. 의문은 불목리에서 풀렸다. 대여섯 집 식구들이 선창 끝에서 바다를 보며 울고불고 난리였다. 마치 대여섯 개의 상여를 바다로 떠나보낸 품이었다. 그런데 그게 맞았다. 인민군 복장을 한 군인들이 배를 타고 들어와 이 동네 저 동네 돌며 열대여섯을 죽였는데, 불목리에서는 다섯에게 돌 하나씩을 등에 지운 채 배에 싣고 가버렸다는 것이다. 나중에 알고 보니, 경찰이 인민군 복장을 하고 들어와 자신들을 인민군으로 알고 환영하는 사람들에게 그런짓을 저질렀단다. 그중에 누구는 가에서 총에 맞아 죽고, 누구는 배다리를 건너다 바다로 뛰어내렸다가 총에 맞아 죽었는데, 배에 태워졌던 사람들은 분명히 바다에 빠쳐졌을 텐데 머리카락 한 올도 못 찾게 됐으니, 차라리 선창에서 죽어 시신이라도 수습해 묏등이라도 만든 사람이 더 낫다고들 했다. 짚으로 만든 송장에 옷을 입혀 공갈장사를 지내고, 그것으로 헛묘를 만들어야 하는 심정이 오죽하겠냐며 사람들은 아프게 혀를 찼다.

그 모든 것들이 지나갔다. 돌에 묶여 바다에 던져진 존재들에게도, 그들을 그렇게 던진 인간들에게도, 이스모스를 쫓아다니던 아이들에게도, 코밑이 거뭇해져 육지로 떠난 소년들에게도, 또 그들이 만나는 육지 사람들에게도, 이스모스가 달렸던 길에게도, 길섶의 풀들과 그 곁의 나무들에게도, 그 길을 달렸던 이스모스에게도, 시간이란 것은 참으로 공평하게 지나갔다. 열 살의 코찔찔이였던 진욱이 이제 머리카락도 듬성듬성해지고, 본래 좀 굽었던 등은 더 굽어졌으며, 입념[28]에는 누런 이빨 몇 개만 남은 이스모스가 되었으니, 세월 앞에서 모든 것은 흘러가는 것이렷다. 그 모든 변화 중에 변치 않은 게 있으니 오지 않는 누이와 그 누이를 기다리는 이스모스의 뜀박질이었다. 살아 있다면 누이도 흘러간 세월만큼 변했겠지만 진욱은 그 옛날 열일곱의 누이만 기억 속에 간직하고 있다. 누이가 어딘가에 여직 살아 있다면 누이에게도 진욱은 열 살의 꼬맹이로 남아 있을지 모른다.

11

선두가 읍리에 들어섰다. 한참 뒤에 이스모스도 동네에 접어든다. 꼬맹이들에게 다시 쫓기기 시작하는 지점이다. 한두 번 따라다니고 나면 싫증이 날 법도 한데 꼬맹이들은

---

28) 잇몸.

지치지도 않고 진드기처럼 쫓아 다녔다. 형이 철이 들면 동생이, 그 동생이 커서 중학교에 올라가면 그 밑의 동생이, 다음에는 막둥이가, 그 막둥이가 크면 옆집의 막둥이가 바통을 이었다. 그것이 삼십 년이었다. 그 긴 세월은 하나밖에 없는 누이를 기다리는 시간이었다. 정성이 헛되지 않았는지 누이가 오기는 왔다. 그런데 몹쓸 병과 함께이다. 착한 누이를 왜 하늘님이 그런 모습으로 보냈는지 모르겠다.

엄니는 검정 치마에 흰 저고리를 받쳐 입고는 깨끔하게 쪽을 쪘다. 한눈에도 참 고운 모습이다. 그런데 얼굴 표정이 이상하다. 살아 있을 때는 한번도 못 본 갓진 차림새를 해놓고는 낯빛은 웃는 듯 우는 듯이다. 멀리에서는 웃는 것 같았는데 가까워지니 우는 얼굴이다. 또 어찌 보면 얼굴의 반쪽은 웃는 듯하고 나머지 반은 우는 듯하다. 웃음과 울음이 반반씩 섞여 있다. 그리 묘한 표정으로 엄니는 말없이 두 손을 잡아 주고는 되돌아서 멀어져 갔다.

엄니를 부르며 꿈에서 깬 진욱은 천장을 쳐다보며 한참을 있었다. 엄니의 표정이 영 마음에 걸려서였다. 웃으려면 웃고 울려면 울 것이지 왜 웃으면서 우는 것인가. 무슨 좋은 일이 있어 반은 웃고, 무슨 안좋은 일이 있어 반은 우는가. 감이 안 잡히는 꿈이었다.

뭔가를 말해주는 꿈 같았다. 엄니가 뜬금없이 나타난 것도 그랬지만 그 이상스런 표정이 더 그랬다. 뭔지는 모르지만 분명히 무언가를 알려주려는 것인 듯했다. 뭘 말해주려고 생전 없던 그런 모습으로 엄니가 꿈에 나타났을까. 매일 똑같이 반복되는 홀살이에 특별히 웃을 일도 불쑥하게 울 일도 없는데 뭘 알려주려는 걸까. 그러면 여기가 아닌 저기 어디와 관련된 것일까. 혹시 누이의 일이 아닐까? 누이한테 무슨 일이 생긴 걸까? 누이가 돌아오기라도 하려는 걸까? 점심을 먹는 둥 마는 둥 진욱은 고무신에 새끼를 동였다. 그리고 웃는 엄니와 우는 엄니를 떠올리며 신작로를 달렸다.

바다에는 물비늘이 제법 깃을 세우고 있다. 배가 딱 올 만큼, 딱 안 올 만큼이다. 출항금지를 알리는 빨간 깃발은 안 걸렸지만 배가 안 올지도 모르겠다. 그러면 간밤의 것은 엄니의 꿈이 아니라 개꿈이 되겠다. 진욱은 어판장 안에서 배를 기다렸다.

지치섬 뒤쪽에서 기적이 울린다. 객선이 오는 모양이다. 엄니의 꿈이 개꿈이 아닐지도 모르겠다. 진욱은 다른 날과 달리 배다리 입구에 섰다. 날이 추워 그런지 승객도 몇 안 되고 마중 나온 사람도 별로 없다. 배다리에서 나오는 사람들을 유심히 살핀다. 사람들이 다 나온 듯하다. 진욱은 배다리를 건너 삼바시를 지나 선실로 들어갔다. 아무도 없다. 개꿈이었구나. 맥 빠진 채로 돌아서려는데 저 안쪽에 무언가가 옹크려 있다. 이불더미 같다. 그런데 그것이 꿈틀거린다. 사람이다. 혹시 모른다. 진욱은 이불더미 가까이 갔다.

"사, 사람들 다 내렸는데라우."

이불더미 같은 것을 향해 배가 다 왔다는 걸 알려준다. 순전히 꿈 때문이었다.

"사람들 다 내렸어라우."

속에서 사람의 얼굴이 올라온다. 희미한 불빛이 할머니를 비춘다. 역시나 개꿈이었구나. 진욱은 돌아서려다 이상한 느낌이 들어 다시 내려다보았다.

"해나…."

하다가 그냥 돌아선다.

누이는 무슨? 동네 함마이다. 세월이 흘렀어도 누이는 저렇게는 안 늙었다. 아무리 늙었다 해도 저렇게 모양없게는 안 늙었다. 그리 생각하면서도 진욱은 다시 한번 그 할마이를 바라다보았다. 이불이 힘겹게 자리에서 일어난다.

"호, 혹시, 집이 어디요?"

다시 물은 건 순전히 간밤의 그 꿈 때문이었다.

"장산포라우."

두어 숨을 있더니 할머니 같은 여자가 대답을 한다.

"야? 어디라고라우?"

진욱은 귀를 의심하며 다시 물었다.

"장산포라께라우."

할머니의 대답은 똑같다.

"지, 진짜라우?" 하고는 두어 숨 쉰 진욱은, "그, 그라믄 혹, 진숙이 누님이요?" 한다.

서너 숨의 침묵이 흐른다.

진숙은 혹 동생이 아닐까 생각한다. 하지만 바로 고개를 젓는다. 아무리 그래도 동생이 저렇게 늙어버렸을 리는 없다. 동네 한압시 꼴이다. 늙기야 했겠지만 저리도 형편없게 늙지는 않았을 것이다.

"나가 진숙인디."

여자가 머리의 것을 벗으며 얼굴을 내민다.

"글믄 너가 진욱이냐?"

여자는 말끄러미 진욱을 응시한다.

"야. 나가 지, 진욱이여라우."

둘의 눈빛이 부딪는다. 그러고는 다시 두어 숨이 흐른다.

"오따, 내 동상아으!"

여자가 손뼉을 치며 큰 소리로 외친다.

"지, 진짜, 진숙이 누나요?"

진욱의 목소리가 선실을 울린다.

"이이. 나가 진숙이 누나더으."

진욱이 누이를 껴안는다. 누이가 그 품에 안긴다. 그러고는 운다. 둘이 한하고 운다. 울다가 울다가 또 운다. 둘의 울음이 바다만큼이나 깊다.

진욱이 진숙을 부축하여 배에서 내린다. 삼바시를 걸어 배다리를 건너 뭍에 오른다. 이 동네에서 재우고 내일 넘어갔으면 싶지만 그럴 만한 곳이 없다. 밤길을 걸어 넘어가는 수밖에 없다. 누이의 팔짱을 끼고 걸음을 뗀다. 마주보고 있는 점빵들에서 불빛들이 비친다. 진숙과 진욱의 얼굴에도 호야불이 비친다.

"음마, 이스모스가 뭔 아짐씨랑 가네라."

마주 오던 사람이 길을 터주고는 한마디 한다.

"금메 말이라우. 맨날 혼자 뛰댕기든만 오늘은 뭔일이끄나?"

점빵주인이 밖을 내다보며 한마디를 덧댄다.

"이스모스가 각시 얻었으끄나? 그란데 할마이 탁은데."

이스모스 255

옆집에서도 밖을 내다보며 머리를 갸웃댄다.

"이스모스즈그 누님이 어디 갔다든만 인자사 온 것 아니까?"

"아, 맞다, 그란갑네라. 함마이가 다 돼서 왔는갑네라."

그런 말들을 귀 너머로 흘리며 두 사람은 길을 걷는다. 우체국을 지나고, 다릿독을 넘어 마을 끝에 이른다. 두 사람은 신작로로 발을 디딘다. 바람이 숨을 죽이며 오누이를 따른다.

12

진숙은 하염없이 바다를 바라보며 앉았다. 열일곱 때의 바다 그대로다. 파도는 집 앞까지 밀려왔다 저 아래로 썰어 내려간다. 죽은 물고기라도 있는지 갈매기 여러 마리가 한 군데 앉았다가는, 바다를 쪼아 무언가를 한 입씩 물고 공중으로 날아오른다. 옛날의 그 갈매기들일 리 없지만 아무래도 그때의 갈매기일 것만 같다. 갈매기 날아가는 너머는 푸른 하늘이다. 구름 흘러가다 머물러 쉬고, 그리고 또 어디론가 흘러가는 광활한 공간이다. 구름이 자리를 비우면 그곳은 넓디넓은 창공이다. 구름도, 하늘도, 창공도 다 옛것인 듯하다. 그것들은 하나도 변한 게 없다. 변한 것은 사람들의 세상만이다. 엄니는 땅속에 묻혀 더 이상 이승의 존재가 아니다. 눈이 빠지도록 기다리다 오장이 다 물크러진 채 저세상으로 떠났을 것이다. 코흘리개였던 동생은 머리카락이 많이 빠졌고 등도 굽어졌다. 웃을 때 보면 이빨도 몇 안 남았다. 한압시가 다 되었다. 자신은 어떤가. 몸에도 마음에도 날카로운 칼자국들이다.

갈매기 한 마리가 무리에서 떠올라 먼 바다를 향해 날아간다. 진숙의 눈길이 갈매기를 따라 멀리로 옮겨간다. 거기 어드메쯤에 '나미코'의 모습이 어려 든다. 잔뜩 흐린 얼굴이 금방이라도 울음을 터트릴 것만 같다. 채 피어보지도 못하고 꺾이어진 채로 너무 슬프게 세상을 떠나서인지 모르겠다.

대부분이 언니들이었는데 그 애는 열일곱 동갑내기였다. 그래서 더 가까이 지내게 됐다. 담양 어디에서 왔고, 본이름은 '숙정'이라 했다. 밭에서 언니랑 김을 매고 있는데 일본헌병이 다짜고짜 트럭에 실어버렸단다. 그래서 친언니인 '하미코'랑 한꺼번에 붙잡혀 왔댔다. 누구 하나 힘 안 든 사람이 없었지만 숙정은 유난히 하루하루를 힘들어했다. 통시 구덕의 똥 위를 기어다니던 구더기가 온몸에 스멀대는 것 같아 잠을 이룰 수가 없단다. 눈만 감으면 구더기가 굼질대는 듯해 눈을 뜰 수밖에 없는데, 다시 눈을 감기가 무서워 천장만 바라보며 밤을 새운단다. 잠을 못 자니까 몸은 담담 야위어갔고, 그럴수록 더 힘들어했다. 그러던 숙정이 부대를 따라 이동하던 중 폭우가 쏟아지는 강으로 뛰어내려 버렸다. 정액의 구덕에서 구더기와 사느니 차라리 죽는 게 나았던 모양이다. 시체라도 찾아야 한다고 모두들 애를 태우고 있는데, 사흘 뒤 원주민이 나무에 걸려 있는 시신을 발견해 알려주었다.

강가에 나무를 쌓고 시신을 모포로 말아 그 위에 올렸다. 다시 시신을 나무로 덮고는 기름을 붓고 불을 붙였다. 불은 허공으로 활활 타올랐다. 지옥의 땅을 벗어나 극락의 하늘로 가는 숙정의 날갯짓만 같았다. 살갗이나 좀 탔을까. 멀쩡하던 하늘에서 갑자기 비가 질금거렸다. 여남은 명의 조선 여자들은 빗속에서 서로 껴안은 채 흐느껴 울었다. 시체는 "지이! 지이!" 소리를 내며 비와 눈물 속에서 타들어 갔다. 동생을 따라가겠다고 불속으로 뛰어들려는 하미코 언니를 다른 언니들이 간신히 붙잡았다. 하미코 언니는 고향에 가져가겠다며 숙정의 뼛조각 몇 개를 헝겊에 쌌다. 언니들은 타다 만 시신을 땅을 파고 묻었다. 빗속에서 숙정을 보내고 온 그날도 조선의 여자들은 가랑이를 벌린 채 일본군의 정액을 받아야 했다.

'히토미' 언니는 대구가 고향이랬다. 본 이름은 '순심'이랬는데, 얼굴도 동글동글하니 예쁘고 살결도 뽀야니 고왔다. 잡혀오기 전에 기생공부를 했다는데 그래서인지 창도 잘하고 일본노래도 잘 불렀다. 부대에 행사가 있으면 단골로 불려가 노래도 부르고 춤도 춰 주고 왔다. 장교들이 준 팁이라며 일본 돈을 자랑하기도 했다. 한 닢 두 닢 잘 모아 부모님께 보내겠단다.

일본군의 출전 며칠 전이었다. 그런 때 군인들은 매우 민감해졌다. 여자들 품에 안겨 아이처럼 울어대거나, 여자와도 이제 마지막이라며 미친 듯 밑을 쑤셔대거나, 자기가 잘못했다며 여자의 손을 잡고 용서를 빌기도 했다. 하지만 여자들은 그런 때에 외려 몸조심을 해야 했다. 어떤 돌출행동이 나올지 몰라서였다. 잔뜩 긴장해 있는 군인들은 칼로 자기 몸을 긋기도 하고, 배 위에 올랐다가 여자의 몸을 그어버리기도 했다. 여자의 성기에 칼을 박아 넣는 정신병자도 있었다.

보통은 잔치가 끝난 밤늦게나 적어도 뒷날은 돌아오는데

이틀이 지나도 언니가 안 돌아왔다. 그렇다고 찾으러 가 볼 수도 없는 노릇이었다. 이제나저제나 기다리고 있는데, 언니는 다음날 부대 옆의 밭고랑에서 벌거벗겨진 몸으로 발견되었다. 얼굴은 알아볼 수 없을 정도로 처참하게 짓이겨졌고, 가랑이는 망신창이 피투성이인 채였다. 일본군인들이 전투에 대한 액때움으로 언니를 죽인 것이다. 여자를 제물로 바치노니 우리는 무사하게 해주소서, 여자의 목숨을 받는 대신 우리 목숨은 보호해 주소서 하는 미친 기도의 찌꺼기였다. 그들에게 조선여자들은 자신들의 정액을 받는 물빈이거나, 아무렇게나 죽여도 되는 개나 돼지에 불과했다. 그 이상도 그 이하도 아니었다. 히토미 언니를 땅에 묻으면서 그 물받이 개돼지들은 오스스 몸을 떨었다. 언제 자기 차례가 될지 몰랐다. 올려다보면 죽음이 머리맡에서 내려다보고 있고, 그것이 두려워 눈을 내리면, 깊게 파인 웅덩이 저 아래에 죽음이 아가리를 벌린 채 혀를 날름대고 있었다. 조선여자들에게 죽음은, 매일매일 받아내야 하는 일본군인들만큼이나 가까이 있는 대상이었다.

수더분한 얼굴의 '아키미' 언니는 마음이 고왔다. 삼백 원에 자기를 팔아먹었다며, 아무리 그래도 어떻게 부모가 자식으로 돈을 살 수 있냐며 아버지를 원망했었다. 그러더니 나중에는, 오죽했으면 부모가 딸을 팔았겠냐며 느껴느껴 울었다. 단돈 삼백 원에 인생이 팔려버린 딸은 울고 또 울면서 일본군인에게 다리를 벌려야 했다. 거기 있는 여자들에게는 '스짱애인'이 하나씩 있었다. 꼭 애인이라기보다는 다른 군인들보다 좀 가까운 사이라는 게 맞는 말이었다. 땅딸막하고 야무지게 생긴 일본군 하사관 요시다가 아키미 언니의 스짱이었다. 한참을 애인으로 지내던 두 사람은 마을에 방을 얻어 살림을 차려 나갔다. 요시다가 위안소 주인에게 몸값을 지불하고 언니를 빼 준 것이었다. 모두들 아키미 언니를 부러워했다. 언니는 이제 지옥 같은 물받이 생활을 벗어나, 일본군인이기는 하지만 한 남자만 상대하면 되는 것이다.

그런데 언니의 팔자에 그런 호사는 없었던 모양이다. 전투에 나간 요시다가 죽어버린 것이다. 모두가 부러워했던 언니의 자유도 그것으로 끝이었다. 언니는 할수없이 다시 위안소로 들어와야 했다. 그런데 나갈 때와는 달리 배가 제법 불러 있었다. 위안소 주인은 애를 떼어내기 위해 언니에게 강제로 독한 약을 먹였다. 떨어지기 싫은지 아이는 악착같이 엄마에게 붙어 있었다. 산달이 되어 밤을 새운 진통 끝에 꺼내기는 했지만 애는 이미 죽은 상태였다. 아이는 죽어서도 엄마와 떨어지기 싫었는지, 아니면 엄마의 삶이 죽는 것만 못하다고 여겼는지, 죽으면서 엄마까지 데려가 버렸다. 언니의 하혈이 멈추지 않은 것이다. 차라리 잘된 일인지도 몰랐다. 개똥밭에 굴러도 이승이 낫다지만, 그러나 개똥밭도 개똥밭 나름이었다. 이 세상에는 저승보다 못한 개똥밭도 있는 것이다. 그 엄마가 뒹굴고 있는 개똥밭이 바로 그런곳이었다. 개똥밭만도 못한 곳에서 궁글었던 엄마와 세상도 못 보고 죽은 아이는 거적에 말린 채 들것에 실려 강가로 갔다. 그리고 강물에 떠내려 보내졌다. 엄마와 아이는 개똥밭보다 나은 저승의 어느 조그만 무인도에서 둘만의 세상을 꾸릴지 모르겠었다.

그믐밤 같은 캄캄한 과거 속에도 어둠을 쏘는 손전등 같은 한 줄기 환한 불빛의 기억이 있다. '야마다 이치로' 상등병이다. 자지를 세운 채 달려들기 바쁜 여느 병사와 달리 이치로는 처음부터 곁에 가만히 앉아만 있었다. 다리를 벌리고 침상에 눕자, 이치로는 진숙을 안아 일으켰다. 그러고는 한참을 바라보고 있더니 그냥 돌아갔다. 그 다음부터 이치로는 진숙만 찾아 들었다. 어떤 날은 이윽히 바라보기만 했고, 어떤 날은 꼭 껴안은 채 등을 다수려주며, "후빙데나라나이와! 후빙데나라나이와너무 가여워, 너무 가여워!"를 되뇌며 눈물을 흘렸다. 무슨 뜻인지는 정확히 알 수 없었지만 이치로의 애절한 눈빛이 그 마음을 말해주고 있었다. 둘은 서로를 '스짱'이라 불렀다. 진숙은 이치로로 해서 현실의 고통을 조금이나마 잊을 수 있었다. 다리를 벌리고 일본군인의 정액을 받아야 하는 수치도 이치로 앞에서는 조금은 묽어졌다. 그것이 어쩔 수 없다는 걸 이치로는 이해해 주었다. 그러면서 진정으로 진숙을 아껴주었다. 전쟁이 끝나면 일본이든 조선이든 어디서든 같이 살자 했다. 그것이 정말로 이루어질지는 알 수 없었지만 진숙의 마음이 설레었던 것은 사실이다. 수많은 남자들이 들어왔다 나가 이미 정액의 하수구가 돼 있는 걸 뻔히 알면서도 자기를 좋아해 주다니. 그런 자기와 살림을 차리자니. 비록 이치로가 일본군인들 중의 하나였지만 그래도 진숙은 진실로 이치로가 고마웠다.

어느 날 이치로가 불안한 얼굴로 찾아왔다. 그러고는 진숙에게 깊숙이 들어온 채로 가만히 있었다. 그러면서 무섭고 두렵다 했다. 아무래도 이번 전투에서 죽을 것만 같다는 것이다. 진숙은 이치로를 꼭 안아 주며, 그럴 리 없다고, 당신은 절대 죽지 않을 거라고, 당신은 나와의 약속을 지켜야 하기 때문에 절대 죽어서는 안된다고 말해 주었다. 이치로는 고개를 끄덕이며 더 깊이 들어왔다. 그리고 오래오래 사정을 했다. 마치 그 전의 것들까지 다 합친 듯한 긴 시간이었다. 그리고 그것이 진숙에의 마지막 사정이기도 했다. 전투에 나간 이치로가 소식이 끊긴 것이다. 찌럭찌럭한 진흙탕의 웅덩이에서 그래도 한 줄기 빛이었던 것도 그것으로 끝이었다. 그믐처럼 캄캄한 인생에서 손전등 같던 빛은, 먹구름으로만 이어진 인생에서 사금파리 같던 빛살은, 금방 생겨났다 눈 깜짝할 사이에 사위고 만 신기루로서였다.

 일본이 항복을 하고, 이백 년이나 이천 년 같았던 이녀산의 지옥이 끝났을 때를 기억한다. 한 달이 지나도록 일본군이 얼씬을 안했다. 이상하다 싶어 위안소 주인이 알아보니, 일본이 벌써 항복을 했고, 일본군인들은 한 달 전에 이미 철수해버렸단다. 자신들이 필요해서 끌어와 놓고는 갈 때는 아무렇게나 버려두고 간 것이다. 전쟁의 와중에는 일본군인들의 물받이였던 조선 여자들은 이제는 낯선 나라에서 거지꼴로 떠돌아야 했다. 여덟 중 둘은, 더러운 몸으로 고향으로 돌아가느니 차라리 아무도 모르는 곳에서 산다며 그곳에 눌러앉았다. 진숙도 그럴까 생각해봤지만, 무엇인지는 모르겠는데 무엇인가가 그러지 말라 했다. 시궁창같이 더러워진 몸일지라도 왔던 곳으로 돌아가야 한다고 마음속의 어떤 목소리가 말을 하는 것이다. 진숙은 마음속의 그 소리에 따르기로 했다.

13

 큰재 오르막이다. 앞서가던 선수들이 치받이 길을 헉헉대고 있다. 물매 싼 길인지라 거의 걷고 있는 거나 진배없다. 그런데 이스모스는 비탈길을 달려 오르고 있다. 맨날 다니던 길이라 아무렇지 않은 듯하다. 달려가는 이스모스를 보며 선수들의 눈이 휘둥그레진다. 평소에 알고 있던 그 시쁘디시쁜 반편이가 아니다. 반환점을 돌고 달려 내려오는 선수들도 놀라기는 마찬가지다. 힘차게 달려 오르는 이스모스가 조금 있으면 자신들을 잡을 것 같다.
 이스모스가 큰재 꼭지에 올라선다.
 "이스모스! 파이팅!"
 땀으로 범벅된 이스모스의 등짝에 확인관이 붉은 도장을 찍어준다. 이제 절반을 달렸다.
 비탈길을 달려 내린 이스모스는 도깨비골창을 지난다. 재를 넘어 왕진 갔던 의원이 도깨비를 만났다기도 하고, 문상 갔다 술이 취한 채 돌아오던 사람이 밤새 도깨비와 씨름을 했다는 곳이다. 뱃머리로 향할 때는 아직 해가 있어 괜찮지만 집으로 넘어갈 때는 깜깜한 어둠이어서 왠지 으스스했다. 금방이라도 저 앞에서 소복 입은 여자가 긴 머리카락을 휘날리며 당실당실 걸어 올 것만 같았다. 처음에는 겁이 나 옆과 뒤를 뚤레거리며 서둘러 지나쳤는데, 자주 다니다 보니 여느 곳과 다를 바 없어졌다. 나중에는 외려, 무엇이라도 좀 나오면 덜 심심할 것도 같아 도깨비나 귀신이 기다려지기까지 했다.

금은 골짜기를 돌아 직선으로 뻗은 신작로다. 뙤약볕은 내리쬐지만 덥지는 않다. 마냥 즐거울 뿐이다. 일등을 할 수는 없겠지만 누이에게 힘차게 달리는 모습을 보여줄 수는 있을 것이다. 그러면 된다. 그러면 누이가 또 웃을 것이다. 어서 가자.

예쁘다고 소문 난 이 동네 저 동네 청년들을 집 앞에 얼찐거리게 했던 그 누이가 함마이가 되어 돌아왔다. 아직 쉰도 안된 누이가 환갑을 저만치 넘긴 동네 함마이들과 동갑처럼 보인다. 대체 무슨 세월을 살았기에 저리 늙어버렸을까. 무슨 몹쓸 일을 겪었기에 저렇게 쭈글쭈글 돼 버렸을까. 잘은 몰라도 육지에서 안좋은 일이 있었던 것만은 분명하다. 밤에 잠도 제대로 못 자고, 잠을 자다가도 비명을 지르며 밖으로 달려 나가 미친 듯 모랫벌을 헤매고 다닌다. 그러다가 갯물에 들어 모래를 움키어 몸을 문질러댄다. 무언가 말 못할 사연이 있는 게 틀림없다. 육지 병원에 가보자니까 펄펄 뛰며 불컹 성질을 냈다. 그런 데는 절대 안 간단다. 그렇게 성질 낼 일이 아닌데 그랬다. 그러면 보건소에라도 가보자고 하려다 무서워 말도 못 꺼냈다.

광복절 기념 면민체육대회가 다가오고 있었다. 매년 국민학교에서 동네 대항 축구와 배구, 달리기와 줄다리기 같은 것을 하는 날이다. 구경 삼아 두어 번 가본 적이 있다. 운동장을 돌아다니다 보면 사람들이 지나가는 말로 그랬다.

"아따, 이스모스 담박질 한번 시케 보제나."

"평생 달리기만 했으께로 일등 할지도 몰라."

"연습꼴로[29] 한번 내보내 보믄 어차까?"

솔깃하기도 했지만 괜히 웃음거리가 될까 싶었다. 안그래도 "이스모스! 이스모스!" 하면서 꼬마들까지 시뻐보는데 꼴등이라도 하면 이만저만 망신살이 아닐 것이었다. 달리는 데야 자신 있지만 팔팔한 애들을 해볼 수 있을까도 싶

---

29) 연습 삼아.

었다. 그런데 이번에는 왠지 마음이 끌렸다. 낮에는 퀭한 눈으로 바다만 바라보고 앉았고, 잠들었다가도 비명을 지르며 일어나 모래로 살을 비벼대는 누이에게 웃음 한번 주고픈 것이다. 일등은 못하더라도 그동안 수없이 달렸던 길이니 끝까지 달릴 자신은 있었다. 그래서 말을 꺼내본 것이었다.

"누님, 나 담질 한번 나가보까?"

마당가에 앉아 멍한 눈으로 바다를 바라보던 누이가 무슨 말인가 싶어 고개를 돌린다.

"국민학교서 체육대회 하는디 담박질 한번 해보까 말이여?"

"아, 담질!"

누이가 고개를 끄덕인다.

"젊은 사람들만 나올 것인디, 니가 그 애기들을 해 봐 지끄나?"

흘러내린 머리카락을 쓸어 올리며 누이가 묻는다.

"갠짐해. 누님 기달림시로 뱃머리 뛰댕겠응께 나도 달리기는 이상 잘 하제."

누이의 눈이 갈쌍해진다.

"오따, 그래이."

누이는 잠시 말이 없다. 그러더니,

"내가 안 갔어야 했는디. 참말로 그놈의 반데[30]를 안 갔어야 했는디야." 하며 길게 한숨을 내쉰다.

"누님, 그라믄 나, 나가보네이."

"이이, 그래라. 니는 에릴 때부터 담질을 잘했어야. 긍께 잘하믄 일등도 할 거이다."

누이가 입가에 웃음을 띠며 방으로 들어간다.

잘했다는 생각이 들었다. 집에 돌아온 뒤에는 한번도 웃음이 없던 누이였다. 그런 누이가 웃었으니 벌써 거작은 성공한 셈이었다.

"이걸로 운동화 하나 사 신고 나가 봐래이."

누이가 꼬깃꼬깃 접힌 천 원짜리 한 장을 내민다.

그날부터 연습에 들어갔다. 아침에 재 꼭대기를 달고 오고, 저녁에는 뱃머리까지 뛰어갔다 오는 것이었다. 신작로를 달리는 것은 똑같았지만 시합한다는 마음으로 속도를 좀 더 내 보는 것이 달랐다.

어서 가서 누님에게 내 모양을 보여줘야겠다. 일등은 못하더라도 끝까지 달린 모습을 보여줘야겠다. 진욱은 속도를 더 내본다. 팔월의 볕이 신작로를 함께 달린다.

---

30) 곳.

14

 진숙이 중발을 내밀자, 진욱이 술을 따른다. 중발을 묏등 앞에 놓고는 진숙이 절을 한다. 한 번, 또 한 번이다. 그러더니 흐느끼기 시작한다.
 "엄매, 엄매, 우리 엄매, 불쌍한 우리 엄매."
 언뜻 보면 그냥 땅이 좀 불쑥한 정도여서 무덤으로는 안 보인다. 풀이 깎여 있어 그렇지 안그러면 그냥 다복풀밭으로 보일 듯하다.
 "엄매, 엄매, 우리 엄매, 불쌍한 우리 엄매. 내가 내가 잘못 했네, 이 년이 죽일 년이네."
 진숙은 떼밭을 손바닥으로 두드리며 몸을 구불락펴락한다. 굽고 펴지는 몸을 따라 울음소리도 오르락내리락 한다.
 "엄매 엄매, 우리 엄매, 불쌍한 우리 엄매, 눈 빠지게 기다리다 기언질 못 보고 가뻤는가. 엄매, 엄매, 우리 엄매, 불쌍한 우리 엄매."
 곡으로 흐느끼던 진숙이 중발을 들어 묏등에 뿌린다. 진욱은 누이의 모습만 말끄러미 바라보고 있다.
 "엄매, 늦게 와서 미안하너이. 어차다 보께 그라고 됐네야."

 진숙이 묏등의 떼를 손으로 쓰다듬는다.

"엄매, 엄매는 말 안해도 다 알제. 긍께 말 안할라네. 그냥 속에다만 묻어 놀라너이."

 집에 돌아오자마자 오고 싶었지만 그럴 수가 없었다. 추워서도 아니고 못 올 만큼 몸이 안좋아서도 아니었다. 더러운 몸으로 엄매 보기가 두려워서였다. 일본군인들에게 짓밟힌 걸레 같은 몸뚱이를 엄매 앞에 내놓기가 저어되는 것이다. 가봐야 한다면서, 얼른 엄매를 찾아봐야 한다면서도 그러구러 겨울을 다 보내 버렸다.

 산에 들에 싹꽃들이 피어나고 있었다. 검푸르던 바다는 조금씩 풀려서 푸른색으로 변해가고, 하늘은 바다의 물감을 빨아들인 듯 시나브로 푸르러지고 있었다.

 낚시를 갔다 온 진욱이 늦은 점심을 먹고는 낫을 들고 나선다.

"누님, 나 엄니한테 갈라는데 따러 갈랑가?"

 이제 막 풀싹이 올라오는 때에 벌초를 하려는 것은 아닐 터였다. 거기에다 술과 안주까지 준비한 걸 보면 단순히 묏등을 단도리하려는 것도 아닌 듯 싶다.

"그래 보까, 어차까?"

진숙은 방으로 들어와 웃옷을 걸쳤다. 이런 꼴로 엄매를 봐도 될까. 당장에 가라고 소리소리 지르는 건 아닐까. 더런 년 왔다며 등을 돌리는 것은 아닐까. 진숙은 걸쳤던 웃옷을 벗었다. 아무래도 안될 것 같다. 더러운 몸으로 엄매 앞에 서서는 안될 것 같다. 그러고는 다시 생각한다. 그렇다고 지금 와서 어떡할 것인가. 어차피 한번은 가봐야 할 엄매 아닌가. 잘못했다 빌자. 무조건 잘못했다 빌자. 그러려고 그런 건 아니었는데 그렇게 됐다고 하자. 내 힘으로는 도저히 어쩔 수 없었다고 하자. 그러니 용서해 달라고 하자. 진숙은 다시 웃옷을 길쳤나.

이번에는 진욱이 잔을 내밀고 진숙이 술을 딴다. 진욱이 절을 마치고는 누이를 올려다본다.

"엄니한테 누님 데레다 주라 했든만 들어줬네라."

죽어서도 눈을 못 감은 엄니의 눈을 쓸어 감기면서, 그리고 지게송장을 지고 올라와 엄니를 혼자 묻으면서 그렇게 빌었었다.

"금메다. 그래서 그랬으끄나?"

매일매일 열두엇의 일본군인들을 받으면서, 죽음보다 더한 치욕으로 바르르바르르 몸을 떨면서, 견디다 못한 언니들이 스스로 목숨을 끊는 것을 목격하면서, 일본군인들에게 살해당한 언니의 주검을 묻으면서, 진숙이 죽음을 생각 안한 건 아니었다. 죽는 게 차라리 낫다 싶었다. 그런데 그때마다, 그러면 안된다고, 이년아 그래서는 절대 안된다고 어떤 목소리가 간절하게 꾸짖고 있었다.

"나도 몇 번이나 딴 생각을 했는디, 그때마다 누가 그러지 마라 그라데. 절대 그라믄 안된다는 거여. 저 속에서 누군가가 그러는 거여."

지옥생활이 끝나고 조선으로 돌아오는 배 위에서도, 돌아와 사람들에게 경멸의 눈빛을 받을 적에도, 정성스레 키운 아들에게 버림받았을 때에도 진숙은 죽음을 생각했었다. 그런데 그때에도 마음속 저 깊은 곳의 무엇인가가 그러지 말라고 말을 해 왔다. 그게 무엇인가 했더니 엄매였나 보다. 고향에는 꼭 돌아가라고, 진욱이가 애타게 기다리고 있으니 기언질 가서 만나야 한다고, 죽더라도 엄니나 한번 보고 죽으라고 그랬나 보다.

"누님, 늦게라도 이라고 왔으께 나는 좋네야."

진욱이 누이를 보며 징긋 웃음을 문다.

"그라니? 나도 그란다. 엄매랑 너랑 있는 데 오께로 이라고 좋구나."

진숙이 묏둥의 풀을 쓰다듬는다.

이스모스 273

"여기 잔 앉었게이. 나는 벌안[31] 잔 칠라네이."

진욱이 낫을 들더니 산소를 먹어 들어온 나뭇가지를 치기 시작한다.

"몸살지친 세상이었네라. 살어 있어도 산 것이 아니고, 숨은 쉬제만 죽어 있는 목숨이었네라. 엄매, 세상 어디에 그런 지옥이 있당가. 아무리 징한 지옥이라도 그만은 안할 거이네. 짐승만도 못한 일본놈들이네야."

진숙은 떼밭에 앉아 바다를 내려다본다. 배 한 척이 길게 금을 그으며 읍을 향해 가고 있다. 진숙의 눈길이 금을 따라간다.

저 길이었지. 삼십 년 저편의 그날 나도 저 금을 타고 그 징상스런 지옥으로 들어갔었지. 그리고 저 금을 타고 지옥에서 돌아왔지. 저 금이 떠나고 돌아온 내 인생의 자취이지.

육 개월을 거지처럼 떠돌다 어찌어찌 고국으로 오는 배를 탈 수 있었다. 배는 인천을 거쳐 부산으로 간다고 했다. 차마 고향으로 돌아갈 수는 없었다. 낯선 곳보다는 그래도 한 번 본 적이 있는 부산이 나을 듯했다. 부산에 내려 하루하루를 연명했다. 어찌어찌 목숨을 이어가다가 한 남자를

---

31) 봉분을 두른 떼밭.

만났다. 두 아이의 아버지였다. 아이를 가질 수 없다고 생각해 그런 사람도 과분하다 여겼다. 남자에게도 아이들에게도 정성을 다했다. 인생에서 행복이란 것이 피어났던 몇 년이었다. 그러다가 남자가 과거를 눈치챘다. 일본놈들에게 몸을 판 '창녀'라며 집에서 내쫓았다. 강제로 끌려갔든 속아서 갔든, 어쨌든 그런일을 당한 여자는 모두 '창녀'가 되는 모양이었다. 미련 없이 짐을 쌌다. 그런 소리를 들으면서까지 같이 살 수는 없었다. 그들 역시 제 여자들 하나 제대로 간수 못했다는 점에서는 일본놈들과 별반 다를 게 없었다. 잔악한 일본놈들이었다면, 늘럽한[32] 조선의 남자들이었다.

대구로 거처를 옮겼다. 그곳에서 온갖 허드렛일을 하며 생활을 꾸려 나갔다. 혼자 사는 게 고적해 고아원에서 아이도 하나 데려왔다. 죽자살자 일한 결과 조그만 아파트도 하나 마련하고 돈도 조금 모았다. 장성한 아들을 결혼도 시켰다. 그런데 아들이 노름을 했고, 그로해서 이혼을 했다. 아들의 노름빚을 갚아주기 위해 아파트를 팔았다. 나라에서 나온 보상금도 전부 아들에게 주었다. 사람들은 바보짓이

---

[32] 못난 좀 모자라는.

라며 말렸지만 아들을 믿었다. 그런데 어느 날 아들이 일언반구도 없이 사라져 버렸다. 남겨진 것은 텅 빈 손과 쇠약해진 육체뿐이었다.

밑이 아파 병원에 갔더니 자궁에 종양덩어리가 있단다. 젊은 시절에 밑을 함부로 놀려 생긴 병이란다. 의사는 가능한 한 빨리 수술을 받아야 한다고 했다. 생각해보겠다며 병원을 나왔다. 후들거리는 걸음으로 거리를 걸었다. 곁을 지나쳐가는 사람들은 하나같이 환한 얼굴이다. 저들에게는 행복만 있고 나에게는 불행만 있구나. 저들에게는 삶만 있고 나에게는 죽음만 있구나. 평생을 어두운 골짜기만 걸었는데, 웃음의 마디 하나 없이 울음으로만 세상을 살았는데, 그런데 벌써 죽음과 맞닥뜨려야 하는구나. 어둡고 침침한 골목만을 걷다가 이렇게 죽음으로 가야 하는구나.

그나저나 수술을 받아야 하나, 이대로 살다 죽어야 하나. 수술 받는다고 달라질 게 있을까. 베릴 대로 베려버린 몸뚱이가 수술로 고쳐질 수 있을까. 이미 썩어버린 몸인데 한 곳 도려낸다고 나아질 게 있을까. 몸이 나으면 달라질 무엇이 있기라도 한가. 환한 햇살이 인생을 새롭게 비춰주기라도 한가. 아프나 나으나 그저 혈혈단신의 늙은 몸뚱어리 하나가 있을 뿐이다. 더러운 몸으로 지금까지 산 것도 덤인데, 무슨 좋은 꼴을 보겠다고 몸에 칼을 대나. 그냥 살다 죽자. 사는 대로 살다가 눈이 감기면 그대로 가자. 슬퍼해줄 남편도 울어 줄 새끼가 있는 것도 아니다. 미련 없이 그냥 가자.

그러면 어떻게 가야 하나? 여기서 이렇게 거지처럼 살다 갈까? 죽은 지 몇 날이 되어도 아무도 모르는 이런 곳에서 혼자 쓸쓸히 죽어갈까? 그럴 수는 없다. 아무리 추하게 살았더라도 갈 때는 깨끗해야 한다. 죽음만큼은 단정해야 한다. 그렇게 죽을 수 있는 곳이 어디인가. 그렇게 죽음을 맞이할 수 있는 장소가 있기는 한가. 내 인생은 열일곱을 고개로 이편저편으로 갈렸다. 열일곱이 되기 전에는 깨끗하고 아름다운 곳에서 참으로 단정했었다. 해진 저고리이지만 옷고름 한번 삐뚜룸 안했고, 금방 미질[33] 것 같은 속곳이었지만 한번도 치맛단 사이로 비친 적 없다. 긴 머리는 질끈 쟁겨 항상 등거리에 다소곳이 늘여져 있었다. 그 차림으로 바다와 산과 들을 헤다니며 갯것을 따고 물거리를 하고 나물을 캤다. 그때의 바다와 산과 들은 얼마나 아름다웠던가. 또 거기서 살던 사람들은 얼마나 정다웠고. 그리고 사

---

[33] 낡아서 해질.

랑하는 내 동생 진욱이는 ……. 그리도 아름다웠던 시절과 그리도 정다웠던 사람들이 정말로 있기는 했던 걸까. 기억에 있는 그것이 참말로 지난날 내 인생의 시간이기는 할까. 그렇다면 가서 봐보자. 그것이 진짜로 내 인생의 기억인지, 내 인생에 정말로 그리도 아름다운 시절이 있었는지, 내 어린 날에 그런 장면들이 있었는지 가서 확인해 보자. 그리고 그것이 맞다면, 그런 시절과 그런 곳이 정말로 내 인생에 있었다면, 그렇다면 거기서 죽자. 거기서 단정하게 끝을 맞이하자.

다음날 진숙은 삼십 년 전에 보따리를 안고 떠났던 그 길을 보따리 하나를 안고 되짚었다.

생각에 잠겼던 진숙이 자리에서 일어선다. 그사이에 해는 서녘으로 많이 기울었다. 진숙은 서쪽하늘을 바라보며 바르르 진저리를 친다. 자야 하는 시간이 다가오고 있는 것이다. 진숙에게 열일곱 이후의 밤은 악몽의 꿈자리이다. 잠을 자려고 눈을 감으면 일본군인들이 곧추세운 자지로 몸을 마구 문질러댄다. 왜낫자루만한 딱딱한 것들은, 젖꼭지에 옆구리에 허리에 밑에 똥구멍에 엉덩이에 허벅지에 닿여 살갗을 비벼댄다. 한참을 그러다가는, 그 많은 것들이 마치 물총을 쏘듯 일제히 정액을 쏘아댄다. 순간 진숙은 자리개미의 비명을 지르며 벌떡 일어나 앉는다. 헤떠 잠은 깼지만 쏘아진 정액들이 온몸에 스며든 것 같아 피가 나도록 살갗을 문지른다. 문대도 문대도 정액 썩는 냄새는 안 없어져, 피가 찍찍 흐르는데도 계속해서 살갗을 문질러대고 또 문질러댄다. 살갗은 벗겨져 피가 흐르고, 딱지가 앉고, 그것이 벗겨져 다시 피가 흐르고, 그 위에 더뎅이가 지고, 그러면서 온몸은 얼룩덜룩 자국들로 덮이게 되었다. 쌓이고 쌓인 그 태죽[34]들은 털이 그슬려진 개가죽처럼 보인다. 거무죽죽한 그 자국 때문에 진숙은 사시사철 긴 팔에 목까지 가리는 옷을 입고 산다. 고향에 돌아와도 그 망할 놈의 병은 안 고쳐져 잠을 자다가도 벌떡 일어나 갯물에 몸을 잠근 채 모래로 살갗을 비벼댄다. 소금기가 바늘처럼 찔러대 온몸은 쓰리고 아프지만, 그래도 비비고 또 비벼댄다.

"누님 다 했네. 인자 내레가세."

묏등 주변이 훤해졌다. 진욱이 술병과 중발을 봉지에 챙겨 넣는다.

"엄매, 더런 년이제만 인자 자주 옴세이."

진숙이 다시 묏등을 손으로 쓴다.

---

34) 자취. 흔적.

"엄매, 그나저나 나, 잠이나 잔, 자게 해주게. 아픈 건 둘째 치고, 잠을 못 자 죽것네야. 우리 엄매는 해 줄 것 탁어서 말이네. 잔, 해주거이."

묏등을 내려다보며 진숙이 산 사람에게 말하듯 한다.

언덕을 타고 오른 보드라운 바람이 남매를 스치고 불어간다. 먼바다에서 밀려오던 어스름이 저만치에 발길을 멈추고 있는 듯하다.

15

읍리를 지나 들간데를 달려 당리에 접어든다. 지날 때마다 느끼는 것이지만 제일로 힘이 드는 곳이다. 막바지 오르막인 데다가, 며칠 갇혔다 풀려난 각다귀 떼처럼 아이들이 유난히 극성을 떠는 동네이다. 에움길이라도 있으면 멀리 둘러가더라도 돌아가고 싶지만 외길인지라 그럴 수도 없다. 그런데 오늘은 아이들도 체육대회에 갔는지 모깃불 피운 마당마냥 한적하다. 노인들 몇만 그늘에 앉아 선수들을 지켜보고 있다.

이스모스 앞에는 세 사람이 뛰고 있다. 두번째로 달리

던 강익수가 속도를 내기 시작한다. 질세라 이스모스도 발을 빨리 놀려본다. 강익수가 맨 앞으로 치고나간다. 자갈이 없는 곳을 찾아 달리느라 강익수가 오른쪽 왼쪽으로 길을 자주 바꾼다. 이스모스는 평소처럼 앞만 보고 달린다. 고무신이 닳을까봐 벗어 들고 달리던 곳, 자갈이 많아 신을 신고 걷던 곳, 길이 맨드르르해 다시 신을 벗고 뛰던 곳, 저 앞에서 사람이 오고 있어 얼른 신발을 되신던 곳……. 구르는 돌멩이 하나에도 패인 고랑의 작은 주름에도 지난 세월의 기억이 묻어 있다. 이스모스는 발의 기억을 따라 거칠 것이 없다.

열녀문을 지나고 내리막을 달려 불목리 들머리이다. 그 사이에 이스모스는 두 사람을 따라잡아 이제 두번째이다. 강익수가 저만치 농협을 지나고 있다.

"이스모스! 화이팅!"

집으로 돌아가는 사람들이 이스모스를 외치며 박수를 쳐준다.

"이스모스, 힘 내!"

박수 뒤에 응원이 덧붙는다.

생전 없던 일이다. 힘을 내란다. 맨날 벌가지[35] 보듯 하

---

35) 벌레.

던 사람들이 힘을 내라며 박수를 쳐주고 있다. 사람 취급도 않던 사람들이 응원을 해주고 있는 것이다. 세상에, 고자가 알 낳을 일이다. 해가 서편 불목리에서 떠서 동편 목섬으로 져 내릴 일이다. 모든 게 신기하기만 하다.

이스모스는 힘이 난다. 더 재게 발을 놀린다. 이제 누이가 있는 국민학교까지는 얼마 안 남았다. 지서를 지나 농협, 다릿독을 지나 상점들의 거리를 달린다. 도개집 삼거리에서 강익수가 오른쪽으로 길을 튼다. 운동장 가에서 사람들이 내려다보며 소리를 질러댄다.

"강이수더으!"

"강익수가 또 일등이더으! 영락없더으!"

곧바로 더 큰 소리가 뒤를 잇는다.

"와아! 이스모스다!"

"워매! 이스모스더으!"

"이스모스가 이등이더으!"

사람들이 우르르 교문 앞으로 몰려든다.

강익수가 정미소를 지난다. 이스모스는 강익수의 너덧 발침 뒤에서 달리고 있다. 뒤돌아보는 강익수의 얼굴이 잔뜩 찡그려 있다. 따라붙는 이스모스 때문에 무리한 듯하다. 이스모스는 평상시 그대로다. 고개를 좌우로 두리번대다, 가끔씩 누런 이빨을 드러내며 씨익 웃는다. 뭔가 기분 좋은 일이 있는지 오늘은 유난히 자주 이빨을 드러낸다. 강익수가 너덧 발 앞서 다릿독을 디딘다. 다릿독을 건너면 바로 계단이다. 이스모스도 뒤따라 계단을 밟는다. 둘은 대여섯 개 차이이다. 이스모스의 발이 빨라진다. 계단 끝머리에서 두 사람은 서너 계단으로 좁혀진다.

"강익수다!"

강익수가 마지막 계단을 올라서서 운동장에 들어선다. 사람들의 시선이 모두 교문으로 모아진다.

"와아! 이스모스다!"

그보다 몇 곱절 큰 함성이 운동장을 울린다. 후줄그레한 사내 하나가 거기 나타나 있다. 바람에 날린 썩은새[36] 같은 머리, 쥐가 오줌을 싼 듯한 누런 런닝, 열흘쯤은 굶은 듯 툭 튀어나온 광대뼈, 예순 넘은 노인처럼 굽어진 등거리, 그리고 그 노인처럼 듬성듬성 남아 있는 몇 안되는 이빨. 그런 사내가 주위를 휘둘러보는 예의 그 폼으로 운동장에 올라선 것이다. 마라톤 대회에 참석한 게 아니라 면사무소 심부름을 하느라고 이 마을 저 마을 돌고 온 듯한 모습이다.

---

36) 초가지붕의 썩은 이엉.

"이스! 모스! 이스! 모스!"

사람들이 박자를 맞추며 이스모스를 연호한다.

"이스에다! 모스에다!"

사람들이 박수를 치며 이스모스의 노래를 만들고 있다.

앞서 달리는 강익수의 얼굴에는 지친 기색이 역력하다. 그와 달리 이스모스는 히뭇거리며 달리고 있다. 강익수는 이제 손을 뻗으면 잡을 수 있을 만큼이다. 트랙이 굽어 돌아간 곳에서 이스모스가 속도를 낸다. 강익수가 흘낏 뒤를 돌아본다. 축구골대 앞에서 이스모스가 기어이 강익수를 따라잡는다. 사방에서 함성이 터져 나온다.

"와아! 이스모스가 익수 잡았다!"

"와아! 이스모스가 일등이다!"

"와아! 이스모스 잘한다!"

이제 앞에는 아무도 없다. 흰 붕대로 쳐진 저 앞쪽의 결승선과 온 운동장에서 외쳐대는 사람들의 환호성이 있을 뿐이다.

이렇게 많은 사람들이 나를 불러주는구나. 이리도 많은 사람들이 나에게 박수를 쳐주는구나.

이스모스가 본부석을 지난다. 구령대에 있던 사람들이

모두들 일어나서 박수를 쳐준다. 이스모스가 구령대를 올려다보더니, 씨익 웃어주고 지나간다. 본부석을 지난 이스모스가 저 위쪽의 계단을 쳐다본다. 거기 할머니가 다 된 여자 하나가 환히 웃으며 박수를 치고 있다.

누님, 내가 일등인갑소. 내가 일등을 해부렀는갑소야. 진짜로 말이라우.

이스모스가 그 여자를 향해 손을 흔든다. 할머니가 다 된 여자가 온 힘을 다해 박수를 친다.

누님, 그라다가 짜굿하믄 손부닥 터지것소. 살살 치시요.

이스모스가 누런 이를 드러내며 씨익, 웃는다. 그러고는 앞을 향해 달린다.

결승선까지는 몇 발 안 남았다. 이스모스가 기어이 하얀 붕대의 결승선을 몸으로 민다.

"타앙!"

총소리가 하늘로 솟구친다.

짝짝, 이스! 짝짝, 모스!

사람들의 박수소리가 넘치 떼가 되어 이스모스에게로 몰려든다.

타르락, 타르락, 타르르르르락!

만국기들이 날치 떼가 되어 이스모스의 머리 위에서 힘차게 꼬리를 턴다.

 서녘 하늘에는 잇꽃 빛 석양이다.

| 뒷말 |

악아, 당신의 남편이 세상을 떠난 지 얼마 안된 어름이었다. 며칠 당신께 다니러 왔었다. 당신과 나는 부삽이 있는 양지쪽에 앉았다. 샘북산에는 가을볕이 좋았다.
"아야, 해진아이."
당신이 나를 불렀다.
"야?"
"그란데야이."
무슨 말을 하려는지 몰라도 문치적인다.
"그란데이…, 나는 말이다이, 너가 어머니리고 긁더수는 그 말이, 이 세상에서 젤로 좋아야."
그러더니 당신의 눈길은 가을볕을 따라 샘북산 너머로 망연하다.
갈쿠섬 앞에서 '남신의주유동박시봉방'을 주문처럼 읊조리며 산 때가 있다. 시를 주문으로 외운다고 변화될 게 있으랴만 당장에 할 수 있는 게 그것뿐인 것 같아서였다. 그것을 벗 삼아 어둠의 터널을 통과하고 있었는지도 모르겠다. 나도 그런 소설을 꿈꾸었다.
:걸 스물여섯 살 때 일본에 일하러 간 적이 있다. 지금의 외국인 노동자들과 같은 처지였다. 내 경우와만 견주어본다면, 내가 이들보다 훨씬 나은 환경에서 일했다는 생각이 들었다. 돈의 문제이든 사람의 문제이든, 사람이 중심에 있지 않는 세상은 다 없어져야 한다.
앉은배이 사랑 사랑에 어디 차등이 있을 수 있을까. 사랑은 그저 사랑이어야 한다.

이스모스 소설 쓰는 것을 꿈꾸었을 때 나는 맨 먼저 그를 떠올렸다. 그런 사람들의 그런 이야기들만이 소설이 될 수 있다고 생각했다. 그 생각에는 지금도 변함이 없다. 그런 사람들의 그런 이야기를 찾으며 나는 소설 쓰는 사람으로 살아갈 것이다.

소설이 있게 한 이름들과, 산과 들과 나무와 새와 풀과 바다와 하늘과 그 모든 몬들에 감사한다.
내 소설의 구석구석을 꼼꼼히 읽어주시던 송기원 선생님께,
벗의 아름다움을 알게 한 정현이에게,
비틀댔던 것이 쓰기 위해서였다고,
그래서 더 열심히 쓰겠다고 다짐하며 술 한잔을 올린다.

이스모스

펴낸날 2025년 10월 15일 초판 1쇄
지은이 정택진
펴낸이 이주희
꾸민이 강대현

펴낸곳 **컵앤캡(Cup&Cap)**
주　소 12148 경기도 남양주희 호평로 9 2402-203
전　화 031)516-1605 | **팩스** 031)624-4605
이메일 cupncap@hanmail.net
등　록 제399-2015-000015호(2015년 5월 29일)

ISBN 979-11-995117-0-5　03810

※ 이 책은 저작권법에 의해 보호받습니다. 따라서 무단으로 전재하거나 복제하면 법의 처벌을 받습니다.
※ 이 책은 한국문화예술위원회 지역예술도약지원사업의 지원을 받아 제작되었습니다.
※ 본문에서 제목은 마포구청에서 제작한 마포금빛나루 폰트를 썼습니다.